余りモノ異世界人の自由生活

勇者じゃないので勝手にやらせてもらいます

[著]藤森フクロウ
Fujimori Fukurou

[イラスト]万冬しま

Main Character
主な登場人物
ティルレイン
ティンパイン王国第三王子。
黙っていれば美形なのに
言動が極めて残念。
フォルミアルカ
ドジでよく泣く幼女女神。
主神なのに
外見で侮られがち。
シン（相良《さがら》真一《しんいち》）
元ブラック企業戦士の
異世界転移者。
スローライフに憧れているが、
困った系の人達によく懐かれる。

パウエル
タニキ村の貧乏領主。
準男爵ながら、
領民とともに日々
農作業に
勤しんでいる。
ハレッシュ
タニキ村に住む
冒険者兼猟師。
趣味は剥製作り。
ファウラルジット
美と春の女神。
戦神バロスに求婚されて
困っている。

プロローグ　泣きつく女神

「ふぇえぇん、ごめんなさぁああい！」

金髪幼女がただでさえ低い背をさらにへこへこと下げる様を、相良真一《さがらしんいち》は連勤明けのぼうっとした頭で見ていた。

コメツキバッタのように腰の低い幼女は、見るからに歩きづらそうな白く輝くローブデコルテらしきものをずるずると纏《まと》っている。真一は服飾には詳しくないし、あまり馴染《なじ》みのない服装なので正式名称は知らなかった。着ているのがちっちゃい女の子なので、ノースリーブのワンピースと言った方がわかりやすい。

傍《はた》から見れば、真一の目は淀《よど》み切っていたが、号泣している幼女女神はそれに気づくほど気持ちに余裕がないようだ。

「ごめんなさいっ、ごめんなさあああい！」

真夏の蝉《せみ》のようにびーびー泣く幼女の大きな碧眼《へきがん》は、涙と一緒に溶け出してきそうだ。

真一はなんとも気まずい表情で頬《ほお》を掻《か》く。

実はこれでも少し動揺《どうよう》している。ただし表情は死んでいるが。

よくいる日本人らしい黒目黒髪の企業戦士で、ちょっと草臥《くたび》れた地味なスーツが戦闘服。別名社畜《しゃちく》という。

勤務先は大手ゲーム会社の下請《したう》けのさらに下請け。生粋《きっすい》ブラック無糖である。上にやれと言われれば、二十連勤など当たり前、寝泊りが多い余りスマホの住所設定が会社になっているレベルだ。

なんでここにいるんだっけ――と、真一は記憶を掘り返す。

確か、ようやく魔の三十七連勤から抜け出して、ようやく帰宅できたはずだった。そこでバスに乗り込んで――

「俺、死んだ？」

「ご、ごめんなさいいいい！」

「別に君を責めてはいない。でも、何か関係あるのか？」

目が溶けそうなほど泣いている幼女が、土下座続行でなんとか言葉を絞り出す。

「わだじのせかいのせいでぇ……」

酷《ひど》い鼻声で、濁点《だくてん》に塗《まみ》れていそうな怪しい滑舌《かつぜつ》ではあるが、ぎりぎり聞き取れる程度。

だが、泣きすぎてひきつけを起こして……吐いた。

そしてバタンと力尽《ちからつ》きる。

しーん、と沈黙が落ちる。ゲロが喉《のど》に詰《つ》まったらしい。

さすがに慌《あわ》てた真一が、幼女の背中をべしべしと叩いたり逆さにしたりすると、ようやく彼女は

「かはっ」と息を吹き返した。

目を覚ました幼女に数度同じ質問を繰り返したところ……少しずつ状況が見えてきた。

彼女の話を要約するとこうだ。

この幼女はとある世界の新米女神。神の基準では「生まれたばかり」らしく、初めて任された自分の世界を育てようと、張り切って邁進《まいしん》していたのだという。

だが、そこで魔物が発生した。

この世界では、魔物は有毒カビやウイルスのようなもので、百害あって一利なし。世界の淀みや、膿《うみ》のような存在らしい。

ある程度は世界の自浄能力や循環《じゅんかん》で淘汰《とうた》されるが、いかんせんこの世界の住人は弱かった。あっという間に魔物たちに淘汰されそうになり、女神は慌てて『異世界召喚』という大儀式魔法を彼らに授けた。簡単に言えばこれは、この世界の魔力を使って『勇者』『聖女』『聖人』『賢者』といった、とても高い能力を持つ――もしくはそこに至る存在を、他の世界から連れてくる魔法だ。

女神は先輩の神々にどうにか頼み、他の豊かな世界からそうした素養を持つ人材を貰って対応していた。最初はそれで何とかなっていたものの、女神の世界の住人は圧倒的な力を持つ異世界人に頼り、次第に召喚を乱発するようになった。

「……つまり、俺も？」

「いいえーっ、勇者様はバスの運転手さんです！　ですが異世界召喚のやり方がちょっと雑だったみたいで……」

真一は胸騒《むなさわ》ぎを覚えたものの、無表情のまま自称女神を見る。

自称女神はがくがくと哀《あわ》れなほど震えながら、絞り出すように言った。

「その、召喚した衝撃で周りも巻きこんじゃったんですぅ！　そ、それで……真一さんを含め、バスの中にいた人を全員……」

「連れてきた、と」

コクン、と重々しく幼女は頷《うなず》いた。

もちろん、真一はそんなお呼び出しに了承した記憶はない。

そもそも彼は、呼ばれていないのに来ることになったのだ。想定外の召喚で巻き込み事故を食らったモブポジションである。

「つまり、俺は勇者やらではない普通の人間で、異世界にぶん投げられるのか？」

「いえっ、私の世界の不始末なので、スキルをプレゼントします！」

「戻れないのか？」

真一としては、こんな危なっかしい気配しかない異世界などに行きたくなかった。

前の世界に恋人はいなかったが、家族や友人はいるし、築いてきた生活基盤がある。

慣れ親しんだ場所から、突然知り合いもいなければ常識も違う場所に連れていかれるなど、恐ろしすぎる。

「……元の世界では、あなた方はバスの中でミンチです……」

運転手が消えたんだから当然だ。真一は納得すると同時に、無事であるはずのない肉体に絶望した。

苦しまずに死んだのだからまだマシと言うべきか。下手をすればトラウマ一直線である。

「えと、今の記憶を残したままスキルを貰って私の世界に転移するか、元の世界でもう一回転生するか選べます！　ただし元の世界では必ず人間に生まれますが、記憶は残せません！」

「君の世界では今のまま？」

幼女女神はどこからか取り出した分厚いマニュアルを見ながら答える。

「え、えーと……赤ん坊からスタートは難しいですが、ある程度の成長や、若返らせることは……可能です」

女神がやけにびくびくしているのを不審に思った真一が、なるべく怖がらせないように尋ねると、彼女は今までの経緯をおずおずと話した。

真一の面接の前にも、今回の召喚に巻き込まれた異世界人の面接をしていたようだが、別の人たちには凄《すさ》まじく怒鳴《どな》られたらしい。

それは当然だ。だいたい、この幼女のことだから、突然「アナタは死にました。私の世界の住人のせいです」なんて馬鹿正直《ばかしょうじき》に言ったのだろう。

今まで散々怒鳴られて、完全に凹《へこ》み切って畏縮《いしゅく》しているようだ。

「それで、小さい女神様。他のみんなはどうしたんだ？」

「皆さん、元の世界ではなく私の世界に来てくださることになりました！　一人ずつお送りしました！　異世界の生活に困らないよう、ちゃんとスキルをお渡ししましたよ！」

ニコニコと笑う幼女女神。

スキルとは何とも便利そうだが、持っているだけで生活に困らないほどの代物《しろもの》なら、相当凄《すご》いものではないのだろうか。渡した人間がそれを悪用するとか考えなかったのか。

このお人好し女神のせいで彼女の世界は堕落《だらく》したのではないか——真一は早くも問題の根幹《こんかん》に気がついていた。

真一は、余計なお節介《せっかい》かもしれないが……と口を開く。

「えーと、女神様」

「女神はいっぱいいますが、私はフォルミアルカです！」

「えーと、女神フォルミアルカ様。スキルを持たせた人を送り込んだりしたら、君の世界がますます大混乱するのでは？　ただでさえ異世界人頼りなのに、君の世界の人たちは自分で問題を解決しなくなるのでは？」

ぴしゃーん、と雷に打たれたようにショックを受ける駄女神《だめがみ》。彼女はそのまま崩れ落ち、おいおいと泣きはじめた。塩を掛けられたナメクジのようだ。

「で、でもぉ、私の世界の人たちのせいでご迷惑がぁ……っ！　魔物もいっぱいいるし、魔王も誕生しちゃったし、ふえええええっ！」

だだっ広い神殿風の部屋に女神の泣き声が響く。

大理石のようなタイル敷きの床には見る間に水たまりができていた。

「異世界召喚の技術って取り上げられないの？　そんなに普及していると、危なくないか？」

「えと、大国が百年に一回使うくらいなら問題ないのですが……最近乱発しすぎで、時空が乱れているんです。でも、取り上げたら、国も困るのでは……」

「今回たくさん来たなら、しばらくいらないと思う。時空とやらが安定するまでは取り上げたらどうだ？　君だって大変だろう」

「ぶああああ！　真一さん優しい!!」

顔じゅうから水分を垂れ流した幼女は、真一の膝にびえしゃあああと泣きついた。

これでその世界の住民が困ったとしても、自業自得《じごうじとく》だ。この幼女女神が自分の世界に甘いのが最大の原因だろうが。

真一としても、自分が行った先の世界で十年ごとに人間兵器がボコボコ生まれてきたら嫌だった。

——自由が欲しい。安全も欲しい。スキルとやらを貰って、しばらくしがらみのない生活がしたい。

社畜時代が長く、ブラック生活に絶望した真一には、元の世界に戻って生まれ変わりたいというほどの愛着はなかったため、結論は決まっていた。

色々考えた末、真一が貰ったスキルは——

①成長力
スキル習得などが他の人より早くなる。真一がその世界に適用するためにも必要だと判断した。
②スマートフォン
色々調べられる。充電の代わりに魔力によって起動する。

③神託

なかば脅迫めいた形でフォルミアルカから押売りされた。

④異空間バッグ

いわゆるアイテムボックス。なんでも入る大容量で品質保存も可能。異世界モノでお約束の品。

「では、真一さん行ってらっしゃい!!」

始終《しゅうし》泣きっぱなしだった駄女神フォルミアルカだったが、最後は笑顔で送り出した。

光の洪水《こうずい》のような現象が起きて、真一はその中に呑み込まれていった。

◆

目を開いた真一の目に飛び込んできたのは、オカルティックな象形文字《しょうけいもじ》に似た魔法陣が刻まれた石床。まだわずかに光り輝いていて、召喚直後なのが窺《うかが》える。

熱気とも湿気とも違う何かが渦巻《うずま》いているが、これが魔力というものだろうか。わからないのに理解できるという不可解な感覚に、真一は薄気味悪さを感じた。

これも女神から贈られた能力の一端《いったん》かもしれない。

真一が恐る恐る顔を上げると、周囲には彼と同じように召喚されたと思《おぼ》しき人たちがいた。

不安、怒り、期待、喜び、皆様々な表情を浮かべている。

ふと、真一は足元に赤いものが飛び散っているのに気づく。

（うっ！　何だこれ!?）

見れば、何か人とは形容しがたい肉片と肉塊《にくかい》っぽいものが血だまりに転がっていた。

つんと鼻をつく異臭がする。不穏な気配しかしない。

直後、真一の視界に何やらゲームやパソコンのウィンドウのようなものが見えた。


勇者の亡骸。時空の転送に失敗して肉体が引き裂かれた。


初《しょ》っ端《ぱな》から勇者が死んでいた。

フォルミアルカに聞いてはいたが、わざわざ召喚したお目当ての勇者はミンチ状態。

年齢制限が必要そうなグロテスクな物体の上に、やたらポップなウィンドウが浮かび上がってくる。

（ちょっとやめてくれ。ウィンドウとか、笑わせに走っているのか）

真一が閉じろ閉じろと念じると、それに反応してウィンドウがしゅんと消えた。

そこで彼は、ふと自分の状態に気づく。やけに視界が低い。背が縮んでいる。周囲を見回せば、中学生から二十代ほどの様々な年齢の面々がいたが、その中でずば抜けて真一が小さかった。

着ている服のサイズはちゃんとあっている。木綿《もめん》のシャツとボトムに運動靴。革製の鞄《かばん》はリュックになっていた。ごく普通の小学生の普段着といった感じで、スーツではない。

（頼んでもいないのに若返ってる⁉　あの女神……早速失敗したのか）

あの女神ならやりそうだ。フォルミアルカと短くも濃厚な時間を過ごした真一は直感した。彼女の駄女神っぷりは察して余りある。

気を取り直してさらに見回すと、少しずつ状況が見えてきた。

学生と思《おぼ》しき少女は自分に声をかけてきたイケメンの騎士の手をまんざらでもなさそうに取り、ある若者は美人な姫っぽい女性に話しかけられてデレデレと相好《そうごう》を崩している。

すぐ横に猟奇死体《りょうきしたい》があるというのに、暢気《のんき》なものである。

ただ単に美男美女に気を取られていて、この異物に気づいていないだけかもしれないが。

そんな中、幼い外見の真一は一人放っておかれていた。

だが、おかげで冷静に周囲を観察できた。

この世界の住人らしき人々の異世界人への対応は妙に手馴《てな》れている。

なるほど、女神フォルミアルカが言った通り、頻繁《ひんぱん》に異世界人を呼び出してはその異能を労働力として体《てい》よく利用しているのだろう。

次々と都合の良い説明を聞かされても、異世界人たちはほとんど疑っていない様子だった。

騙《だま》される方も騙される方だ。

「この世界は魔物に脅《おびや》かされ、支配されそうになっているのです！　勇者様はどちらですか？」

ロココ調の重厚で豪奢《ごうしゃ》なドレスと宝飾品を纏《まと》った姫っぽい美女が声を張り上げた。妙に芝居《しばい》がかった動作が鼻につく。

そこの肉片です——とは言えないので、真一は密《ひそ》かにその場から逃げようと、すり足で距離を取る。

真一は勇者を探す美女を見て「急なクライアントの要望に良い顔して折れた時の課長に似ている」と思った。要は胡散臭《うさんくさ》い。何か後ろめたいものや嘘の気配がプンプンしてくる。

この国でも重要な位置にいるらしい女性は、魔物に脅かされているという割には、ずいぶんと煌《きら》びやかな出で立ちだ。頬は薔薇色《ばらいろ》で、クマどころかシミ一つない肌。身につけている宝石も立派だし、見るからに高価な衣装を着ている。シャンデリアかよと突っ込みたくなるほどキラッキラに物理的にも輝くお姫様だ。

彼女は自分の演説に酔ったように切々と窮状《きゅうじょう》を訴えた。

魅入《みい》られたように彼女の言葉に聞き入る周囲とは裏腹に、真一の中に白々《しらじら》としたものが広がる。

ドン、と背中が何かに当たった。

重厚な鎧を着込んだ騎士が、じろりと真一を見て鼻を鳴らす。

「お前は勇者か？」

真一がふるふると首を横に振ると、騎士は露骨《ろこつ》なため息をついた。

すぐに神官らしき人間がやって来て、水晶のような物をかざして真一と見比べる。

期待していた結果と違ったのか、神官は顔をしかめて首を横に振った。

スキルか称号というものを調べたのか。

「このガキはつまみ出せ。使えないだろう」

神官に鼻で笑われた挙句《あげく》、真一は城を追い出された。

◆

子供の両手の平におさまる、申し訳程度にお金の入った袋を持たされて、真一は城からつまみ出された。

しかし、あの胡散臭さしか感じない場所から出られたのだから、かえって好都合だった。一見もっともらしい響きの良い言葉を並べてはいたが、城にいた連中からは異世界人の能力を搾取《さくしゅ》してやるという気配がひしひしと伝わってきた。

（……もしかして、他の人たちはフォルミアルカから何も聞いてないのか？）

何の疑いも持たない彼らが、真一は不思議でならなかった。怒りで我を失っていたのか、自分の死に絶望したのか、はたまた異世界転生に浮かれているのか。女神から貰えるものを貰って異世界で好き勝手しようというやけくそに陥《おちい》った人間がいてもおかしくない。

真一は改めて自分の体を確認する。大体十歳くらいだろうか。子供独特の線の細さのある幼い体。これでは職にありつけるかも微妙である。日本では間違いなく義務教育の真っ最中だ。

街並みや行き交う人々の服装から判断して、この世界――少なくとも今真一がいるこの国は、中世ヨーロッパに近い雰囲気《ふんいき》だった。

（異世界転移や転生の鉄板だなぁ。ま、俺はこのままこの世界に埋没して、フェードアウトしてい

こう）

貰ったのは二万ゴルド。早速スマホの機能で調べると、日本円換算で二万円と、わかりやすい相場だった。若干金額が少ない気がするが、子供だからと足元を見られたのかもしれない。

真一は金貨を『異空間バッグ』のスキルで収納すると、行くあてもなく歩き出した。

一度城のある方向を振り返る。そこに住む王侯貴族《おうこうきぞく》たちの権威を示すように立派な佇《たたず》まいの巨城だ。世界が危機に瀕《ひん》しているという割には城下町は活気づいているし、不遇《ふぐう》を訴《うった》えていた姫らしき人の格好は豪華絢爛《ごうかけんらん》としか言いようがないものだった。

確かに、王族など身分の高い人物が良い衣装を纏うのは当たり前だ。しかし、彼女が身につけていたのはジュエリー展をやっている博物館にでもありそうな、晴れの式典でしかお目にかかれない装飾品。それも一つや二つではなかった。とても金欠とは思えないし、不景気や財政難の様子は欠片《かけら》も感じない。思い出せば思い出すほど違和感と不穏《ふおん》な気配がてんこ盛り。

（とりあえず、この国はヤバそうだから、とっととおさらばしたい）

あの場にいた姫や王様らしき人たちは絶対ヤバい人たちだ。こっちの都合を考慮せず、急な仕様変更をねじ込む上司やクライアントと同じ臭いがする。社畜の危機察知能力がそう叫んでいた。

フォルミアルカの話から推測するに、召喚術を乱発しているのはこの国だろう。他の国はどうかわからないが、今後女神が異世界者召喚の技術を取り上げたら、この国は荒れる可能性大だ。

おまけに、お目当ての勇者は召喚の衝撃でミンチ。あの王族たちは残った異世界人を血眼《ちまなこ》になって捜《さが》すに違いない。勇者に代わる異世界労働力をかき集めるはずだ。今まで散々便利に使ってきたのだろう。情勢次第では隣国でも危ないかもしれないから、真一としては極力遠くを目指したかった。

しかし、どうしたものか――真一は首を捻《ひね》る。

当座のお金はあるとはいえ、稼《かせ》ぐ手立てを見つけなければすぐさま貧困層の仲間入りだ。

一度そういう境遇に落ちると、這《は》い出《で》るのは並大抵の努力では不可能だろう。

賑《にぎ》わっている繁華街から細い路地を一本隔《へだ》てた先では、棒きれのように痩《や》せ細《ほそ》った子供たちが膝を抱えて虚《うつ》ろな目をしているのが見える。生活弱者を守る基盤は弱いらしい。

城で引き留められなかったところからして、真一の能力は大したものではなさそうだ。

とりあえず、真一は小腹が空いたので屋台の串焼きを買う。

何の肉かわからないが、肉と焦《こ》げたタレの香ばしい匂いがたまらない。

ガッツガツに若い胃袋を刺激され、真一は串焼きを綺麗《きれい》に平《たい》らげた。

そういえば、異世界お約束の冒険者ギルドはあるのだろうか。ふと思い立って串焼き屋のおじさんに聞くと、そう遠くない場所にあると教えてもらえた。

真一は雑踏《ざっとう》を掻《か》き分《わ》けながら冒険者ギルドを目指したのだった。

第一章　冒険者シン

幸《さいわ》いなことに、真一はこの世界の文字が読めるらしく、周囲を見渡せば店の名前などは大抵理解できた。おまけに、大体の店では遠目でもわかりやすいように、看板に武器屋なら剣、防具屋なら盾、道具屋は薬瓶や薬草などの絵が描かれている。同じ要領で、冒険者ギルドの看板はモンスターと剣が描かれていたので、目的の建物はすぐに見つかった。

ギルドに入ると、そこにはむさくるしい男《おとこ》の園《その》状態だった。

ギルドの建物は酒場も兼ねているらしく、朝っぱらからエールを呷《あお》っている者も多数いる。

奥のカウンターには、制服姿の若い女性が座っていた。ふんわりした金髪を顎《あご》のあたりで切りそろえた愛らしい雰囲気で、いかにも看板娘といった具合だ。笑うと一層愛嬌《あいきょう》がある。

カウンターに向かう途中でちらりと見た依頼提示のコルクボードには、定番の魔物《まもの》討伐《とうばつ》から、皿洗いやドブさらいまで雑多《ざった》な依頼が貼り出されていた。

つまり、子供でもできることがある。

本当ならシンは、定職について安定した生活を送りたかった。でもこの世界の常識もわからない。目立たず、小さな仕事をしつつ、学んでいくのが無難だ。

客を捌《さば》き終えた金髪の女性と目が合う。自分の番になったので、シンはカウンターに向かった。

「すみません、ギルドの冒険者に登録はできますか？」

真一が尋ねると、カウンターの女性は少し訝《いぶか》しげに目を細めた。

「できるわよ。君はいくつ？　十歳からなんだけど」

「十歳です」

実年齢は二十七歳だから、その三倍近くなのだが。

「そうなの？　七歳くらいかと思っていたわ……ならできるわね」

受付のお姉さんは真一に冒険者ギルドのシステムを簡単に説明してくれた。

冒険者は上から順にS、A、B、C、D、E、F、G、H、Iと全部で十ランクに分けられる。

冒険者ギルドは各国に支部があり、国とは独立した組織だという。国家に管理されていないのなら、ヤバそうな王族がいるこの国でも安心して登録できる。

ギルドで冒険者カードを作るのには、あまり時間はかからないらしい。

このカードは、街を出入りする際にちょっとした身分証としても使える。冒険者ランクが高ければ高いほど優遇されるが、問題を起こすと剥奪《はくだつ》されるし、場合によっては永久追放になる。

冒険者登録に際して、真一は「シン」と名乗ることにした。シンイチでは露骨に日本風の名前で変に思われるかもしれないし、異世界転移者だと気づかれて面倒事に巻き込まれたくはなかった。

短い名前なら、そう違和感がないはずだ。

受付の女性はてきぱきとカード発行の事務処理を始める。

こんなにあっさりと貰えていいのだろうか。

真一――シンは不安を覚えて思わず尋ねる。

「あの、審査や検査とかしないんですか？」

「しないわよ。故郷にいられなくなったとか定住できないとか、色々な理由があって冒険者になる人が多いから」

確かにそうだ。シンのように定職につけないから冒険者をやろうという者も多いのだろう。冒険者ギルドはそういった者たちの受け皿としても機能しているようだ。

ここで飲んだくれている荒くれ者の中には、下手な犯罪者より犯罪者らしい凶悪面《きょうあくづら》と威圧感《いあつかん》たっぷりのマッチョガイがいっぱいいる。局地的に世紀末覇者《せいきまつはしゃ》でも出てきそうな劇画調《げきがちょう》の雰囲気が漂《ただよ》っている。当然、脛《すね》に傷の一つや二つ持っている者も少なくないだろう。

「あの、ところで、このあたりには一般の人も利用できる図書館とかありますか？」

冒険者として登録してみたものの、まずこの国について知る必要があるし、地図があったら確認したい。

ギルドの受付職員はうんうんと頷いてシンの質問に答える。

「うーん、国立図書館は貴族しか使えないし……あ、魔法とか気になるのかな？　やっぱりそういう年齢よね。憧《あこが》れるよね」

完全に子供扱いされているが、彼女の言う通り、魔法について全く気にならないわけでもなかった。ギルドの掲示板に貼られた依頼を見るに、討伐対象になっている害獣の中には魔物もいるようだ。大人だった真一ならともかく、今のシン――子供の体でそれらを相手にするのは一苦労だ。動物よりも狂暴だろうし、戦うのは危険である。それに、シンはまだ生き物を殺すのに抵抗があった。

しかし、薬草などの採取作業より魔物の討伐の方がずっと実入りが良い。今すぐには無理でも、将来的にはそちらにシフトチェンジするのも視野に入れていた。そのためにも、魔法について知るのは重要だ。

「ギルドの二階に、古い本が色々あるわ。貸し出しはできないけれど、見ることならできるわよ」

「ありがとうございます」

ぺこりと頭を下げると、出来立てほやほやのＩランクの冒険者ギルドカードが差し出された。

「このカード、一ヵ月以上依頼を受けないとＩランクは失効しちゃうから気を付けて。ランクが上がれば失効猶予期間も伸びるから、最初は小まめに依頼を受けてね」

紛失すると千ゴルドの手数料を払って再交付してもらうらしい。今のシンには地味に痛いので、気を付けて保管する必要がある。

さっそくギルドの二階に行くと、書架《しょか》に『剣術基礎』『弓術基礎』『槍術基礎』『武術基礎』『回避術基礎』『防御術基礎』といった、体術や武術系の基礎教本がずらりと並んでいた。

ここは紙とインクの臭いより、冒険者ギルドという場所柄《ばしょがら》のせいか生活臭が強い。

元々本は好きだったが、社畜時代は本もおちおち読めないほどにゆっくりする時間がなかった。

シンはその中から一冊、まさにＲＰＧっぽい『剣術基礎』の教本を手に取ってみる。

開いた瞬間、読むというよりその知識が脳内に飛び込んできたような感覚がして、一瞬くらりとしかけたが、なんとか踏みとどまった。

何故か汗が止まらない。しかも、本を開いただけなのに、既に読み終わって内容を理解しているという感覚がある。

(ステータスオープン――とか考えたら、目の前に表示が出てくるとか？)

だが、しーんと静まり返って特に反応はない。さすがにそこまでゲームっぽい世界ではないらしい。代わりにスマホがぴろんと鳴った。

通知画面には『ギフトスキル成長力により、スキル剣術を取得しました』と出ている。

(スキルってこんなに簡単に入手できるものなのか？)

シンは拍子抜《ひょうしぬ》けして思わず苦笑する。ちょっと楽できればいいなと思って貰った『成長力』が、割とチートなスキルだったようだ。

その後、本棚にあった全ての本を読んだ結果、スキルをたんまりと得ることができた。ついでに魔法も習得した――らしい。しかし、魔法に馴染みのないシンには、その実感がわかなかった。

スキル関連の本を読むと、知識が脳味噌《のうみそ》に強引に焼き付けられるような感覚だ。慣れればするする入ってくるが、最初の数冊はしばらく酩酊感《めいていかん》があった。これはあくまで成長力のスキルの特典かもしれないので、他の異世界人もこんな感じなのかどうかはわからない。

ギルドの書架には、スキルを得られるもの以外にも、簡易な地図や、ポピュラーな薬草や木の実や魔物などを記した図鑑もあった。よくわからない取得物はこれで照合するようだ。

少しすると、スキル取得連弾による知識酔いも落ち着いてきて、シンは一息ついた。

木枠のついたガラス窓越しに、空が見える。

部屋を出たシンは、再びギルドの受付のある一階に下り、コルクボードに貼られていた依頼カードを一枚取る。

そして、初心者向けと思《おぼ》しきIランクの薬草の採取依頼を受けることにした。

「城壁を出たすぐそばの草原にあるからね」

シンが子供の姿だからか、受付の女性は少し心配そうに助言した。この世界の基準だと、この姿はかなり小柄《こがら》で幼く見えるらしい。

人通りの多い大通りを抜けて目的地を目指す途中、シンは念のため露店で装備品を購入した。

真新しくもないが破れてもいない丈夫そうな袋をいくつかと、両手が空いて作業できるようにリュックと手袋、護身用にナイフと弓。それからこの世界に馴染むために、外套《がいとう》や着替えの服も揃《そろ》えた。

戦闘技術関連のスキルをいくつか取得していたようだが、まだ試していないので正直弓は使えるかどうかわからない。とはいえ、最悪ナイフに関しては、振り回せば何とかなる。

王都だけあって、町は城壁に囲まれており、見張りも立っている。しかし肝心の衛兵があくびをしているあたり、暇なのだろう。

特に咎《とが》められもせずに王都の外に出たシンは、言われた通り王都の城壁からあまり離れていない草原で採取作業を開始した。

「……これであっているのかな？」

スマホで出てきた画像と目の前の薬草を照合する。

依頼の書かれた紙にもイラストの記載はあったが、そこまで精密な絵ではない。

採取依頼の対象になっている薬草は、主にハーブ類だった。ミントやローズマリー。あとドクダミなど。

何故異世界にも地球と同じ植物があるのか不思議に思ったが、シンはもうその辺に突っ込むのはやめた。前の世界と同じ分、わかりやすくて楽できたと納得した方が良い。異世界は何もかもが異なっているはずだ、などという変な先入観を持ち込むのはかえって危ない。

とりあえず、目的の薬草で間違いなさそうなので、ありったけ袋に詰めた。数量が多いほど報酬《ほうしゅう》が増える依頼だ。念のため異空間バッグにも入れておく。このバッグの内部は特殊な空間らしく、採取してから日が経っても劣化はしないらしいので、無駄にはならないだろう。

こうして、シンはギルドの依頼という名の農作業を続けた。

地味だが、割とこういう単調作業は嫌いではなかった。

(さて……薬草採取はこの辺でいいだろう。せっかく町の外に出たんだから、弓がどれだけ使えるか試してみたいな)

シンが買ったのはウッドボウ。その名の通り木製の弓だ。金属製よりも軽いし、コンパクトで子供のシンでも持ちやすい。当然、矢も一番安いものだ。

試しに番《つが》えて近くの木に向かって放つと、矢は狙い通りに飛んだ。ドッと、思いのほか重い音を立てて幹に刺さる。

「おお……」

感動のあまり声が漏れる。

独特のバネやしなりがあり、矢は思いのほかよく飛ぶ。シンはそのまま数回同じように放った。

矢筒が空になったので矢を取りに行き、次はもっと遠くの木を狙って試射する。

少し中心からずれたが、しっかり木の幹に刺さった。

何度か繰り返すと、中心に当たるようになった。素人《しろうと》にしてはかなり筋《すじ》が良い。スキルの恩恵だろう。

また矢筒が空になり、取りに行ってはもっと遠くの木を狙い……と、繰り返すうちに、いつの間にか城壁からかなり離れていた。

シンは慌てて街の方へ戻っていく。夢中になりすぎていたらしく、気づけばスマホがピロピロと鳴っていた。またスキルラッシュが起きているようだが、これは無視した。大体は弓矢関連のスキルだろう。

ふと、空を見上げると、鴨《かも》に似た鳥が飛んでいた。

まだ動いている的は狙ったことがない。興味本位で矢を放ってみると……鴨が落ちた。当たったようだ。

「……どうしよう。血抜きとか羽を毟《むし》って持っていった方がいいんだろうか」

異空間バッグにしまって、困った時のスマホさんに頼る。

食べると美味《うま》いらしい。ありがたいことに、血抜きや処理の仕方も記載されていた。鳥の首を切り、逆さにして吊るす。首を落とすやり方もあるが、頸動脈《けいどうみゃく》が切れていればいいようだ。

手頃なナイフはあるし、その辺にロープの代わりになる蔓植物《つるしょくぶつ》もあるので、シンはスマホを参考に下処理を終わらせて、鴨を持ち帰った。

暗くなる前に町に戻り、依頼達成報告のために冒険者ギルドへ向かう。

カウンターには朝と同じ金髪の若い女性職員がいた。さすがに手慣れているのか、確認作業はサクサクと進む。

「はい、確かに。お疲れ様でした。実績を重ねればランクも上がるわ。頑張《がんば》ってね」

「ありがとうございます」

「シンくん、礼儀正しいよね。そういうの、大事よ。たまに貴族絡みの依頼があるけど、礼儀作法ができないと受けることができないから。相手の機嫌を損ねたら、途中でも依頼破棄されちゃうのよ」

シンはこくりと頷いてはみたものの、少なくともこの国の貴族には関わりたくなかった。

薬草採取は数量に応じて支払われる。袋いっぱいの薬草で貰えたのは三千ゴルド。

通りがかりにチェックした宿屋の値段は、素泊《すど》まりで一泊二千ゴルド、食事は一食五百ゴルドだった。これでは、夕食と朝食を付けると、ちょうど三千ゴルドで使い切ってしまう。

まとまったお金を稼ぐのはなかなか大変らしい。

よく見れば、ギルドには十歳（推定）になったシンと大して歳の変わらない少年もちらほらいた。子供でも労働するのは珍しくないのだろう。

「わかりました。ところでオススメの宿屋とかありますか？」

「うーん、安さなら『黒猫亭《くろねこてい》』や『カモノハシ亭』だけど、食事が美味《おい》しいのは『忘れずの思い出亭』だね」

カモノハシもツッコミどころ満載だが、最後のやたらロマンティックな命名は、荒くれ者やゴリマッチョも多い冒険者が泊まる宿屋としてどうなんだ。思わず心中で突っ込むシンだったが、美味しい食事は魅力的だ。

「その忘れずの思い出亭はどこですか？」

「宿屋街があるから、そこで女の人の横顔の看板を探せばわかりやすいよ」

冒険者ギルドを出たシンは、しばらく周囲を歩き回って情報収集した。

まず、ここはテイラン王国の王都テイランだとわかった。

テイラン王国は周辺諸国の中でもそれなりに大きな国で、栄えている。

特に軍事と魔法に力を入れている国で、王家伝来の召喚魔法で求心力を得ているらしい。戦争のたびに勇者を召喚して、そのチート力で国土を広げている。十五年前にも隣国との戦争に勝って、領土奪取に成功したそうだ。

（……つまり、召喚に頼らないと大したことはないってわけか）

しかし今回の召喚は一応成功している。

勇者は死んだとはいえ、シンのようにいくつかスキルを貰った異世界人がたくさんいるかもしれないのだ。

あの時バスに何人乗っていたかなんて、ブラック勤務で頭が死んでいたので覚えていない。シンが召喚された場所には、少なくとも五人くらいいたが、それで全部とは限らない。あの時より前に召喚した異世界人が何人いるかも不明だ。シンと同じく社畜臭のする駄女神に聞けばわかるかもしれないが、余計なことに首を突っ込みそうなので、やめた。

シンはスローライフを希望しているのだ。下手に目立って権謀術数《けんぼうじゅっすう》が渦巻く国家権力に捕まりたくはないし、戦争兵器にされたくもない。

しばらく気ままな根無し草を続け、田舎《いなか》でゆったりと暮らしたい。

（うん、悪くない）

平穏、安定が一番。一人で納得するシンである。

ちなみに、とった鴨は、その日の宿屋の夕食で、ソテーにしてもらって美味しくいただいた。

◆

その後、シンはしばらく王都テイランで冒険者として生活を続けた。最近では、採取の他に一角《いっかく》兎《うさぎ》やウリボアといった比較的動物に近い小さな魔物を討伐する依頼を受けるようになっている。

毎日コツコツとお金を貯め続け、ちょっと良い弓矢に新調し、冒険用の外套を購入した。

Hランクに昇格したが、あまりにスピード出世をすると目を付けられるだろうと考えて、ひたすら地道な仕事をこなす日々だ。

その懸念《けねん》は当たっており、シンと同時期に登録したエンドーという冒険者があっという間にCランクまで駆け上がり、この界隈《かいわい》で噂《うわさ》になっていた。

冒険者の集まるギルドや、酒場や宿屋では彼の話を聞かない日はない程の有名人。

期待の新星と言えば聞こえは良いが、明らかに悪目立ちしていて、やっかみを受けている。具体的に言えば、ランクが長らく停滞《ていたい》している冒険者からの嫉妬《しっと》による妨害を受けたり、冒険者ギルドに来るたびに荒くれ者に絡まれたりしている。今のところ大きな被害は出ていないとはいえ、悪質だ。名前からして間違いなく日本人だろうが、シンはエンドーとは一切接触しなかった。

子供という外見は便利だった。侮《あなど》られるが、目こぼしもされる。不自然にならぬように情報を集めながら、シンはこの国からの逃亡を画策した。

冒険者ギルドは国家とは独自のルートを持っているから、他の国でも利用できる。

――この国ではダメだ。目立つなら、他の国に行ってからの方が良い。一生目立たなくていいけれど、この国だけはダメだ。

心中でそう唱えながら、シンは逃亡資金を貯め続けたのだった。

◆

シンとして生きること約一年。

無事にテイラン王国からの逃亡を果たした彼は、ティンパイン王国という地に流れ着いた。そこではテイラン王国からの流民は珍しくないらしく、特に怪しまれずにタニキという山村に居《きょ》を構えることになった。

サーベルバーニィという文字通りサーベルのような牙を持った兎の魔物を退治していたところ、弓の腕を見込まれて猟師《りょうし》として受け入れられたのだ。

静かでのどかな田舎村の領主は準男爵《じゅんだんしゃく》であるが、名ばかりの貴族といった感じで、自ら狩りや開《かい》墾《こん》、畑仕事に出ていることも珍しくない。彼は特に腕が立つわけでもなく、罠もあまり得意ではないみたいで、よく空手《からて》で帰ってくるそうだ。

逆にシンは弓による狩りも罠も得意だ。スマホの情報は狩りや採取で大いに役に立つ。スマホ様万歳である。だが、スマホの表示はシン以外には見えていないようなので、扱いに注意が必要だった。どうやら、他の者には画面は真っ暗に見えていて、通知音も聞こえないらしい。

とりあえず、周りには——

「……これは、故郷の思い出の品なんです。故郷も家族ももうないので、いわば形見みたいなものです」

——と説明している。

嘘ではない。このスマホは確かに故郷のものだ。

少しばかり珍妙《ちんみょう》なものを持っていても、それをしょっちゅう眺《なが》めていても、その説明を聞けば、優しい田舎村の人たちは何も言わなくなった。

小さな冒険者ギルドのおっちゃんたちなど、男泣きして食事まで奢《おご》ってくれた。

そんなスマホには、幼女女神フォルミアルカからべそべその泣き言メッセージが定期的に届く。

『テイラン王国がまた召喚をしようとしているんですー！』

『甘やかしはその国の為にならないから無視しろ。よそはそれに頼らんでも回っている』

『あぅ……それもそうですね』

最初の半年はそんなやり取りが一番多かった。

威厳《いげん》もクソもないフォルミアルカからのメッセージ。

フォルミアルカは女神なのに腰が低すぎるし、要望を通り越した我儘《わがまま》を聞き入れすぎる。これでは第二のテイラン王国ができるのも時間の問題だ。あまりにだらしないのでシンの返しもどんどん辛辣《しんらつ》になっていくが、女神はあっさり受け入れている。

（いいのか、女神）

内心ではツッコミを入れざるを得なかったが、シンにとってはありがたい情報源でもあるので黙っていた。

予想通りと言うべきか、テイラン王国は懲《こ》りずに召喚魔法に頼っているらしい。

目当ての勇者をまだ諦《あきら》めていないのだろう。

他にも――

『魔物のスタンピードが起きちゃいましたあああ！』

『体張って頑張っている奴に、期間限定でギフトでも贈ってやれ。人望がありそうならそのままくれてやれ』

『その手がありましたか！』

（この駄女神、マジで大丈夫なんだろうか。この世界はヤバすぎやしないか）

あっさり納得する幼女女神に不安が募《つの》る。

ギフトだのスキルだのはこの世界では非常に貴重なので重要視される。

シンの場合は、本を読んだり、スマホで学んだり実地で作業や工作をしたりすることによって、ぽこぽこスキルを得ているが、普通はそうじゃないようだ。

とりあえず、テイランがどうなろうと、鄙《ひな》びた田舎の村人には関係ないことだ。

（昨日は鹿をとったから、今日は釣りで魚でもとりに行こう。そろそろ領主のところに適当な獲物を差し入れして、ご機嫌取りをした方がいいかもな）

先々週、ドードーニタドリを差し入れて以来、ご無沙汰《ぶさた》だった。

よそ者が上手くやるには、こういった根回しが必要だ。あまり裕福ではない準男爵家の食卓は、硬い黒パンと薄い塩味の野菜スープが定番らしい。このあたりは世界がファンタジーでも、リアルな懐事情《ふところじじょう》だ。

釣りを終えたシンが準男爵家を訪ねると、育ち盛《そだざか》りの坊ちゃんが「シンにーちゃん、今日は肉ある⁉」と、曇《くも》りなき眼《まなこ》で聞いてきた。ないと答えた時の絶望の表情があまりにすごかったので、シンは思わず苦笑する。憐れに思ってこっそり鹿の干し肉を渡すと、五歳児は一瞬にして猛獣《もうじゅう》の面になって、鹿ジャーキーに齧《かじ》りついた。

（明日は山菜と野兎でも差し入れるか）

このようなシンの気遣いは領主一家にかなり歓迎され、彼はタニキ村の人々からも少しずつ受け入れられていくのだった。

◆

ある日、領主の家の敷地に見慣れない馬車が入っていった。

たまに通る荷馬車ではなく、王都や賑やかな町で見る、貴族様たちが乗るような立派な馬車だ。馬車を牽《ひ》くのも駄馬ではなく、見目も立派な鹿毛で、御者《ぎょしゃ》はかっちりとした制服らしき衣装を着ていた。また、馬車の左右と後方には、立派な金属製の鎧を着た騎士が騎乗して護衛《ごえい》についている。

この辺りの冒険者は、懐事情や機能性を重視して、丈夫な布か革製の鎧を使うことが多いので、余計に目立つ。

パカパカカツカツと、蹄鉄《ていてつ》をつけられた馬のリズミカルな足音が響く。

シンはそれを木の上から聞きながら馬車の中に目を凝《こ》らしていた。

田舎には似つかわしくない一行だ。

日々の狩猟生活《しゅりょうせいかつ》で鍛《きた》えているだけあって、シンの目は良い。また、若返りに伴《ともな》って、社畜生活ですっかり悪くなった視力が元に戻ったのもありがたかった。

大人の時より体力や筋力は減ったが、回復は早いし、物知らずでも世間の目は甘い。

一瞬、若返ったのは女神のサービスだったのだろうかとも思ったが、何度考えても、あの女神のことだからどこかでドジったんだろうという結論に至った。

――今頃どこかの異空間で幼女女神がくしゃみをしているかもしれない。

馬車に乗っていたのは多分若い男だ。俯《うつむ》いていて、シンがいる木の上からではよく顔は見えない。やたら大層な護衛がついていて、目立っている。こんな辺境にやんごとなき（多分）人が来るなんて、きな臭くて仕方ない。

せっかく平穏な生活を手に入れたというのに……と嘆息《たんそく》しながら、シンは木から降りてその場を後にした。

シンが向かった先は、村の近くにある洞窟《どうくつ》だった。入り口からはもうもうと煙《けむり》が渦巻いている。

彼はそれを風魔法で散らして、口に毒消し草を含んで中に入る。

そこにはぴくぴくと毒に痙攣《けいれん》し、口から泡を噴く多数のゴブリンが転がっていた。

最近、この近隣で家畜が奪われると被害があって、その討伐依頼を受けたのだ。思っていたより数は多いが、ここにいるのは普通のゴブリンだけだ。ゴブリンリーダーやゴブリンナイト、ゴブリンメイジという進化系亜種は見られない。そういった知能や統率能力の高いゴブリンが出ると、一気に厄介《やっかい》になる。

しかし、普通のゴブリンの群れであっても、一度人間の家畜や人間に手を出した連中は、何度もそれを繰り返すから、早めに退治しなくてはならない。そのうち、人間を攫《さら》ったり襲ったりするようになるのだ。真っ先に狙われるのは女や子供といった弱者だ。

事前に数日観察したが、このゴブリンたちは日中より夜中に活動する。その分発見が遅れ、これだけの群れになっていた。二十四はいるだろう。

シンは討伐の証拠部位として耳を切り取り、念のため死体ごと土魔法で洞窟を埋めた。これで、万が一まだ生きている者がいても這い出ることはできないはずだ。

村のギルドに戻って報告すると、思った以上のゴブリンの数だったらしく、職員から悲鳴じみた声が上がった。

「シン、今回は一人で討伐できたようだが、次は応援を要請しなさい。無傷で戻ってこられたのが奇跡だ」

職員のおっちゃんが呆《あき》れた様子でシンを窘《たしな》めた。

「気を付けます」

だが、必ずそうするとは言わなかった。自分の分け前が減るし、ちゃんと対策は練《ね》っている。

ヤバいと思ったら一切手を出さずに戦略的撤退をするし、応援を求めるかは罠で全て仕留められるか熟考してからだ。

「しかし、どうやって倒したんだ？　この数を」

「ネムリタケと、シビレタケと、ドクベニタケを燻《いぶ》しました」

毒キノコ三段仕立てだ。風魔法で容赦《ようしゃ》なく洞窟内部奥深くへ送り込んでやった。

幸い、タニキは山村なのでこの手のキノコはたくさんある。それに、誰も食べないので残っているのだ。シンはそれを有効利用しただけだ。普段の狩りでもこうした毒を使うことがある。

「ははぁ、そんな手を……よくまあ上手くやったな」

逆に、何故思いつかないのかと、心中でツッコミを入れるシン。ゴブリンは食用にしないのだから、どう殺してもいいはずだ。のんびりな田舎なので、あまりガツガツしていないからだろう。

シンはブラック戦死――もとい、戦士だったので、効率を求められる時間とのデッドレースがしょっちゅうあった。

「やり方は後で他の人にも教えましょうか？」

「本当か！　それなら退治も楽になるな！　助かるよ！」

「じゃあ今度、やり方のマニュアルを作るので」

「あー……文字を読めるのはそんなにいないからなぁ、この村じゃ。ギルド職員や冒険者なら単語を少しくらい読めるんだが」

「では、やり方を知りたい人にはギルドで説明してもらえますか？　あ、くれぐれも討伐用だけで、食用にするものには絶対に毒を使わないでくださいね」

シンは紙にサラサラと要点を書いて残しておく。

といっても、シンもまだこの世界の文字に慣れていないので、複雑な文章は無理だ。箇条書きに近い文章に簡単なイラストを付けて補足する。

使ったキノコの種類と、大体の重さ。どれくらい燻すか。毒消し草は多めに用意が必要だし、風魔法が使えないと逆に燻した毒で自分がやられかねないといった、注意点も書いておく。

少し考えれば、誰だってできることだ。

ただ、この辺ではシン以外に魔法を使う人は見かけなかった。魔法を使えるのは、貴族や魔法使いの家系などに限定されているのかもしれない。

ゴブリン討伐は一匹千ゴルド。二十匹で二万ゴルドになった。

最初は数匹だと聞いたのに、実際はかなり違った。基本的にボッチなシンは、大勢に囲まれたら危険だ。今回の件に懲りて、今度から討伐依頼は受けるのはやめようと、密かに誓《ちか》うのだった。

「そういや、シン。領主様の家にすごい馬車が来たのは知っているか？」

「ゴブリン退治で森に籠《こ》もっていたので、詳しくは……」

「あれかね、ついにうちの領主様も出世したんかね？　ショーシャクってやつかい？」

喋《しゃべ》りたくてたまらないのか、ギルド職員のおっちゃんがずいっと顔を出し、受付のおばちゃんもにゅっと顔を近づけてきた。

「いやー、わたしゃあれは厄介事と見たね！　なんかやらかした貴族様が逃げてきたんじゃない？」

タニキ村はど田舎なので、ちょっと珍しいことがあるとあっという間に噂になる。

シンが来た当初も、少し人だかりができたくらいだ。だが、ただの冒険者の子供とわかると散り散りになった。ここの住民だった猟師が、若いのに弓の腕が良い子供がいると事前に触れ回っていたのも一因だろう。

謎の馬車はしばらく村を騒がせていたものの、数ヵ月もするとその噂はすっかり消えていった。

人の噂も七十五日というやつである。

◆

弓を構え、矢を番《つが》えるシン。

放たれた鋭《するど》い矢は大きな猪《いのしし》の眼窩《がんか》に吸い込まれ、容赦なくその脳を貫いた。

猪は走っていた勢いを失い、転げるようにして倒れこんだ。

かなり大きな猪の魔物で、肉も毛皮もそれなりの値で売れそうだ。

猪系の魔物はボアと呼ばれる。種類も多く、ポピュラーな魔物の一つである。

慣れなのか、あるいはレベルというものが上がっているのか、最初の頃は苦労していた血抜きの作業も、今では楽にできるようになった。それに、今のシンは腕力が明らかに強くなっている。自分より大きな猪であるにもかかわらず、簡単に担いでいけるほどだ。

「よう、シン。大物じゃないか！」

「ハレッシュさん。おはようございます」

話しかけてきたのは、シンをこの村に誘った猟師のハレッシュ・グラスだった。

刈《か》り上《あ》げた金茶の髪にブルーグレーの瞳。上背《うわぜい》があり、体格はやや厳《いか》つい。熊のぬいぐるみを思わせる愛嬌《あいきょう》のある、人のよさそうな中年の男だ。

彼は二年前、二人の子供と妻を亡くしている。ブラッドウルフという、狼の魔物の中でも特に人を好んで狙う魔物に村が襲われたそうだ。

その時の子供たちは八歳と十歳。生きていたら今頃ちょうど十〜十二歳であり、彼らの年齢にドンピシャだったシンは、実の息子のように大事にされている。

ハレッシュは剣の腕も良く、かつては騎士だったが、人間関係のいざこざが面倒になって傭兵や冒険者になり、最終的には恋に落ちた妻とともに故郷のタニキ村に戻ってきたそうだ。

「お前は本当に腕が良いなぁ。うんうん！　次はもう少し大きな獲物が狙える場所に行ってみるか？」

「いいんですか？」

「おう！　一人じゃだめだぞ、俺と一緒ならいいからな」

「はい！　楽しみです！」

シンにとってはラッキーである。なるべく他の猟師と狩場が被らないようにしていたものの、シンが立て続けに獲物をとると、良い狩場だと思って他の猟師たちが寄ってくるのだ。

一応、もともとこちらがよそ者だと気を遣って移動しても、またついてきて鼬《いたち》ごっこになる。

シンが狩りをした後に獲物を探しても成果は得辛いという認識はないようだ。

せっかくタニキ村を紹介してくれたハレッシュの顔を立てるためにも、シンとしては彼らと問題は起こしたくない。新しい狩場が開拓できるなら大歓迎だった。

シンは今、ハレッシュの家の敷地の一画にある離れを借りている。

ハレッシュは同居を望んでいたが、彼の獲物コレクションという名の剥製《はくせい》たちがどっさりある母屋はちょっと居辛いので、この形になった。

シンがその話を隣《となり》に住むジーナ・ベッキーにぽつんと言ったところ、「そりゃそーだ」と納得された。

ジーナは恰幅《かっぷく》の良い料理上手な中年女性だ。シャツと生成《きな》りのスカートにエプロン姿が定番で、こげ茶の髪を後頭部でまとめていて、三角巾《さんかくきん》で覆《おお》っている。いつも溌剌《はつらつ》としており、畑仕事や家事に勤《いそ》しむ肝《きも》っ玉母《たまかあ》ちゃんといった感じの女性である。

「いや、アンタいっつも平然としてるから、怖いモノなんてないと思ったら、案外そういうのがダメなんだね」

「顔に出にくいだけで、獲物の解体作業とかも慣れるまで結構辛かったです。あと小さい虫がうじゃっとしてるのも苦手ですよ」

「あはははは！　意外と女の子みたいなこと言うんだねえ！」

元都会っ子を舐《な》めてはいけない。彼にとってはカブトムシですらオプションのついた立体的なゴキブリくらいの扱いである。悲鳴を上げてビビるほどではないものの、好きか嫌いかと問われれば嫌いな部類だ。夏場になるとホームセンターやデパートでプラスチックの虫籠《むしかご》に入って売られていたが、それすらも嫌だった。

「そうだ。山でグミの実を見つけたんです。よかったらどうぞ」

籠に詰まった艶《つや》やかな赤い果実。見つけたのはいいが、一人で食べきるには多すぎた。

「こりゃいいね、パイもいいけどジャムにもしようか。できたら持ってくよ！　楽しみにしといてくれ！」

ジーナは恰幅の良い体を揺らして喜び、籠いっぱいのグミの実を受け取った。

スマホで調べれば、シンにもこのグミの実の食べ方はわかる。ジャムや酒漬けなどにできるが、そこまで興味をそそられたわけではない。

隣のジーナには五歳と十歳の息子と、十七歳の娘がいる。娘は既に嫁《とつ》いでいてタニキ村にはおらず、シンは見たことがない。

夫のガランテは家具職人で、タニキ村で唯一の大工を兼ねている。収入は少なくないが、贅沢《ぜいたく》できるほどではないので、こういった現物支給の差し入れは喜ばれる。

働き盛りの夫婦二人と、育ち盛りの息子二人の四人家族。贅沢をしていなくても、食料はあっという間になくなるという。

その二人の息子カロルとシベルが、釣《つ》り竿《ざお》片手に元気よくシンとジーナの方へ駆け寄ってきた。

「あー！　シンだ！」

「シン兄ちゃん、肉ある!?」

「こら！　お前たち！　シンは忙《いそが》しいんだから、纏わりつくのはやめなさい！」

銀髪が兄のカロル、茶髪が弟のシベルだ。二人ともよく似た若草色の瞳をしている。

二人の露骨なたかりに、シンは微妙な顔になる。

お歳暮で毎年ハムを贈る人が「ハムの人」と認識されているようなものだ。または、正月でお年玉を強請《ゆす》られる親戚のおじさんポジション。

ジーナは眉を吊り上げて叱《しか》るが、二人はどこ吹く風で彼女の持っていた籠を覗《のぞ》き込む。赤く艶々《つやつや》としたグミの実を見つけると、ぱっと顔を明るくする。

二人とも肉は好きだが、甘味も貴重だ。

良く熟《じゅく》したグミは酸味や渋《しぶ》みも少ない。

上白糖なんて貴族だけにしか口にできないので、庶民《しょみん》はもっぱら赤砂糖と呼ばれるものを使っている。それもそこそこ高価で、他に手に入る甘味は果物か蜂蜜《はちみつ》くらいである。完全に嗜好品《しこうひん》の部類だ。

ティンパイン王国は二十年ほど前の戦争の賠償金《ばいしょうきん》で、一時期酷い財政難だった。

ちなみに、喧嘩《けんか》を売ったのは例のテイラン王国だ。ティンパイン王国は隣国のトラッドラ国と同盟を組んでおり、実際負けたのはトラッドラだった。ティンパインはその煽《あお》りを受けた形だ。

テイラン王国は召喚魔法というチートを使っているのだから仕方がないのかもしれない。

「それより、お前たちは釣れたのか？」

シンの問いに、二人は「あははは」と笑って答える。

「全然！」

「罠も駄目だったー！」

脳天気な二人に頭を抱えるジーナ。

やんちゃな二人のことだ。また途中で飽きて走り回っていたのだろうと予想がつく。気分にむらっけがあるのだ。

「今からでももう一度とりに行こう」

シンが誘うが、二人とも乗り気ではないらしい。

「えーっ、釣りってじっとしてるの飽《あ》きるし」

「それよりシン兄ちゃん、狩り教えてー！」

ケロッとしたカロルと、元気いっぱいのシベル。

「ハレッシュさんが師匠だぞ。二人もそっちに習え」

「え、ねーわ。ハレッシュさん嫌いじゃないけど、俺も習うならシンだわ。あの人、いまだにベニテングダケとモモイロテングダケ間違えるんだぞ？」

「ぼく、シン兄ちゃんの方が好き！」

カロルはハレッシュに容赦がなかった。シンは非常に要領が良く、物怖じしない性格なので、二人に気に入られていた。

二人がシンを見つけると、挨拶より先に肉ワードが飛び出す。

彼らとの出会いも、シンが干し肉や燻製《くんせい》を作っていたところ匂いを嗅《か》ぎ付《つ》けてやってきたのがきっかけた。少しくらいならいいかと、安易に切れ端を与えた結果、懐《なつ》かれたのだ。自業自得である。それ以来、肉食兄弟は燻製を作るたびに嗅ぎ付けてくる。兄弟にとって、シンは色々な意味で美味しい隣人だった。

ちなみに、領主である準男爵家でもすでに「肉の人」扱いなのだが、まだシンは知らない。

その後、三人は川で並んで釣りをして、ソルトバスを捕まえた。名前の通り、川魚なのに塩味が強い魚だ。とった端《はし》から二人が焼いて食べようとするので、結局十四以上釣り上げてから帰宅する羽目《はめ》になった。

（……ぶっちゃけ、水辺に雷魔法を落とせば一発なんだけどなぁ）

とは思ったものの、このあたりでは魔法は珍しいし、便利な魔法に頼りきりだと、どんどん弓の腕や勘《かん》が鈍《にぶ》る気がして、シンは基本的にあまり魔法を使わなかった。

せっかくこの世界で培《つちか》った技能なので、まだまだ伸ばしていきたいシンだった。

閑話　女神様が見ている

「はぅうう～、シンさん、ずいぶん心が回復しましたね！　良かったですぅ～！」

女神の神殿に、自分の世界をご機嫌な様子で見下ろす幼女がいた。その幼女こそが主神にして創造主フォルミアルカである。

眩《まばゆ》い金色の髪を長く伸ばし、瞳は美しい湖面とも珊瑚《さんご》の海とも言えるような蒼《あお》。幼い子供独特の柔らかい線を残しており、身長は小さいし、手足も短くぷにぷにしている。裾《すそ》の長い白いローブを着ているが、園児が着る水色のスモックも似合いそうである。

タニキ村のスローライフは、ゆっくりとシンを癒《いや》していった。

ブラック企業で寸暇《すんか》を惜《お》しむどころか、寿命や命を削られるような生活を強《し》いられていた彼は、色々と摩耗《まもう》していた部分をゆっくり取り戻しつつあった。

勇者となるはずの男の死体――凄惨《せいさん》な血肉の飛び散った遺体を見ても、大した動揺もせず淡々《たんたん》と動けていたのは、感情の一部がマヒしていたからと言える。

疲弊《ひへい》は一定を超すと、精神を蝕《むしば》む。シンは気づいていなかったが、彼の心身は危《あや》ういところまで来ていたのだ。

だから、これはフォルミアルカの自己満足。

擦り切れた心でも、彼はフォルミアルカを『女神』と呼んで――幼女と思っていたからということもあって――優しくしてくれた。

彼女の目の前にある巨大な水鏡は、シンが行った世界のあらゆるものを見通す。

シンにこの世界に干渉しすぎだと言われて以来、フォルミアルカはなるべく手を出さないようにしている。頻繁に異世界召喚を行うテイラン王国を注視するのもやめた。

召喚魔法を取り上げたし、テイラン単独ではどうあがいても再び召喚することは難しいだろう。

境界に穴をあける魔法は大量の魔力を消費するし、世界自体の疲弊を招く。

だが、かの国は戦争のたびに召喚していたので、異世界人の余剰在庫はたんまりあるはずだ。

「シンさんはー、とーっても優しくていい人でしたねぇ。他の人は暴力ふるってきたり、すっごい怒鳴ってきたりしましたが……」

女神フォルミアルカは、度重なる失敗で自信喪失していた。

そして、根が穏やか――というより気弱なドジっ子だった。

自分の世界の不祥事《ふしょうじ》が起きるたびに彼女が謝罪をしていたのだが、やらかした当事者のテイランには自覚なし。いつもフォルミアルカが罵倒《ばとう》され、泣いていた。

先輩女神たちは、女神なので尊大に振る舞えばいいと言っていたが、フォルミアルカはそういうのが苦手だ。そして、大抵幼い見た目で小馬鹿にされる。

シンとは与えたスキルの一つである『神託』によって連絡が取れるので、フォルミアルカは困ったことがあると彼に相談した。

そっけないが、彼はちゃんと返事をくれる。

立場上一人の人間に肩入れなどはしてはいけないが、それがわかっていても、フォルミアルカはシンが大好きだった。

やってきた異世界人は、最初はスキルに驚き、喜ぶが、だんだんその力に驕《おご》る。傲慢《ごうまん》に奔放《ほんぽう》に変質していく人間も多くいた。手に入れた力を人のために役立てようとする者もいたが、それ以上に私利私欲に悪用する者が多かった。そして、そういった者たちは栄華《えいが》を極め、やがて悪と成り果てて堕《お》ちていき、追い詰められ、朽《く》ちていく。最後にはこの世界に怨嗟《えんさ》を吐く異世界人もいた。

真の英雄と呼ばれたのは一握《ひとにぎ》り。

シンのように穏やかに人としての生活を営《いとな》んでいる異世界人は珍しい。だが、フォルミアルカにとっては好ましく、それこそが慈しむべき「人の子」そのものだった。この世界の人々と慎《つつ》ましく、ゆっくりと溶け込もうとする姿勢にも好感を抱いている。女神だって、自分の世界を見下し、モノのように扱い、ゲームのように楽しんで荒らす輩《やから》は好まない。

シンは愛されていた。

主神であるフォルミアルカが気づかぬ間に、さらなるギフトを与えてしまうほどに。


――『女神の寵愛《ちょうあい》』を得ました。

人知れず、シンのスマホにそんなメッセージが表示された。

女神の寵愛とは、その名の通り愛されし者への称号だ。

大抵は勇者や聖女といった者たちに贈られる。困難と逆境を乗り越えねばならない運命にある者達への激励《げきれい》と賛美《さんび》のギフトだ。

いざという時のために立ち上がる心を、多くを守るための力を、窮地《きゅうち》を逆転させる運気を、どんな時でも裏切らない仲間たちを呼び寄せる引力を与える。

女神の寵愛を得たなどとは知らないシンが——せいぜい村人Dとか冒険者Cくらいのポジションの彼が、そうそうこの恩恵を発揮《はっき》する機会などありはしない。

第二章　忘れた頃に思い出す

「シン！　アウルベアがそっちに行ったぞ！」

ハレッシュの言葉にシンは返事よりも早く矢を番《つが》え、連続して放つ。

大物がいる狩場と言われてシンが連れていかれた先は、一段と鬱蒼《うっそう》とした森だった。

今まで足を運んでいた狩場よりずっと暗くて、自然が濃い。白昼だというのに、陽の光は青々とした森の緑に全て遮《さえぎ》られて、地面は暗い。

魔物が多いから気を付けろと言われた矢先、さっそく現れたのがアウルベア。

その名の通り、梟《ふくろう》の顔と爪《つめ》を持つ熊の大型獣の魔物だ。鬣《たてがみ》のように広がった羽毛が頭部から肩甲骨あたりまで覆い、腕の一部にもついている。

梟の目を持つアウルベアは、見た目通り夜目が利き、暗いこの森の方が過ごしやすいのだろう。

鈍重《どんじゅう》そうな外見に似合わず、一度駆けだすと速かった。

飛んだり跳《は》ねたりはしないものの、猪を思わせる剛直な動きで突進してくる。その肉体の重量だけでも脅威《きょうい》で、大型二輪や軽自動車とぶつかった時並みの衝撃がありそうだ。

アウルベアが猛獣そのものの唸《うな》り声《ごえ》を上げて爪を振りかぶり、容赦なく地面と樹木の幹を抉《えぐ》る。

「ハレッシュさん、あれって食用ですか？」

「手羽先《てばさき》は滅茶苦茶《めちゃくちゃ》美味い！　あと羽根が結構高く売れる!!」

ハレッシュの答えにより、毒を使う選択肢が消えた。

シンがひらりと身をかわして避けたのが気に食わなかったのか、アウルベアは咆哮《ほうこう》とともに再び突進してくる。しかし、シンはするりと剛腕を避けて懐に入り込み、アウルベアの顎に狙いを定める。

「シン！　危ない!!」

ハレッシュにはシンが捕まったように見えたのかもしれない、悲鳴のような声が上がる。

だが、それより早くシンの掌底《しょうてい》がアウルベアの顎に激突していた。

思い切り脳を揺さぶられたアウルベアはバランスを崩し、足をもつれさせて転んだ。がら空きになった喉元めがけてシンがナイフを振るう。狙いはくちばしと喉のわずかな隙間。体の中で最も硬く、強力な武器のすぐそばに、アウルベアの最も柔らかい弱点がある。ギルドの図書スペースにあった本に、そう書いてあった。

急所に吸い込まれる刃とその手応え。アウルベアはわずかに鳴き声を漏らしたが、それは甲高《かんだか》いものではなく消えゆく命の小さな慟哭《どうこく》だった。やがて鋭かった瞳から光が消えて、息絶《いきた》えた。

「シン、無事か!?」

「はい」

駆け寄ってくるハレッシュは、倒れたアウルベアをまだ警戒しながら見ている。だが、魔物の目に力がなくなっているとわかると、改めてシンと向き合い、まじまじと怪我がないか確認しはじめた。

「はー……ならよかった。正直、焦ったぞ。お前がアウルベアに捕まったのかと思ったぜ。どうやって仕留めたんだ？　アウルベアはいつもかなり往生際《おうじょうぎわ》が悪いのに……」

「顎が弱点と聞いたので」

「え？　そうなのか？　俺はいつも動かなくなるまで殴っていたぞ」

「ここを狙うといいんですよ。冒険者ギルドの本にありました」

シンがナイフで刺した部分を示すとハレッシュは「ほーん」と目を丸くする。

どうやら、彼はそういった本に目を通していないらしい。だからといってタコ殴りにしていては、せっかく羽根も高く売れるのに傷物になってしまうので勿体《もったい》ない。シンが内心複雑なものを抱えているとは露知《つゆし》らず、ハレッシュは食用になる部位と素材になる部位を取っていた。慣れているだけあって手際《てぎわ》がいい。

「とりあえず今日は御馳走《ごちそう》だな！」

「肉三昧《にくざんまい》ですね！」

それには激しく同意である。美味だという手羽先が、シンはとても楽しみだった。

この狩場にはこういう大型の魔物が現れるので、他の村人はあまり来ないらしい。

「あー……でも大物を仕留めたからには、領主様のところに一部持っていった方がいいな」

ハレッシュが思い出したように呟《つぶや》いた。

「俺が持っていきましょうか？」

「助かる……あそこの執事も領主様も苦手なんだよ。貴族様でござーい。貴族様に仕《つか》えているえらーい使用人でござーいって感じで」

わかりやすく嫌そうなハレッシュが、口をへの字に曲げて眉をひそめる。

シンは未だ領主にも執事にも碌《ろく》に会ったことがない。顔はうっすら思い出せるが、どんな人となりかわかるほどではない。

シンが知る小さなお坊ちゃまは、愛想《あいそ》があって可愛い。開口一番に「肉！」と出てくるあたり、カロル・シベル兄弟と同じだ。

「あそこのお坊ちゃんと厨房のおじさんしか会ったことないんですけど、そんなに怖い人なんですか？　俺、ちょっとしか領主のご家族を知らないんで」

「うーん、俺が知ってるのは先代で、今の領主様はそうでもないとは聞いたんだが……どうもあのイメージがな。あと騎士時代の経験で、貴族ってもんはどうもまどろっこしくて横暴で苦手なんだよー。頼むよー、シンちゃーん！」

「猫撫《ねこな》で声《ごえ》とか、やめてください。キモイ」

「酷い！」

割とガチなトーンでシンが切り捨てるものだから、ハレッシュが騒ぐ。童顔で柔らかい顔立ちのシンがやや引いた顔でその様子を眺めていると、ハレッシュは諦めたらしく、しょぼくれながらも「じゃあ戻るかー」と歩き出した。

その後、帰《かえ》り際《ぎわ》にウリボアを数匹、雉《きじ》を二匹ほど捕らえ、あっという間にシンの荷物もパンパンになった。自然豊かなので獲物にはあまり困らない。

「家に帰ったら、絶対お風呂に入ろう……」

「だよな、俺たち今、めちゃくちゃ血生臭いだろうし、獣臭いよな。いっぱい獲物取れるのは嬉《うれ》しいんだけどなぁ……」

ハレッシュもアウルベアの収穫部位を担ぎながら微妙な顔でシンに同意した。

あまりもたもたしていると、嗅覚《きゅうかく》の良い狼系の魔物や獣が襲い掛かってくる恐れもある。

しかし、貴族はともかく、ハレッシュのような平民の家に風呂はない。よくて公衆浴場だろう。

何せ、風呂に入るには大量の水と、湯を沸かすための薪《まき》が必要だ。用意するにもかなりの経済力と労力を要する。

無くても死ぬものではないし、カツカツな生活を送る人々にそんな余裕はない。

少なくともタニキ村ではそういった風習はない。湯を溜めてつかるという概念すらないと言ってもいい。

せいぜい、数日おきに濡れた布で体を拭《ふ》く程度。温かい季節ならばで水浴びをする。

しかし、シンは切実に風呂を欲していた。悲しき日本人の性というべきか、シンは風呂が好きなのだ。社畜時代はシャワーで済ませていたことが多かったが、今はゆとりができてきて、生活を豊かにしたくなってきた。

幸い、この近辺に山河がある。森では薪になる木々があるし、水も手に入る。火山ではないので温泉は無理とはいえ、風呂を沸かすことは可能だ。

シンは頭をフル回転させて、どうやって入浴しようか考えはじめる。

彼が元いた世界なら手っ取り早くドラム缶風呂という手もあるが、そもそもこの世界にドラム缶などない。

しかし、隣家は家具店で大工でもあるから、木製の風呂は造れるだろう。だが、木製だと劣化が早い。水に強い木材を使っても、気を付けて管理をしなければあっという間にかびて腐る。

次に有力な材質は石材だ。大理石や御影石《みかげいし》は贅沢すぎるし、煉瓦《れんが》だって高い。粘土《ねんど》を練って、形を整えて焼けばいいとはいえ、窯業《ようぎょう》はこのあたりでは盛んではない。

ふと、岸辺に石がごろごろと転がっている河川敷が目に入った。

(いっそ、あそこを湯船の代わりに掘り下げて、魔法で水を温めてしまえば楽なのでは?)

ちまちま湯を沸かすよりそちらの方が早い。

残ったお湯は洗濯に回せるし、近くに川の水があるので温度調節も楽だ。

途中でハレッシュと別れたシンは、風呂に入りたい一心で土魔法を使い、河川敷の一部を二メートルほど抉る。深さは五十センチくらいだ。そこに火魔法をぶち込んで熱し、川から水を引く。

最初はじゅわっという音と湯気が出たが、だんだんと水が溜まるにつれて静かになる。手を突っ込んでみると、ややぬるいくらいになっていた。

(このまま水の中に火魔法を放ったら、水蒸気爆発だよな)

水が液体から蒸気になる際、体積が一千七百倍に膨《ふく》れ上がるという。高温の水蒸気が吹っ飛んでくれば、全身大やけどだ。

色々考えた末、シンは石を火魔法で温めて風呂（仮）の中に投げ入れて温度調節をすることにした。何度か水を入れ、温石を入れて調整した結果、なんとか適温になった。

異世界に来て、初の風呂である。そもそもこの世界では庶民は風呂に入る習慣がなく、贅沢品だ。

しかし、シンは衛生や健康において必需品だと思っている。ここに来て、彼の中で入浴したい欲求が大暴走していた。

湯船に足を入れると、温かいお湯に体がじんわりと痺《しび》れる。久方《ひさかた》ぶりの感覚に、いても立ってもいられなくなり、シンは大急ぎで服を脱いで中に飛び込んだ。

「あぁあ〜〜〜っ」

思わずおっさんみたいな声が漏れた。十歳にあるまじき声だ。いや、そろそろ十一歳かもしれないが、シンはあまり自分の年齢を数えていないかった。

ばちゃばちゃとお湯を顔や肩に叩きこむように掛けて洗う。全身の血流が巡《めぐ》るとともに、疲れがお湯に溶け出していく。

テイラン王国を流浪し、ティンパイン王国にやってきてからどれくらい経ったかは忘れたが、絶対半年は風呂に入っていない。

水浴びと濡れ布巾で誤魔化《ごまか》す日々。そして、時々生活魔法で身綺麗にしていた。

ガシガシ髪を洗うにもシャンプーどころか石鹸《せっけん》もない。そもそも、石鹸は超高級品だ。もちろん貴族しか——以下省略、といった具合だろう。平民には風呂すら普及していないのだ。

シンは石で囲った縁に背をもたれさせながら、スマホをポチポチいじる。このスマホは見る専用である。情報を得るにはいいが、通販などで現代の物品を購入する能力はない。入手するには、材料から自分の足で探さなければならないのだ。

調べたところ、石鹸を作るには油と苛性《かせい》ソーダが必要なようだが、そんなもの手元にない。

原始的な作り方だと草木灰と植物性油、獣脂――とにかく油脂が必要だそうだ。それを何時間と煮込み、そのあと塩析をすれば硬い石鹸にすることもできるらしい。

（地獄か。地道な作業すぎる。魔法でちゃきちゃきっとできたりしないのだろうか）

砂糖もそうだが、塩もここでは貴重品だ。海から遠いし岩塩が産出されるわけでもない。

作るのが難しいなら、ムクロジの実のような、ソープナッツの類《たぐい》はないのだろうか。そう考え、シンがスマホをたぷたぷしていると――

（あんのかよ!!　ファンタジー、さすが。名前もまんまソープナッツ。ご都合主義万歳！）

主に深い標高五百メートル以上の山岳及び山林地帯にあるという。ティンパイン王国にも、条件に該当する地域には自生している。

（とりに行かねば!!）

面倒臭い手作り石鹸より、手頃な採取作業の方が良い。

タニキ村は山間の村だ。少し高いところに足を伸ばせば、ソープナッツを見つけられる可能性は高い。

シンは狩猟生活で体力には自信があったし、山菜でも木の実でも食用は見分けられるし、動物や魔物を捕ることもできる。

これでさらに素敵なバスタイムが約束されれば申し分ない。上機嫌になったシンは、風呂であれこれ考え続け……そのままのぼせた。

火照《ほて》った体を何とかクールダウンし、十分な水分と果実を少々口にしたシンは、今日の獲物を分けるために領主の屋敷に向かった。

屋敷は遠くから見れば大きくて立派だが、近づくと経年劣化が目立つ。

アウルベアの手羽の一部と雉を手に、とりあえず、裏手に回って厨房の料理人に声をかける。

「すみませーん、差し入れです」

「お、シンの坊主《ぼうず》じゃねーか！　あれか、いつもの山の土産《みやげ》か？」

エプロンは着けているが、普通に気の良いあんちゃんのような料理人が、勝手口から顔を出す。

「はい、アウルベアと雉です。良かったら食べてください」

「おう、あんがとよー！」

料理人はにこにこしながら手土産を受け取ると、さっそく開きはじめる。

「やっぱ肉があると違うぜ！　シンが来るまで、ハレッシュさんは嫁さんや子供のことを引きずって沈んでたから、狩りの調子も今一でな。あんまり料理も変わったのができなかったんだよ」

料理人として腕が鳴るところなのだろう。

その時、廊下から軽い足音が聞こえてきた。

ひょっこりと顔を出した領主のお坊ちゃん――ジャックだ。

「あー！　シンにーちゃんだ！　お肉持ってきてくれたの！」

その一声で、シンの肉の人扱いが一層増した。

「やったー！　久しぶりのお肉だ！」

ジャックは、料理人の手にしている物を見て、踊り出さんばかりに飛び跳ねている。

生の状態でかぶりつきそうだが、普通に寄生虫とかがいる可能性があるのでやめた方がいい。

領主の息子なのに、なんでこんなに飢《う》えているのか……不憫《ふびん》に思ったシンは、持っていた携帯食を渡す。グミの実をドライフルーツにしてみたものだ。

甘いが少し苦《にが》みもあるので子供向けじゃないかと心配したが、お坊ちゃまはガジガジとガッツ溢《あふ》れる食いっぷりを披露《ひろう》した。あまりの勢いに軽く引いてしまうシン。

「ところで、このあたりでは他に狩りをやる人いないんですか？」

「あー、いねえな。俺が知ってる中で腕の良いのはシンがダントツだし、その次でハレッシュさんだな。あのな、みんなお前みたいにスパスパ鳥や猪を射抜いて狩れるわけじゃねーんだぞ？」

「……領主様のところは、そんなに切羽詰《せっぱつ》まっているんですか？」

ジャックがおやつに夢中になっている内に、シンは声を潜《ひそ》めて気になっていたことを尋ねた。

「前の領主様……今の領主の親父さんが、どっかのお偉いさんと何かやろうとして、盛大にコケたらしい。借金をこさえちまって、今の領主様はその返済でてんてこ舞いだ。で、当の本人の先代は引っ込んで知らぬ存ぜぬで、金目の物を持っていっちまったらしい。離れの別宅でしれっとしてるぜ」

「糞《くそ》じゃん」

「糞だよ。とんでもねー爺《じじい》だ。お前さんも、今の旦那様《だんなさま》はともかく、大旦那の方は関わるなよ」

「肝《きも》に銘《めい》じておきます」

ハレッシュの言う通り、前の領主は相当糞だった。こっちの世界にも胸糞悪い輩がいるらしい。

一方、今の領主は苦労人というイメージがついた。

優しい世界だと思っていたタニキ村ですらこんなことがあるなんて……と、シンは少しばかり暗い気分になった。

「ねえ、シンにーちゃん。これもっとある？」

せがまれてドライフルーツを入れていた袋を見ると、思ったより少なかった。

「あー……全部はやれないけど、ちょっとだけな？　カビ生《は》える前に食べろよ」

「ありがとう！」

まあいいかと思って全部やると、ジャックは笑顔で礼を言ってそのまま走っていった。

またグミは取れるし、このドライフルーツも試行錯誤中《しこうさくごちゅう》だ。防腐剤も何もないので、悪くなる前に完食した方が良い。あの食いっぷりなら、心配する必要もなさそうだが。

きっと、まだあのお坊ちゃんは身分差とかいろいろわかっていないのだろう。

用を済ませたシンは、帰りがけにちょっと領主邸を振り返る。

聞いた通り、本宅から少し奥まったところに立派な建物が見えた。大きさこそ本宅より小さいが、壁にひびは入っていないし、窓ガラス越しに見えるカーテンもレースと重厚な布地の二種類がある。

本宅より確かに金がかかっていそうだ。

シンはまだ一度も前の領主を見たことがない。ほぼ引き籠もりのような生活をしているのか、たまたま会う機会がないのかはわからないが。

ハレッシュの話だと、先代は悪い意味で特権階級らしい人のようだ。

今の領主は村のために日々開墾や農作業に勤しんでいるし、夫人や息子もそれに加わっている。

それなのに、借金をこさえた本人は一切働かず安楽隠居とはずいぶんと良い御身分だ。

そんなことを考えながら歩いていると、ふと、どこかの窓から何かがきらりと反射して見えた。

シンは思わずそちらに目を向ける。

嵌《は》め殺《ごろ》しと思《おぼ》しき窓から、誰かが鏡か何かの金属でこちらに光を当てているようだ。

手を動かして、必死にこちらにサインを送っているのは若い男だ。

(どこかで見たことがある気がするけど……もしかして、あの高そうな馬車に乗ってた人？)

普通に厄介事の気配がひしひしとする。

だが、シンが動揺している間に、窓に張り付いていた男は、何かに気づいてさっと身をひるがえし、カーテンも閉じて消えた。

(性格がヤバいらしい前の領主様のお屋敷に、都会から来た客人が囚われている？　普通に危なくないか？　前領主様とやらは前に何かしでかしたらしいし……)

帰りながらも、どうしても気になってしまう。

多分、あの男は貴族だ。そうでなければ、あんなに立派な馬車で護送されるはずがない。

だが、貴族であるならば平民では知らない情報や知識を持っている可能性が高い。きちんとした教育を受けているだろうし、国家間の状況や遠い地の事情にも詳しいはずだ。

スマホは物の名前や地名などは教えてくれるが、世情は教えてくれない。

今のスローライフは捨てたくないと思う一方で、あんな怪しさ満点なものを放っておいていいのだろうかと、シンは悩む。

（そもそも今の領主はこの件を知っているのか？　つーか、領主様の名前ってなんだっけ）

「領主様」で通じるから、不便なことなど何もなかったし、興味がなくて、全然覚えていなかった。

国王クラスの人間なら名前を調べられるが、辺境の準男爵の名前までスマホでは調べられない。

異世界対応といえども、全能ではないのだ。

◆

その日の夕食は御馳走だった。

ハレッシュの言う通り、アウルベアは豪快《ごうかい》な見た目に反して手羽（腕？）の部分はジューシーで美味い。

余ったら干し肉にしようと思っていたら、あっという間に食べきってしまった。

鶏ガラ（熊ガラ？）から取ったスープも美味しかったし、キノコや山菜をしこたま入れたので色々と深い味わいになっていた。

もう少し塩味が濃ければ最高だったが、塩は海辺の街でなければそう簡単に入手できない。ペルーのアンデス山脈のように塩田でもあれば話は別だが、そう都合よくあるはずもない。

いつか海に行ったら、大量に塩を入手してタニキ村に持っていこうと決意するシンだった。

そして、何気《なにげ》にハレッシュの獲物コレクションにアウルベアの頭部が増えていた。

ウキウキした様子で「まだ目の部分に入れる黒石が見つからない」などと言って意気揚々《いきようよう》と皮を剝《は》ぎ頭蓋骨を見せてくる彼に、普通に引いたシンである。

剝製はフリーズドライ製法ではなく、剝ぐ→乾燥→防腐、防虫処理という手順で作る。中身は抜くので、別の中身を入れて戻してもどうしても歪《いびつ》になり、それが一層不気味なのだ。

満腹になったシンは、ハレッシュの家を出て自分の家である離れに帰った。

しかし、あの窓辺にいた男の人は誰なのか、どうしても気になった。

夜はすっかり更《ふ》けて、どこからかホウホウという梟の声や虫の声が聞こえてくる。外灯なんてないので、当然こんな時間に村の人はあまり出歩かない。

シンは厄介事には首を突っ込みたくなかったが、ここのスローライフに刺激が少ないのもまた事実。それに、自分が放置していたところでとんでもない事件が起こるのは本当に勘弁《かんべん》してほしかった。

シンはしばらく干し草ベッドでうんうん悩んでいたものの、結局は家を飛び出した。

以前より夜目《よめ》も利《き》くし、小さな体は身のこなしも軽い。素早く領主の敷地に忍び込むと、灌木《かんぼく》から離れを観察する。

例の部屋にはカーテンがしっかりかかっていたものの、見張りらしき人はいない。多分そんなお金すらないだろう。

少し悩んだ末、シンはダメもとでフックを付けたロープを屋根に投げる。

すると、案外簡単に引っかかった。音に気づかれたのではないかと心配したが、誰も来ない。明かりのついている部屋はいくつかあるが、特に動きはない。

ロープを伝って窓の近くまで登り、コンコンと叩いてみる。

しーんとしていて、物音は一切しない。

（空振りかな。帰るか）

既に寝ている可能性だってあるし、別の部屋が寝室の可能性もある。

シンはロープを確認し、人に見つかる前に帰ろうと周囲を確認した。

――その時、室内からバタバタと忙《せわ》しない足音がして、カーテンが乱暴に開く。

出てきたのは、けぶるような銀髪と宵闇《よいやみ》を思わせる藍《あい》とも紫ともとれる深色の瞳。端整《たんせい》だがやつれていて、顔色は病人のようだ。

年齢はシンより少し上程度の、おそらく十代半ばから後半。二十代ではないだろう。

窓に手をついて縋《すが》る様子は鬼気《きき》迫《せま》っていて、ぶっちゃけ怖い。あまりの勢いに、シンはロープから手を放しかけた。

嵌め殺しの窓だと思っていたが、男がガタガタ揺らすと――なんと、少しだけ開いた。しかし、とてもじゃないが人は通れない。せいぜい小さな鳥や鼠《ねずみ》、蛇、虫くらいだろう。

「こ、怖がらないで。待って！　き、君は、時々ここへ来ていた子だよね？」

必死な様子の男にたじろぎながらも、シンは返事をする。

「は、はい……」

「ああ、よかった！　みんな全然僕のことに気づかなくて……君は目が良いんだね。助かったよ。ありがとう」

「は、はぁ……」

「ここ、こ、ここはどこだかわかるかな？」

「えーと、ティンパイン王国のタニキ村――準男爵領です。僕もそんなに詳しくは」

「タ、タニキ……タニキ？　少なくとも王都近郊じゃないね。ええと、領主の名前はわかるかい？できれば家名とか」

「それは知りません」

「そ、そうか……」

シンの答えを聞いて、銀髪の少年が意気消沈《いきしょうちん》する。

「ここは領主様のお屋敷の敷地内ですが、実際ここに住んでいるのは前領主様です。なんでも一山当てようとして失敗して借金をこさえたとか。それで隠居して、後始末を今の領主様に押し付けたそうです」

「そ、その前領主の名は!?」

「わかりません」

「そっか……その、調べられたりするかな？」

少年はやつれてはいるものの、気配がきらきらしくて、エクゼクティブオーラがすごい。いわゆる貴族様なのだろうか。

「あ、そうだ！　僕はティルと呼んでくれ！」

シンのどこか白けた視線に気づいているのか、ティルはよく喋る。

ニコニコとしているが、どこか胡散臭い。会話に飢えていたのかもしれない。

「ティルさんは心を病《や》んで田舎で療養中とかですか？　それとも権力闘争でやらかしたか、巻き込まれたかで、ここにぶち込まれたんですか？」

前者だったらほどほどに相手をしてフェードアウトするが、後者なら容赦なく逃げる。

そんなシンの思惑に気づいたのか、ティルの顔色が一気に青ざめた。そして、恐るべき勢いで縋ってくる。

「ああ、待って！　逃げないで！　……お願いだ。頼む、一人にしないで。ようやく僕を見つけて、ここまで来てくれたんだ。話だけでいい。もう変な質問もしないから、まだここにいて……」

「無理です」

「そんな！」

「手が疲れました」

「あっ」

シンは会話している間もずっとロープでぶら下がり続けている。窓辺に立っているだけのティルとは違うのだ。

「もう少し会話しやすい部屋に移動できませんか？」

バルコニーなどがあれば、シンもそこに足を付けられる。それだけでもだいぶ違う。

ずっと腕の力だけで体重を支え続けるのは辛《つら》い。すでにかなりきつい。元々、様子見程度のつもりだったのだ。長々と会話していられるほどシンのマッスルはゴリラではない。

確かに、並みの子供よりは強いし、身軽だが、超人ではない。

「そ、それはちょっと無理かな……僕、軟禁《なんきん》されているし」

項垂《うなだ》れるティルが少々可哀想《かわいそう》で、シンの中に仏心《ほとけごころ》が出てしまう。

「では、また来ます」

面倒だと思っている理性とは裏腹に、約束めいた言葉が出てしまった。

「来てくれるの？」

「雨が降っていなくて、監視の目がなければですが」

「う、うん、待ってる！　絶対だからな！」

これで相手が美少年じゃなくて美少女のお姫様だったら、王道ＲＰＧかラブロマンスだった。

ティルは次への約束をこぎつけられて満足したのか、大人しくシンを見送った。

見えなくなる寸前まで、小さく開いた窓から懸命に手を振る姿が憐れみを誘う。

（それにしても、痩せていたな……ちゃんと食べ物貰っているのかな？）

相手は一応貴族様（仮）だ。シンがそんな心配をする必要ないだろう。

とはいえ、タニキ村は決して食料が潤沢《じゅんたく》にあるわけではない。

ボアやオークの一匹でも村の肉屋に卸《おろ》せばかなり喜ばれる。基本の生活が慎ましいし、持っている道具もかなり原始的なので、大物はなかなか捕まらないのだ。

ハレッシュの狩りはどちらかというと討伐向きで、獲物の損壊が激しい。しかも、綺麗にとれたのは次から次へと剥製にしてしまう。趣味が高じすぎている。

そして、取れた肉は物々交換で近所に配るため、店やギルドに卸されることはほどんどない。なので、道具屋や肉屋、ギルドにシンが顔を出すと露骨に期待をされる。

基本、薬草などの採取作業を優先しているシンだったが、頼み込まれて討伐系依頼を受け、肉を供給することが時々あった。

そんなこんなでちまちまと点数を稼ぎ、彼のギルドカードはGランクに上がっている。

(うーん……異空間バッグに結構肉類が溜まっているし、ソープナッツを探しに行く時にとったって体《てい》で、卸しておこうかな)

実はどっさりとストックの獲物があるが、これを一度に出したら大騒ぎだ。在庫処分セールよろしく、運よく群れを見つけたなどと言って同じ系統の獲物をいっぺんに出してしまおうか。

そんなことを考えながら、シンは帰路についたのだった。

◆

翌日シンは、とりあえず猪を丸ごと一匹、隣のベッキー家のジーナに渡した。

「まあ、ありがとうね！　シン！　今度シチューを持っていくよ！」

「ありがとうございます」

「はー。うちのカロルやシベルも、シンみたいに落ち着いて礼儀正しかったら良かったんだけどねぇ」

頬に手をやりため息をつくジーナに苦笑するシン。

精神年齢アラサーと、本物の子供を一緒にしてはいけない。

「そういえば、タニキ村の領主様のお名前ってなんでしたっけ？」

「えーと、確かパウエル様よ。パウエル・フォン・ポメラニアン様」

(なんだ、そのとても犬犬しい名前は)

シンは思わず、ふわもこのワンちゃんが豪勢《ごうせい》な服を着ているのを想像してしまった。

「たぶん、今日もその辺の畑を耕《たがや》しているんじゃないかしら？　うちの領地は貧乏だからね！」

カラカラと笑うジーナ。

ふわもこワンちゃんが麦わら帽子をかぶり、作業用つなぎを着て鍬《くわ》を持っているのを想像した。

畑仕事に精を出す領主様って……と思いながらも、貧乏の前には致し方がないのかもしれない。

続いて、シンは丸々太った猪を二匹手押し車の荷台に載せて運び、肉屋に卸した。

こちらでもとても喜ばれたものの、いちいち理由をつけて肉を持っていくのは面倒だ。嘘をつき続けるのも心苦しいしところである。シンとしては切実に異空間バッグをカミングアウトしてしまいたかったが、珍しい異空間バッグの存在を公《おおやけ》にするのはリスクがある。

盗人《ぬすっと》に怯《おび》えて過ごしたくなんてないし、疑心暗鬼も嫌だ。この平和な村で浮きたくない。そんな思いから、結局しばらく黙っておこうと考え直したシンだった。

午後はソープナッツを探しに、少し標高が高いところまで行った。

スマホを片手に、お目当ての木の実がありそうな場所をうろうろしたが、なかなか見つからない。

「うーん、やっぱり難しいのかな……」

首を捻っていると、どこからかブブブと不気味な羽音が響いてきた。

身をひるがえすと、そこには体長三十センチはありそうな巨大なスズメバチのようなものが。肉食っぽいうえ、毒も持っていそうだ。しかも、シンに狙いを定めている。

巨大な蜂の魔物に襲われかけたシンは、とっさにこれを火魔法で焼き払った。

魔法の威力は絶大で、一瞬のうちに蜂を炭に変えたが、周囲の木々にも被害が及んでいた。

山火事になるといけないので、慌てて水魔法で鎮火《ちんか》する。

「ふう、驚い……た……」

しかし、蜂というのは基本、数千から数万という集団で巣を作っている。シンはうっかりその巣のテリトリーに入り込んでいたらしく、一匹の先兵を倒したことにより、完全に敵と認定されてしまった。多数の蜂が巣から飛び立ち、シン目掛けて突っ込んでくる。

「うげぇえええ！」

シンは蜂が苦手である。というより、虫があまり好きではない。

悲鳴とともに火炎玉を放ち、飛来してきた蜂と、木にぶら下がっていた巣を焼き払った。

魔法をかいくぐって接近してきた蜂は、普段あまり使わない短剣を振り回して切り伏せる。近すぎて弓矢で狙いを定めている暇がないのだ。

シンはなんとか蜂を撃退したものの、火魔法の影響で山火事を起こさないために、念入りに水魔法を連打する羽目になった。魔力はスッカスカである。

スマホで確認すると、襲ってきたのは肉食蜂『キラーホーネット』という魔物だった。

倒した魔物は、翅《はね》と毒針をいくつも落とした。何故か、その部位だけよく残っている。ドロップ品と言わんばかりだ。シンは深く考えずに回収して、異空間バッグに収納する。

スマホで在庫確認すると『キラーホーネットの翅×五十三、キラーホーネットの毒針×四十』とあった。

使い道が思いつかないし、早々にギルドや道具屋に売り払ってしまった方が良さそうだ。

そしてもう一つ『キラーホーネットクイーンの魔石×一』なる物も収納されていた。

そんなものを拾ったかな、と首を傾《かし》げながら取り出すと、キラーホーネットの真っ赤な目を思い起こさせる赤い魔石が出てきた。知らなければガーネットやルビーと勘違いしてしまいそうな綺麗な石だ。

(これも使い道がわからん)

わからないものは仕方がないので、再び異空間バッグに仕舞って、帰路につく。

道中で薪になりそうな手頃な木材をいくつか持っていく。また、スグリと胡桃《くるみ》を見つけたので、これもバッグに入れた。

スグリは酸味が強烈な赤い果実で、砂糖漬けや酒漬けやジャム、ゼリーやパイにして食べることがある。ジーナに渡せば何かしら加工して分けてくれる可能性が高い。

家に帰ると、ドアの前にシチューの入った鍋《なべ》とパンが置いてあった。夕飯に最適だ。

シンはお礼にジーナの家の前にスグリと胡桃を並べる。朝には気づくだろう。

温めたパンとシチューでお腹を満たし、白湯で喉を潤《うるお》す。そして、干し草のベッドにダイブした。

(あ、ティルさんのところに行くの忘れてた。まあ、一日くらいいいだろう)

シンはお休み三秒だった。

◆

――一方。

(来ない……。あの黒髪の男の子、来ないな……変な人と思われたのかな……。だいぶ身軽そうだったし、頭の回転も悪くなさそうだった。多分ここはノーマン？　ボーマン？　あの男の家だと思うんだが……。どこだったかな、キュラス領？　山が見えるからハルグリッドか？)

ティルは滅茶苦茶シンを待っていた。

シンが面倒臭そうな気配を感じた通り、ティルはやんごとなき身分の人で、貴族の権力闘争的な『厄介事』に巻き込まれて、ここに押し込まれたのだ。今のティルには腹心どころか側近もいない。

ここに来る時についていた護衛は、全て王都に帰ってしまった。

ティルは自分一人では自分の世話すらできない類の貴族だ。食事は使用人が持ってくるものだし、着替えは手伝いが数人いるのも当たり前という生活を送っていた。

ここでは風呂の世話をしてくれる老いた使用人がいるが、いかにも気難しそうで懐柔《かいじゅう》は難しい。

「ティルレイン様、お食事をご用意しました」

おざなりなノックとともに入ってきたのは、その使用人だ。

使用人の質が悪いと思いながらも、人と話せる機会は貴重なので、ティルは我慢して対応する。

だが、この使用人は不愛想で、まともに会話が成立しない。

木製の粗末なトレイに載っているのは、薄い塩味の野菜スープ。毎日のように出されて飽きている。ティルがここに来て数カ月、肉の欠片もろくに食べていないし、卵料理すら出ない。パンは食べられるが、歯ごたえと口当たりは劣悪。当然、バターやジャムはついてない。

王都にいたときはデザートに冷菓や果物などの甘味を食していたが、それもしばらくご無沙汰だ。

(罪人のような扱いだな)

ティルは嘆息しながらも、与えられた物を口に運ぶ。

食事は一日二度だけ。間食もなければティータイムもない。しかし、食事にケチをつけて減らされてはたまらない。一度飽きたと言ったら、顔が映り込むほど水気が多い薄い粥《かゆ》に変わった。物凄く不味かった。

ここからいつでも抜け出せるように、栄養だけはとっておかなければならない。

パサついたパンをスープで押し流すようにして平らげ、さっさと使用人に皿を下げさせる。

使用人の足音が遠くなったのを確認し、ティルは窓に張り付いた。

そこで、こちらにやって来る小さな影を発見し、気分が一気に上昇する。

（……シンだ。あの小さいのはシンだ！）

気づけ～と念を送るが、シンはこちらを向かない。

ティルは、シンが手に何か持っているのを発見した。

（あれは鳥!?　鴨？　またあの子がとってきたのか？　しかも三羽もいる。やはり大した腕だ……）

外の声は全然聞こえない。シンの周りに、彼よりさらに小さな男の子がちょろちょろしている。

だが、男の子はシンに何かを渡されるとぱーっと去っていった。

あの子供はティルも知っていた。時々、こちらを見て何かを差し出す素振《そぶ》りをしているが失敗する子供だ。

結局、シンはティルの方を一切見ずに帰ってしまった。

項垂れるティル。期待が大きかっただけに、落胆《らくたん》も酷かった。

◆

「こんばんは。ティルさん」

「……もう来ないかと思ってた……」

夜中にはるばる人目を忍んで訪ねてきたシンを、ティルは呆然《ぼうぜん》とした様子で出迎えた。

「そうですか。先日の質問ですが、ここの領主の準男爵は、パウエル・フォン・ポメラニアン様だそうです。王都から東の僻地《へきち》ですね。どんなにかっ飛ばしても、馬で二週間はかかりますよ。では、質問に答えたので帰りますね。さようなら」

そう言い残すと、シンはすちゃっと手を上げてロープを降りようとする。

ティルはこれを止めようと、慌てて窓に張り付く。

「ま、待って！　行かないで！　もう少し話そう？　それで、たまにでいいからこれからも話し相手になってくれないか？　ここには愛想の悪い使用人が食事の時に来るだけで、凄く退屈なんだ」

シンは渋々ながら応対する。

「普通に来るのが大変です」

「そ、そうだな」

「ティルさんは何でこんな場所に？」

「……好きな子がいて、結婚しようとしたら、連れてこられた」

「すきなこ」

「ああ、運命の人だ！」

(なんだ、脳味噌湧きすぎて脳漿《のうしょう》が爆散してそうなレベルのお花畑は!?　そんなお花畑、今すぐ除草剤を撒《ま》いて枯《か》れたあとに火を放ちたい。芝刈り機《しばかりき》では手ぬるい！)

ティルのあまりにバカげた物言いに、シンは呆れて絶句する。

シンの考えでは、このティルという男は絶対平民ではない。顔立ちはしゅっとしているし、着ている服も、仕草や喋り方も品がある。それなのに、発言が残念すぎる。

凍土の如《ごと》き冷たい視線を向けられているとは気づいていないのだろう。ティルはその『運命の人』とやらを思い浮かべて、うっとりしている。

「……実はその女性、平民とか落《お》とし胤《だね》の類で、本来王侯貴族しか通わないような場所に飛び入りというか特別枠とかで入ってきた人なんでしょ？　で、その子に高貴なお友達と一緒に入《い》れ揚《あ》げた挙句、自分の婚約者が邪魔になって、結婚破棄とかやらかした、と。『お前の罪の数を数えろ』って具合で婚約者を集団で吊るし上げて、『お前みたいな性悪《しょうわる》いらねーよ、ぺっ』みたいに捨てたけど、実は世間から見てそうでもなかったりして。最終的には逆に『テメーがねーよ、ぺっ』みたいに自分が追い出された口ですか？」

「まるで見てきたように言うね⁉」

「そういうお話が少し前に流行ったので（大嘘です）」

シンが言った内容は、よくあるインターネット小説とかの鉄板ネタだ。

ついでに、この手のネタは庶民の歌劇などの題材にもなりやすい。

ティルが「僕の大恋愛が大衆娯楽《たいしゅうごらく》になってる⁉」と真っ青な顔で項垂れた。

だが、ドンピシャすぎて驚いているのはシンの方だ。そして、和《なご》ませようとしたはずのジョークが、地雷原でタップダンスしてしまったことに気づいた。

「どうせプロムとか、卒業式のお祝いの席で盛大にやろうとしたのでは？」

「やめて」

シンの容赦ない追い打ちに次ぐ追い打ちを受け、ついにティルが頭を抱えて項垂れた。

（当たりかよ。死ね。主に周囲に五体投地《ごたいとうち》で謝れ）

シンは庶民だし、人並みのモラルはあった。

この馬鹿ボンボンは加害者であり、被害者面をするのは間違っている。

「一生に一回しかない卒業式かもしれないのに、下らない脳内お花畑の茶番に付き合わされた他の人にとっては物凄く迷惑だし、可哀想だと思いますよ」

「シン、何か恨《うら》みでもある？」

「ハイソサエティーな方々には自覚がないかもしれませんが、上が大騒ぎすると、下はもっと大騒ぎになるんですよ」

（唐突な仕様変更とか、規格変更とか、糞喰らえ。……おっと、社畜社畜ぅ！）

社畜の戦国時代で足軽クラスだったシンは、御上《おかみ》の横暴に散々血反吐《ちへど》を吐かされた覚えがある。

すん、と目からハイライトが消えたシンが、たじろぎながら頭を抱えるティルを冷たく睥睨《へいげい》する。

「ぼ、僕のアイリーンを虐めたヴィクトリアが悪いんだ！　元は平民でも、アイリはとても魅力的な伯爵令嬢《はくしゃくれいじょう》で、僕以外にもたくさんの信望者がいたんだ。それにヴィーは醜《みにく》い嫉妬から彼女に酷いことをしたんだ！　数々の貴公子たちを魅了《みりょう》したアイリーンは、素直で愛らしい天使のようなーー」

「天使は婚約者がいる男の人にちょっかいかけないし、相手の女性がいるって気づいたら引き下がるし、筋《すじ》を通すし、そもそも、そんな男の人たちを何人も侍《はべ》らせないよ。知ってる？　ティルさん。そういう人は世の中ではアバズレって呼ばれるんだ。娼婦《しょうふ》のお姉さんたちだって、仕事だからたくさん男の人の相手をするだけだよ。でも、そのアイリーンさんっていうのは、趣味で相手のいる男性を引っかけて貢《みつ》がせているよね？　男の人も、婚約者も、その人たちの家も馬鹿にしてたんじゃない？」

「だからって、ヴィーはネチネチと僕のアイリを虐めたんだ！　庶民だったアイリが貴族の作法に慣れていないのは仕方がな――」

「アイリーンさんって、いつから貴族だったの？　もしかして礼儀作法も習わないで貴族様の世界に入ったの？　それってヴィクトリア様がルール違反とか、マナー違反だよって教えてあげたんじゃない？　むしろティルさんと結婚したいなら率先して教えを乞《こ》うべきでしょ？　貴族を名乗るなら、貴族のマナーを守るのが当然だよ。無理ならすっこんでなって感じ」

「でも、アイリは泣いていたんだぞ!?」

「貴族なのに貴族としてのマナーを守らず男に泣きつくって、最低じゃん。つーか、それなら貴族辞めて庶民に戻った方がいいね。でも、ティルさん。わかっていて筋を通さなかったアンタが一番悪いと思います」

「シンは僕のこと嫌い？」

「とりあえず好感度は今駄々下がりしています」

シンはスッと視線を下げて地面を確認した。

いつでも降りられる。ちょっと手を緩めるだけで、重力が地面にご案内してくれる。

「ごめんなさい。まだ行かないで」

「素直でよろしい。なんでアイリさんにそこまでこだわるんですか？」

「か、彼女とはその、深い仲で……男なら、責任を取るべきだろう⁉」

「アイリさんのとっても仲良しな深い仲が、ティルさんだけじゃないといいですね」

「……へ？　イヤイヤイヤ、そりゃアイリはモテたけど、僕だけだって……」

「アウトー。それって男を貢がせる女の典型的な手口ですよ。何貢いだんですか？」

「……ドレスと宝石とか、他にも色々」

「ティルさんのお家の先祖代々の大事な物とか、形見とか、ご両親からもらった貴金属を渡してませんよね？」

ズバッと問いただすシン。手加減などは存在しない。

すすーっとわかりやすく目を逸《そ》らしたティルは、それっきり頑《かたく》なにシンの方を見なかった。

真っ青な顔で、物凄く居心地悪そうに手をもじもじさせている。だが、やたら瞬きが多い上、視線がさっきからあっちこっちに散乱して定まらない。

「………アイリは僕を裏切らないもん」

「馬鹿ですか、アンタ」

こんな辺境にぶち込まれるはずである。

このやんごとなきボンボンは、青春が行き過ぎてやらかしたらしい。アオハルがオーバーキルだ。

もうすでに極大の暗黒点クラスの黒歴史だろう。

恐らく「根性叩きなおせ」と、こんな田舎としかいいようのない僻地にぶん投げられたのだろう。そうでなければ、お役御免《やくごめん》で見放されたかのどちらかだ。そして、借金があるという前ポメラニアン準男爵は、立場上断れなかったのかもしれない。

「嘘じゃないもん！」

明らかに自分より年下の、十歳ちょっとの子供に盛大に抗議しはじめたティル。

精神年齢が幼児レベルだ。

「駄々っ子か！　ないもんとか言うな、キモイ。両親兄弟使用人全てに謝りなさい。一番に婚約者本人とそのご実家に。元婚約者かもしれないですけど」

「こんな牢獄《ろうごく》みたいな場所に入れられたのにか⁉　毎日野菜のスープと固いパンだぞ！」

「ここは極貧なので、領主様もそれが標準です。肉が欲しかったら自分で確保するしかありませんよ」

「……嘘だろ⁉」

愕然《がくぜん》とするティルだが、シンは真顔で首を振った。

このノーブルボンボンは、庶民と末端貴族の現実を全く知らないようだ。

「事実です。貴族もピンキリですよ。とりあえず全員に手紙で謝罪しなさい」

「ヤダ」

「屑《くず》に関わる趣味はないので、ではさよなら」

「え、待って待って待って！　せっかく話し相手を見つけたのに‼」

面倒になってきたシンは、必死に引き留めようとするティルを無視してさっさと帰った。

ノーブル美形がとんでもない屑男だった。ちょっと面白い話でも聞けると思ったら、とんだ地雷男だったのだ。

◆

その後、シンが領主宅に行くたびに、鏡のモールス信号みたいなのが飛んできたが、しばらくこれを無視した。

シンはあの手の人間が嫌いだった。自分のしでかしたことを理解しない奴は嫌いだし、反省しない奴はもっと嫌いだ。糞クライアントを思い出す。

その後、シンはソープナッツ探しに山や森に入ったり、ハレッシュと狩りをしたり、ドライフルーツや干し肉、燻製などを作るのに熱中して過ごした。

隣家のご主人――ガランテに家具を作ってもらえることになったので、家もグレードアップした。地道な差し入れ作戦が功《こう》を奏《そう》したようだ。

ハレッシュに貰った住居は少し年季が入っているので、手伝いがてら修理の仕方を教わった。簡単なところでもやはり素人の作業では不格好になるので、最後は修復魔法でサクッと修理した。

どういう原理かわからないが、修理魔法を使う際に素材を足すと、そのまま魔法を使うよりも綺麗に直る。どこかの錬金術のように、老朽化《ろうきゅうか》や欠損《けっそん》した部分は何かしら補《おぎな》った方が良い結果になるようだ。

そんな日々を過ごしていたシンが、久々にティルのもとを訪れると、彼は滂沱《ぼうだ》の涙《なみだ》を流しながら怒っていた。

「ひどいじゃないかああ！」

幼児のようにわかりやすくぷんすかしているティル。窓にガタガタと縋り付きながらべえべえ泣いている。

「僕はずっと待ってたんだぞおおお！　ひと月近く放置したなーっ！」

「反省する時間が必要かと思って」

シンはできれば来たくなかったが、あまりに反応がないのに苛立《いらだ》ったのか、ティルは鏡でチラチラ作戦をやめて、窓をバンバン叩いてギャーギャー訴えはじめたのだ。

これでは無視するわけにはいかない。

当然、周囲にバレた。

しかも、あまりに暴れるので、大した造りではない離れの窓が外れた。

「わぁ!?」

「あ」

パッカンパリンと景気よくいった。

窓にガンガン当たり散らしていたティルは、そのまま落下寸前だ。

「お、落ちるううう！」

そこからは大変だった。

落ちかけたティルは何とか窓枠につかまって事なきを得たものの、散乱する割れた窓ガラスと窓枠のせいで引っ張り上げられない。救出するためにポメラニアン準男爵邸宅にいた人たちを慌てて集めることになった。

結局、シンが丈夫なロープで窓のそばまで登って、自分よりデカい人間をサポートしながら降りる羽目になった。

なんとしてでも助けろと前領主とその執事らしい壮年の男たちが騒ぐ。しかし、彼らは終始文句を言うだけで結局何もしなかった。

ようやく地面の上に立って、ほっとするティル。

手当てを受けるために、屋敷の一室に案内された彼は、念のためベッドに押し込まれる。

訪問が遅かったことにぶつくさ文句を言うティルに対し、シンが反論する。

「あなたがアイリさんに夢中になってる間、放っておかれたヴィクトリア様は、もっともっと待たされて悲しい思いをしたんでしょうね」

「ヴィーは関係ないだろう！」

「親に、家に決められた婚約者。もしかしたら、ヴィクトリア様も他に愛する方がいたかもしれない……なのに、婚約者ときたら他の女に入れ込んでいる。可哀想なヴィクトリア様。ドレスも宝石もアイリ様には贈られるのに、エスコートもされずにほったらかし。お詫《わ》びの花や言葉どころか、カード一枚来やしない」

「……それはちょっと悪いと思ってる」

「ちょっとですか。本当に屑ですね。そんなんだから振るつもりが振られてアバズレビッチ《アイリーン》にも逃げられるんですよ」

「ねえ、ほんとに見てないの⁉　シンは実は王家の密偵とか？　そうだな！　そうなんだろー⁉　言っとくが、僕は兄上や父上のように好きでもない女とは結婚しないからな！」

「そんなだから不良在庫扱いされてこんなど田舎に入れられたんじゃないですか？　労働がないだけマシですが、ここは魔物が出る森もありますし、都会のボンボンがうっかり飛び出したら、獣か魔物に襲われて内臓から啜《すす》られますよ」

「言葉がキッツイ！　こっわ！　表現も怖い！」

「動物にとって、内臓は栄養価が高い御馳走なんです。腐りやすい部位でもあるので、一番に食べるんですよ」

「ひぇ……自然のリアリティ……」

「あと、僕はただのしがない冒険者兼猟師なので、密偵とか護衛ではないです。暇潰《ひまつぶ》しに見に来ただけで、飽きたり嫌になったりしたらすぐ逃げるんで、アテにしないでください」

「いやあああ！　シン君待って！　うそうそ！　行かないでよーっ！　行くな！」

「命令しないでください」

「ごめんなさい」

素直だか我儘だかわからないお坊ちゃんである。

先ほど王家だなんだと嫌なワードが聞こえてきて、シンはリアルに椅子を動かして距離をとった。

シンがリンゴを剝《む》いて渡すと、ティルは「すっぱ」と顔をくちゃっとさせながらも、シャリシャリ食べはじめる。

この馬鹿ボンが本当に王族とか、できる気がしない。というか、既にやらかして左遷《させん》されているようなものだ。

「シン、改めて自己紹介をしよう」

「あ、面倒そうなので、そういうのイラナイです」

シンに拒絶されたティルが駄々をこねる。

「聞いてよーっ！　聞こうよーっ！　ヤダヤダ、聞いてくんないといやだー！」

「糞して寝てろ」

「ぴぇん」

「何がぴぇんだ」

「アイリがこうやると凄く可愛かったから、真似してみた」

「こうしてやりたいくらいムカつきます」

シンはまだ皮をむいてなかったリンゴを、ギュッと握りしめて粉砕《ふんさい》する。ちゃんと皿の上で。

ちなみに、砕けたリンゴはシンがちゃんと美味しくいただいた。

ティルはガタガタと震えて黙った。

「シン、お前ちっこいのに凶暴すぎやしないか？　子供はもっと可愛くのびのびしてた方がいいぞ？」

「僕をいくつだと思ってるんですか」

「え？　うーん、八歳くらいじゃないか？」

「十一歳です」

「ええ！　小さい！　シン、小さいぞ、お前！」

その小さい奴に助けられたくせに――シンがこめかみをヒクつかせる。

「誰も彼も満足に幼少期から食べられるとは思わないでください。あと、僕はもともと小柄なんです（多分）」

何か思うところがあるのか、ティルは黙った。

彼はずっと軟禁生活で喋り足りないのか、痩せこけて血色が悪いのにやたら喋る。黙っていればかなり端整な容貌《ようぼう》もあって、ちゃんとやんごとなきお方に見えるのに。

そばに近づけるようになったのをいいことに、ティルはやたらシンに触れようとする。

頭を撫でようとして、ぺしっと弾かれたティルは肩を落としたが……すぐに復活して微笑みを浮かべた。

「控《ひか》えめに言って、気持ち悪い」

「シン、なんでそんなに直球に僕を罵《ののし》るんだい」

「性分《しょうぶん》です」

存在がやかましいティルの気配に、シンの口調からオブラートがログアウトしてしまう。

二人がわちゃわちゃと騒いでいる後ろで、領主邸宅の使用人たちは大慌てでパウエルを呼びに行っていた。

領主は少し遠出して森林沿いを開墾しに行っていたのだ。

前領主は騒ぎすぎてぎっくり腰になったのか、老執事に付き添われて離れに戻った。

「じゃあ、ティルさんも元気そうなので、僕は帰ります」

「よし、じゃあついていく」

どういうわけか、ティルはシンを気に入っているようだ。

結構辛辣に対応しているのに、めげずに付き纏う。

「よしじゃない。お戻りください」

「いーやーだー！　僕はシンと行くんだ！」

「何故？」

「シンが僕の心友《しんゆう》のシンディードに似ているからだ！　愛称と名前も一緒！　これは運命に違いない！」

非常に余計な運命だ。

その友人とやらは、このボンボンの性格を何故矯正しなかったのか。身分差か。それとも、挑戦したが挫折《ざせつ》したのか。あるいは、ティルが根っからこの鬱陶《うっとう》しい性格だったからか。

「つれないツンツンしたところと、大きな黒目がシンディードにそっくりなんだ」

「はあ」

「シンは——あ、旧友のシン、シンディード・キャンベルスター男爵は、ずーっと僕と一緒だったんだぞ。嬉しい時も、哀しい時も！　僕が病弱だった時も、王子として色々揉めていた時も、シンだけはずっとそばにいてくれたんだ！」

別に頼んでもいないのに、ティルは過去に思いを馳《は》せながら滔々《とうとう》と語りはじめる。

男爵というのだから、爵位を継いでいたのか。護衛や従僕、家庭教師の類だろうか。

「だが、僕が十歳くらいの時に亡くなってしまった。急に食欲がなくなって、ベッドに寝たきりになって……あっという間だった。シンディードには恋人や奥さんもいなかったし、爵位を継ぐ親戚はいなかった。そういう関係の者がいるのかわからなかった。元は貴族ではなく、彼の代で貴族になったからな。だから、シンの大好きな別荘地の一画に埋葬《まいそう》することになったんだ。彼の命日には毎年、大好きだった向日葵《ひまわり》を手向《たむ》けている」

心友とやらを思い出しているのか、ティルの表情が哀愁《あいしゅう》を帯《お》びている。目を伏せ、長い睫毛《まつげ》が頬に影を落とす。

(こんなクソ野郎にも友達なんていたんだな、そしてそれを悼《いた》む気持ちがあるのか)

シンはちょっとティルを見直したが、本当に家までついてきそうなので部屋に押し戻す。

嫌な予感がするので、とっとと帰りたかった。

既にいくつかヤバいワードを拾ってしまったシンは、早急に逃げにかかる。

その時、外からバタバタと音がしたと思ったら、ノックもなくドアが開け放たれた。

入ってきたのは、赤茶色のふわふわとした頭に麦わら帽子をかぶった農夫だった。

ちょっと垂れたくりっとした目といい、ちょっと緩そうな口元がどことなくデフォルトで笑っているような形に見えて、犬っぽい。

どこか愛嬌のある顔立ちを、緊張で強張《こわば》らせている。

「し、失礼します！　ティルレイン殿下、ご無事ですか⁉」

「おお、シンのおかげで問題ない！」

「申しわけありません、殿下。まさか父があなた様のような高貴な方をお預かりしていたなどと、当主でありながら存じ上げませんでした！」

きゅんきゅんと鳴き声の聞こえてきそうなほど恐縮しきった農夫は、ベッドサイドに駆け寄ると、すぐさま膝をついてティル――ティルレインの前に頭《こうべ》を垂《た》れた。

シンはドン引きしたが、ティルレインにしてみれば慣れたものなのか、鷹揚《おうよう》に頷く。

「うむ、まあよい。ボーマンやその執事の態度は頂けなかったが、なかなかに良い出会いがあった。気の置けない小さな友人もできたしな」

「そ、それは良かったです」

シンが農夫だと思っていたこの男がポメラニアン準男爵のようだ。

確かパウエル・フォン・ポメラニアン。割と糞な親を持ってしまったせいで、借金まで背負わされた可哀想な領主である。

パウエルは、小さな友人と示されてようやく部屋から逃げようとしたシンに気づいたようだ。

「君は？　あれ、前に会ったよね？」

「～～～～～～～～っ!!」

シンの喉から声にならない悲鳴が漏れた。パウエルはしっかりシンを見ている。

「シンです。タニキ村に住んでいる冒険者です。狩人の真似事をしています」

「ああ、よく肉や山菜を差し入れてくれる子だね！」

ここでも通じる肉の人。

よそから転がり込んできた彼が人間関係を円滑《えんかつ》にするために使った袖《そで》の下《した》が、悪い意味で作用した。一村人で、しかも子供のシンを、しっかりとパウエルは認識していた。

「ジャックがよくお土産をくれると話していたからね。弓の名手だと聞いているよ」

「いえいえ、それほどでも……」

きらっとティルレインの目が光った。嫌な予感に、シンの肌が粟立《あわだ》つ。

「シンの狩りを見てみたいな！」

その提案に、血相を変えたのはパウエルだ。大慌てで止めにかかる。

「で、殿下。しかし先ほどの騒ぎもありましたし、まだお休みになられていた方が！」

「なーに、問題ない！　ずっと籠もりっぱなしで体もなまっていたところだ！」

外に出る気満々のティルレインであるが、ベッドからぶらぶら揺れる足は細い。頬もこけているし、声は明るいが張りがない。空元気なのか、興奮《こうふん》して空ぶかし状態なのかはわからないが、いずれにせよ体調が芳《かんば》しいとは思えない。

「ティルレイン殿下」

「シン、そんな他人行儀じゃなくてさっきみたいにティルさんと呼んでくれ！」

「殿下と呼ばれるのは、大雑把《おおざっぱ》に言えば王族に属す方です。しがない平民の子供が迂闊《うかつ》な口を叩けば、僕の首が飛ぶので、遠慮させていただきます」

「ケチだなぁ。僕は気にしないのに！　もっとフレンドリーになってくれ！」

「では、率直に申し上げて大変迷惑なので来ないでください。そうしていただければ、シケた硬いパンと野菜が浮いている塩スープの食事に、魚か肉という彩《いろど》りが加わります」

「に、肉とな……？　そういえば、王都から出て以来ずいぶんと口にしていない……」

「あと、僕の狩りについてきたかったら、その痩せ細った手足を何とかしてください。まるで枯れ木ですよ。僕にあなたを背負えというのですか？　無理があります。山を舐めたら死にますよ」

率直に言って、足手まといだ。獣も魔物も出る自然の山はそんなに甘いものではない。子供に大人とまではいかないが、自分よりデカい奴の世話をさせようとしてはいけない。

パウエルはシンとティルに挟まれてずっとオロオロしている。

シンの舌鋒《ぜっぽう》は容赦ない。

「せめて馬に乗れるくらい体力つけてください。一人で、ですよ？　誰かの手伝いも、誰かの補助もなしで乗れるようになってください」

この明らかにどちゃくそボンボンな殿下にはかなり難しいだろうと踏んで、シンは言った。

だが、ぱっと表情を変えた現実の見えていないティルレイン。

「わかった！　では、今日は大人しくしていよう！」

パウエルがほっと胸を撫で下ろす一方で、自分の置かれている状況を理解していない王子様は嬉しそうだった。

第三章　王子様とシン君

シンにはストーカーがいる。

その名もティルレイン・エヴァンジェリン・バルザーヤ・ティンパイン。

控えめに言っても長いお名前である。

その仰々《ぎょうぎょう》しい名前に相応《ふさわ》しく、ティルレイン以下省略はとても高貴な身分のお方である。

ずばり言えば、王子である。ティンパイン王国第三王子というとてもやんごとなきお方だ。

だが、王家で決められた婚約を一方的に破棄し、とても可愛らしいが色々と問題ありな女の子を妃《きさき》にしたいと騒いだそうだ。

結果、ど田舎に蟄居《ちっきょ》（療養）を言い渡された。

「馬鹿か？」

ハレッシュは呆れ果てている。人のよさそうな顔にわかりやすい呆れが滲《にじ》んでいる。

シンもそれに即座に頷く。

「ええ、馬鹿です」

しかしその馬鹿は、シンディードなる心友に似ているという理由で、一方的にシンを気に入っていた。冷たい態度がさらに旧友に似ているそうだ。その友人が既にお亡くなりになっているのが、余計にティルレインに執着させたのだろう。

この王子は、シンを付けておけばだいたい機嫌がいい。ポメラニアン準男爵に頭を下げられ、どうか相手をしてやってくれと頼まれてしまうと、シンに断れるわけがない。

腰が低くても、相手は領主。対してシンはただの流れ着いた領民。

準男爵にしても、やんごとなきお方すぎてティルレインを持て余していることは明らかだ。

詳しいことを知っているだろう前領主ボーマンは、王子を勝手に置いていたことが露見《ろけん》すると、しれっとした顔で厄介事《ティルレイン》を押し付けて、知らぬ存ぜぬを貫いている。

「……シン、そういや、殿下はちゃんと馬車に乗ってきたんだよな？」

「ええ、豪華な馬車だったので、一時期噂になりましたね」

「なら、支度金というか、世話してもらうために多少の金子《きんす》をもらっているはずだ。いくらやらかしたとはいえ、まだ平然と王子と名乗れるくらいには酷い目にあってないのだろうし」

「ですけど、結構な勢いの馬鹿ですよ？」

ティルレインにやらかした自覚が薄い。今の境遇に不服そうだが反省の色はない。

今も狩りについていきたいと駄々をこねるが、シンが馬に乗れるかと聞くと横に首を横に振る。

だが、意外なことに練習はしているようだ。脚や体幹の筋力が落ちているのか、現状は馬に普通に乗っているだけでもふらふらしている。

果たして、わかりやすくボンクラ王子であるあれに対して、金子《きんす》を用意するだろうか。さすがに王族はそこまで吝嗇《りんしょく》ではないはずだが、流された原因が原因だけに、微妙なところだ。

「国王陛下の第三王子への甘ちゃんぶりは有名だからな。できない子こそ可愛いらしく、上に二人いるのを差し置いて溺愛《できあい》してるって聞いたことがある」

「じゃあ、その金子《きんす》は前領主のノーマン様が？」

「ボーマン様だな。着服している可能性が高い。金子《きんす》じゃなくて、何か物資や貴金属という形で下《か》賜《し》されているかもしれない」

「パウエル様にお伝えした方がいいですよね……」

「だな、子供のお前からだとさすがにアレだろうから、俺から言うぞ」

「あんなに領主様嫌がってたのに」

「俺が嫌いなのはボーマン様であって、パウエル様じゃないからな！」

鼻息荒くドヤ顔で言うことではない。

シンからの若干じっとりとした視線をものともせず、ハレッシュは手土産をどうしようかと物色しはじめる。

「そうだ！　この前のアウルベアの頭部の剥製を！」

「それをやったら村を追い出されるかもしれませんね。息子のジャック様はまだ子供ですよ」

パウエルの息子のジャックは幼い。アウルベアの頭部なんぞ屋敷内に飾られたら恐怖だろう。

ちょっぴり残念そうなハレッシュに、剥製はやめるように念を押しておく。

結局のところ、手土産はグミの実ジャムになった。隣家のジーナ作である。

「よし、じゃあ行くぞ、シン！」

出し抜けにハレッシュが誘ってきて、シンはきょとんと首を傾げる。

「僕もですか？」

「どうせ今日もとれたものを届けに行くんだろう？　俺もその馬鹿王子とやらを遠くから見てみたいからな！」

酷い言い草であるが、ティルレインが残念な馬鹿王子なのは事実だし、定期的に会いに行かないと次に見つかった時にしつこく駄々をこねる。

シンは精神年齢がアラサーだからあの十七歳児に耐えられるが、なかなかキツいものがあった。

正直、ティルレインの駄々に散々付き合わされた後に、毎回ポメラニアン準男爵からのお食事のお誘い及び慰労《いろう》がなかったら、やってられない。

シンは料理を作れるが、後片付けなど、料理に付帯する色々を考えると、作ってもらえるならそちらにありつきたい派だった。

山でとってきた山菜やキノコや木の実、そして肉や魚。それらが合わされば、かなり豪勢な食事が食べられる。

別に食材を持ち込まなくてもいいのだが、貧相な食事より豊かな食事が良い。

「シ～～～ン～～～～！」

両手を広げ、その眩いほどの美貌《びぼう》を喜び一色に染め上げたティルレイン。

その馬鹿王子を否応《いやおう》なしに視界に入れることになったシンは、スンと乾いた目を向ける。

そして、抱きつかんばかりに近寄ってきたのを真顔でさっと避ける。後ろにいたハレッシュに熱烈なハグをすることになったティルレインは、びゃっと双眸《そうぼう》から激しい涙を流す。

「なんで逃げるんだぁ!?　僕はシンに会えるのを楽しみにしていたんだぞー！」

「おべっか抜きで、正直に答えていいですか？」

「ああ！」

「不敬罪とか言いませんか？」

「もちろんだ、僕とシンの仲じゃないか!!」

人はそれをフラグと言う。既に毒舌の気配を察知したハレッシュは、ポメラニアン準男爵に手土産を渡してそろーっと距離を取る。

察しのいい大人だ。逆に察しが悪いティルレインはワクワクしている。

「では、言質《げんち》も頂きましたし、言いましょうか」

シンは淡々と続ける。

「ウザイし、べたべたされたくないからです。気持ち悪い」

「あああああ！　酷い！　なんてこと言うんだ！　確かに薔薇湯《ばらゆ》じゃないけど、ちゃんと毎日お風呂に入ってるんだぞ？　そりゃ王都にいたころに比べれば質素な生活で、服も新品じゃないし地味になったさ！　でも酷いじゃないかー！　アイリにも、ヴィーにも、兄様たちや父様たちにだってそんな酷い言葉を言われたことないぞー！」

「では、さようなら」

付き纏ってくる手をぺっと払うシン。その目は死んでいる。

夏の蝉《せみ》しぐれよりうるさく、劈《つんざ》くように喚《わめ》くやんごとなきクソガキに、心底メンドクセェという態度を隠しもしない。

五歳のジャックはシンの塩対応よりも、大人げない十七歳に引いている。普段、真っ先にシンに纏わりついて「お肉！」と騒いでいる少年ですら、あまりの変態王子にドン引きである。

十七歳の全力の駄々はインパクトが強すぎた。

「ヤダヤダヤーダアアアアー！　シンは僕と遊ぶの！　お喋りしてお茶を飲んで楽しく過ごすの！」

「僕、領主様を手伝うので、それを一緒にやってくれるなら会話はします」

「僕に地面に這いつくばれと⁉」

ポメラニアン準男爵は、自ら畑を耕したり狩りに出たりしている。

タニキには豊かな森はあるが、特に目ぼしい産業がない。地産地消で、よく言えば慎ましく、悪く言えば原始的な生活だ。

「イヤなら部屋にいてください。僕は日々の糧《かて》を得るためにも働かなくてはならないんです」

「待って！　手伝うからー！　一人にしないで、シンー！」

シンにどれだけ素気《すげ》なくされても、ティルレインは諦めない。

逆に領主のパウエルや、保護者役のハレッシュの方が、シンのスーパドラァアアアアイな対応に居心地悪そうにしている。

ぎゃあぎゃあと喚きながら「構って！」「遊べ！」と、小さなシンに付き纏う十七歳児。

酷い絵面《えづら》だが、これが現実である。

やんごとなき馬鹿王子の相手を日頃しなくてはいけないポメラニアン準男爵も、大層困っていることは容易《ようい》に想像がつく。

だから、シンは午前中狩りをして、午後に時間があればなるべく領主宅に顔を出すようにしていた。彼が狩りに出ると大なり小なり必ず獲物を仕留めてくるので、誰も止める人はいない。

むしろ、やんごとなき馬鹿の相手をする少年に、同情する者も多い。

「シン、僕は何をすればいい？」

だが、そのやんごとなき馬鹿は、シンの前では割とマイルドな性格になる。

やかましいことは確かだが、身分を考えればびっくりするほど丸くなるのだ。

「麦の脱穀《だっこく》作業です。ついでにパン作りでもしますか？」

「シンも一緒か？」

「ええ」

「ではやるぞ！　楽しみだな！」

ふんふんと鼻息荒くシンの後ろをついて回る雛鳥《ひなどり》殿下。

勝手に心の友認定をされた可哀想なシンである。

シンとしては「こんなの使用人がやることだ」とそっぽ向けばいいと思ったのだが、意外とティルレインは何にでも興味を示すし、割と理解力もあった。目の前で説明して実践してやれば、ちゃんとできる。

稀《まれ》に思い出したように傲慢にしか見えない高貴ムーブをかますが、シンに睨《にら》まれるとすぐさま萎《しお》れる。

たまにジャックと一緒に遊んで脱線するが、大抵はちゃんとやった。

少し大きな昆虫を見かけたり見たことのないモノを見つけたりすると、シンに「見てくれ！」と持ってくる。まるで犬だ。

しかし、一度犬だと思ってしまえば、シンは苛立ちが急に消えた。

これは血統書付きだが躾《しつけ》のなっていない馬鹿犬である。ドッグショーを総舐めしそうな勢いの毛並みとスタイルを持っているが、ステイもゴーもできないような駄犬だ。由緒正《ゆいしょただ》しき御犬様《おいぬさま》だと思えばいい。

「シン、見てくれ！　僕が焼いたパンだぞ！　柔らかい！」

当然それは焼き立てだし、ボーマンに軟禁されていた頃はティルレインのところに運ばれてくる冷え切ったガチガチのパンとは比べモノにならない。

「良かったですね」

一種の悟り顔となったシンは、小麦粉まみれで調理場から飛び出してきたティルレインに菩薩《ぼさつ》のような微笑を向ける。駄犬を躾けるには、まずシンが大人にならなければならない。

「〜〜〜〜っ！　パウエル！　パーティだ！　シンが笑ったぞー！　お祝いだー！」

「ステイです、駄犬殿下《ティルレイン》」

パウエルのところに駆けていこうとする馬鹿王子の首根っこを掴《つか》むシン。

パウエルは領主の仕事の傍《かたわ》ら畑仕事や猟や開墾に勤しんでいる多忙な人だ。この放逐《ほうちく》されたバカボンとは違う。手を煩《わずら》わせてはいけない。

「ティルレイン殿下に少々お伺いしたいことがあるのですが」

「……ティルって呼んでくれなきゃイヤだ」

ティルレインはいじけた様子で頬を膨らませる。

「馬鹿犬《ティル》殿下、それは美少女にのみ許される言動であって、僕より頭二つは大きいあなたがやると、押さえている怒りが静かに倍増するのでやめてください」

「ごめんなさい」

とても殊勝《しゅしょう》な態度できゅっとお口にチャックした馬鹿王子に、シンはため息をつく。

「謝らないでください。ただ、二度とやらないでくださいよ」

不敬罪と言われたくないので、殿下と呼びたいシンVSフレンドリーを望む馬鹿王子の静かな攻防は毎回シンが折れているが、言い負かされているのはティルレインだ。

なんやかんやと言い合いながらも、グミの実ジャムを塗りたくったパンを口に運び、ティルレインはご満悦《まんえつ》だ。

「うん！　微妙な渋さはあるが、これもまた田舎ならではの乙《おつ》なものだ！」

「あ、僕ちょっと川に行ってきます。仕掛けた罠に何か掛かっているかもしれないので」

「僕も行くぞー！」

反射的に立ち上がるティルレインを、シンが制止する。

「ティル殿下、ハウス《お待ちください》」

「山や森じゃなくて川だろう？　ならそう遠くないはずだ！」

「川辺なんて上流から流れてきた石がごろごろしているんですよ。足場も悪く、たまに獣も出ますし」

「僕は狩りが得意なんだ！　弓さえ持っていれば問題ない！」

シンは限りなく胡散臭い目でティルレインを見る。

よく言えば細身で華奢《きゃしゃ》、はっきり言ってひょろっひょろのボンボンが、弓を引けるとは思えない。

全く信用できないものの、悪気《わるぎ》なく作業の邪魔をするこの高貴な駄犬を放置してはならないだろう。唯一といっていい手綱《たづな》を握れる役目を自覚してしまったシンは、仕方なくお荷物王子を連れて行くことにした。

道すがら、ティルレインはあっちへちょろちょろこっちへうろうろと忙しなく動き回る。

こいつは成犬と思ってはいけない。お散歩デビューしたばかりのパピーだと思わなくてはならない。

「知らないものをつついたり、拾い食いしないでくださいね」

「シン、君は僕を何だと思って……あーっ！　何だあれは！　見たことのないおっきなバッタだぞ！　凄く飛んでいる！」

「アレはトンボです」

馬で追いかけようとするので、シンは慌てて止める。

あれに機動力を与えてはならないと初日に痛感したシンは、今度から二人乗り《タンデム》しようと決めた。

軟禁がなくなり、食事事情が少し改善されるや否《いな》や、ティルレインは無駄にパワフルになった。

やたら楽しそうにいろいろ指さしてはシンに聞いてくる。シンは生粋のこの世界出身ではないので、時折こっそりスマホで確認しながら名前を教えていた。

そんな彼の様子を見て、ティルレインが首を傾げる。

「シン、その四角い板はなんだ？」

「故郷の形見です。僕の祖国はこの世界にはないので」

嘘はない。百パーセント真実だ。そう言い切ってしまえば、お気楽トンボ野郎でもシリアスさを感じ取ったらしく、しゅんと黙る。

近年、ティンパイン王国では町村が滅ぶほどの戦争や、大きな災害は起こっていない。それでも、運悪く魔物が増殖して小さな村が多大な被害を受けることは年に何回かあった。

ふと、メールボックスを見ると駄女神からの泣き言メールが鬼通知で来ていた。

シンは内心ぎょっとしたが、ティルレインの目がある今は堂々と操作できない。最近、駄犬のお守《も》りにかかりきりで、こっちを放置していた。

一旦スマホを仕舞って、森の中の未舗装路《みほそうろ》をしばらく歩いていると、急に視界が開けて明るくなる。

草木が生《お》い茂《しげ》る森を抜けた先に、罠を仕掛けた川があった。

目に入るのは、日の光に照らされて輝いて見えるほど真っ白な、川辺の石たち。その真ん中を流れる真っ青な清流と、川の向こうの木々の鮮烈な緑が、自然の美しいコントラストを生み出している。

「おお！　川だな！」

「魚が逃げるんで、静かになさってください、ティルレイン《糞野郎》殿下」

シンはお気に入りの場所にこのやかましい駄犬を連れてこなければならなかったことに、ちょっと機嫌が悪かった。

「今なんか、盛大に貶《けな》されなかった？」

「うっかり本音《ほんね》と建前《たてまえ》が逆になったかもしれません。糞野郎《ティルレイン》殿下」

「僕と君との仲じゃないか！　なんでそんなにつれないんだよ！」

ティルレインが一方的に好意的なだけであって、シンは微塵《みじん》も親愛など抱いていない。

シンは黙々《もくもく》と馬具に括《くく》り付けた籠や釣り道具を降ろす。もし罠に魚がいなかったら釣るしかないので、持ってきたのだ。

ティルレインは始終川とシンの間をうろちょろしている。そわそわとしていて、非常に落ち着きがない。

「ティルさん、僕が罠を確認しますか？」

「僕も罠にかかっているのを見たい」

「そうですか」

先日、魚が好んで隠れそうな場所――といっても、生い茂った木の枝をいくつか蔓で括りつけて川に投げ入れた簡易的なもの――を作って、籠罠《かごわな》を設置した。

そういった場所には小魚が好んで隠れるし、それを探しに大きな魚も寄ってくる。

罠を回収すると、そのうちのいくつかに魚が掛かっていた。

「おお！　こんなのに本当に入るんだな！」

ティルレインは馬鹿正直な感想なのか、賞賛なのかわからない声を上げる。

罠を全て仕掛け直した後で、シンは魚の内臓を抜いて棒に刺し、焚き火で焼く。

近くの木から酸っぱい柑橘系《かんきつけい》の小さな果実を数個とって、味付けにした。

種が多く、かなりパンチの効いた酸味だが、少し使う分にはちょうどいい。

「食べないんですか？」

魅入られたように魚と火を大人しく見ていたティルレインは、差し出された魚に首を傾げる。

「食べていいのか？」

「この汁をかけて食べると美味しいですよ」

ティルレインは恐る恐る魚の丸焼きを受け取り、感動した様子で見ている。

よくわからないが静かにしているのでシンは黙って見守った。もし我儘を言ったら、容赦なく自分の腹に納めるつもりだ。

シンが先に魚に齧りつくと、それを見たティルレインがようやく魚を口に運んだ。

(カトラリーがなくて驚いていたのか。そういえば、これは王子だった)

外見はともかく中身が残念なので、失念しがちだ。

魚を一口食べたティルレインは、その勢いで二口目三口目と立て続けに齧りつきはじめた。だが、熱かったのか、口を押さえている。

「ふふ、焼き立ては美味しいな。毒見をされていない食べ物は初めてだ」

そう言った顔は、思いのほか無邪気だった。

ティルレインは子供のように破顔して、はふはふ言いながら食べている。

それでも行儀の良さというか、品の良さが滲み出るあたりは、育ちが良い証拠だろう。

(こんな腐れボンボンでも、れっきとした王子なんだな)

ついさっきも思ったが、二度目である。

普段は馬鹿さが全面に押し出ているものの、黙っていればその端整な顔立ちと、優雅《ゆうが》な所作《しょさ》が際立《きわだ》つ。

シンにはわからないティルレインの人生。毒見が必要ということは、暗殺が危惧《きぐ》される環境にいたということだ。

たくさんの部屋がある大きな城で、絢爛豪華《けんらんごうか》な調度品や美術品に囲まれているティルレインを想像する。

今の彼からなら、何となく想像ができた。

「シン、弓を貸してくれ！　大物をとってきてやるぞ！」

「あ、壊したらケツに蹴り入れますよ」

「気軽に暴力で脅《おど》さないで！　僕、そういうの慣れてないから－！」

シンから受け取った粗末な木製の弓を構え「やるぞー」と勇《いさ》むティルレイン。意外と様《さま》になっている。そのままこんもりとした森の灌木めがけて矢を放つ。

一応、矢はへろへろながらも放物線状を描いて飛んだ。放った本人は、ふふんと満足げに胸を張っている。

「これでよし！」

「よしじゃありませんよ。矢は貴重品なんですから、回収してきてください」

「え？」

「え、じゃないですよ。ゴー！　ティルさんの二匹目の魚、なしにしますよ」

シンの態度に危機感を覚えたのか、ティルレインは慌てて矢を回収しに行く。

しばしして、ティルレインはちゃんと矢を持って戻ってきたが、当然の如く、何かを捕らえた気配はない。しかし、何も刺さっていない矢を持って、何故か腑《ふ》に落ちない様子だ。

「おかしい。いつもは必ず何かしら獲物に刺さっているのに。なんで今日はないんだ」

心底不思議そうなロイヤルクソ野郎に、中身はアラサーで酸いも甘いも知り尽くしたシンが現実を告げる。

「それ、きっと接待ですよ。予《あらかじ》め用意していた動物の死体に、王子が放った矢と同じのを刺して、あたかも今命中したかのように持ってきたんでしょうね」

「え!?」

「そもそも、あんなに弱い矢では小鳥一匹仕留められませんよ」

シンは奪い取るようにしてティルレインから弓と矢筒を受け取ると、素早く点検する。

スッと意識を集中させ、周囲の気配を窺う。

静かに移動して、少し離れた灌木の向こうで鹿によく似た魔物が木の実を食《は》んでいるのを見つけた。

シンの動きについて来ようとして、ティルレインが小石を蹴ってしまった。魔物はその音を捉えてぴくぴく耳を動かし、素早く周囲を見回す。

シンは落ち着いて弓を構え、素早く矢を放ってその首を撃ち抜いた。

「あれはスリープディアーですね。至近距離で鳴き声を聞いてしまうと、眠らされます」

角は睡眠薬になるそうで、ギルドや薬屋や道具屋で買い取ってくれる。

少々癖《くせ》はあるものの、肉もジューシーで美味しい。

振り向くと、ティルレインが宵を思わせる紫の瞳に、満天の星を瞬《また》かせていた。

「凄い！　凄いぞー！　シン！　僕も貴族たちとの遊興で狩りをやったが、あんなに見事に仕留めるのは初めて見た！　大抵の奴は魔法で周囲を巻きこんで消し炭や肉片にしてしまうからな！」

それは狩猟ではなく無意味な虐待《ぎゃくたい》か殺戮《さつりく》ではなかろうか。

シンの中では狩りとは食を得るための行動で、生活の糧を得るための仕事である。

一方、貴族は狩りという行為自体を楽しんでいて、趣味や道楽感覚で行なっているのだろう。庶民とは目的が違う。

「貴族の趣味で行う遊びと、生活がかかっている僕たちとでは、本質が違うからでは？」

「む……それもそうだな、僕たちは失敗しても食事の心配はない。社交がメインで、ただの見栄《みえ》のために動物や魔物を追い回しているだけだしな」

何やら思うところがあったのか、ティルレインが苦笑する。

シンは仕留めたスリープディアーを馬に括り付けて持って帰り、領主への差し入れにした。

その日以来、ティルの訓練に乗馬だけでなく弓も加わったそうだ。

◆

「こんばんは！　シンさん！」

「女神様……こんばんは？」

気が付くと、シンは異世界転移直前に連れて来られた場所にいた。

白い異質な作りの広場。そこで、床に転がっているシンを見下ろしているのは女神フォルミアルカだ。

なんでここへ、と疑問を抱きながら、記憶を掘り起こす。

覚えているのは、フォルミアルカからの鬼通知を見ようとして、ベッドでスマホを手に持っていたところまで。そこで途絶《とだ》えている。

「ふふふーっ！　シンさんがちょうど寝るところだったので、引っ張ちゃいましたー！」

ドヤっている幼女だが、軽率に精神か魂《たましい》かわからんものを引き抜くのは如何《いかが》なものか。

シンは異世界転移者だが、超人ではない。常識基準のメンタルに対して、殺意の高い行いだ。

「次からは事前に連絡してほしい」

「ふえ？」

「野営中とかだったら、うっかりそのまま魔物に殺されかねない。村の中でも絶対に安心とは言えないしな……」

バス事故で異世界転移をくらったシンは、世の中本当に何が起こるかわからないと骨身に染みている。割と洒落《しゃれ》にならない現実だ。

「あああ！　えーと、じゃあ、今度から世界の時間を止めている状態で持ってきますね！」

「そうしてくれ」

あっさりとかなり凄まじいことをしようとしているが、見た目は幼女でも、この女神は主神や創造主に当たる高位な存在なのだ。……多分。そう、多分。

今のところ、シンは彼女が第三者に創造主扱いされている姿を見たことがない。

「で、どうしたんだ？　テイラン王国がまたなんか騒いでいるのか？」

起き上がりながらシンが聞くと、女神はびゃっと噴水の如く涙を盛大にスプラッシュさせる。

どうやら正解らしく、また厄介事や無茶振りをされているようだ。

この幼女女神は一応、この世界のトップのはずなのに。

「酷いんですぅううう！　異世界転移の了承をした皆さんが、スキルをもっとくれってーっ！」

「へー……」

「男の人にモテたいからって『魅了』のスキルを取った人がいるんですけど、その国のお姫様の方が美人でムカつくから『呪い』のスキルが欲しいって！」

「絶対やめなさい」

「そうですよー！　そのスキルを与えちゃったら『聖なる乙女』の称号が取れちゃいますー！『聖女』にするには魂が汚くて無理だし、ぎりぎりあげられる称号がそれだけだったのに！　すぐに男の人といっぱい仲良くなって、その資格までなくなっちゃったから『魅了』のスキルダウンは否めなくってーっ」

「それは自業自得というやつです。ソイツは着信拒否にしてください」

怒りながらしつこく寄越《よこ》せコールをする女に、女神はかなり疲弊しているらしい。

ティルレインの入れ込んだアイリーンも相当な糞ビッチだったが、同じ異世界人からも糞ビッチが出たことに、シンはかなり引いていた。異世界だからって、はっちゃけるにも程がある。

モラルや常識をもとの世界に置いてきてしまったようだ。

シンが肩に手を置いて諭《さと》すと、フォルミアルカはあっさり「はーい」と頷いた。

(いいのか、この女神)

……と思ったが、根性がド腐れしている人間に、次から次へと能力なんて渡さない方がいいのは確かだ。

「あと『剣聖』のスキルを持った人が、直接攻撃だと魔物退治とか面倒だから、もっと楽な魔法スキルに変えてくれって」

「努力しない奴はどっちにしろ不満が出るから放っておけ。関わらないでいい」

「そうですね～、シンさんみたいにちゃんと地道に頑張っている人もいますし……」

むむぅーっと可愛らしい声で、いかにも考え中ですという顔をするフォルミアルカ。

シンはそれを見て改めて思う。

（うん、女神じゃなくて園児だ）

聞いてみれば、シン以外にも「テイラン王国は何やらヤバそうだ」と感じ取った人たちがいたようだ。

ほとんどは王城でお世話になってちやほやされているが、何人かはシンのように逃げ出して他国へ流れ着いた者もいるそうだ。

「その何人かは、テイラン国に殺されてしまいました……。なので、魂とギフトやスキルが戻ってきたんですよね－」

フォルミアルカは困り顔で眉を下げる。

「はあ……あくどいことしている国だな」

国という大きな団体である以上、多少の清濁《せいだく》を併せ呑まないとやっていけないのかもしれないが、テイラン王国は良くない話があまりに多すぎる。

大国の傲慢はままあるとはいえ、この国は根本的に利己的で杜撰《ずさん》だ。

「あ、そうだ！　せっかくなので、戻ってきたスキルはシンさんに差し上げます。同郷の遺産ですし」

「え、いらな——」

「えーと、この方は凄い魔法使いになりたかったそうで『魔力増大』と『妖精言語』ですね。あとこっちの方は『気配遮断《けはいしゃだん》』と『回避』ですね。はい、どうぞ」

シンは渡された水晶っぽいものを、うっかり受け取ってしまう。

ふわふわっと燐光《りんこう》のようなものが舞い踊り、その水晶はシンの中に消えた。

直後、自分の中に何か活力のようなのが湧いてきて、シンは一気に青ざめる。

「フォルミアルカ様、軽率にスキルを与えない方がいいと……」

「えへへへーっ、シンさんなら大丈夫かなーって」

てへへ、と笑っている幼女女神。

普通に群衆の中に埋没したいシンとしては、安易にスキルを利用するつもりもないし、お蔵入り間違いなしだ。とはいえ、『気配遮断』と『回避』は狩りに使えるだろう。スマホで見れば、意識せずとも自動で発動するパッシブスキルだった。

シンが「まあいいか」と流していると、大きな声が響いた。

「オラオラオラアア！　フォルミアルカちゃんよー！　異世界人がまた死に戻ってきたそうじゃねーか！　スキルとギフト寄越しな！　俺が再利用してやるからさぁあああ‼」

ガンガンガンと、扉を叩いているような轟音《ごうおん》が響く。扉どころか壁をぶち壊して入ってきそうな気配すらある。

響いてくる男の声は、サラ金の取り立てでも真っ青なヤクザぶりだ。声だけで十分、悪徳感満載だ。

現に、幼女女神は真っ青になって飛び上がった。

「ぴゃ⁉」

「アンタじゃそのスキルを上手に仕えないだろー？　ほらほら、開けてくれよー！　この戦神バロス様が使ってやるからよ！」

「ひ、ひぇえー……」

女神は小さな手でシンの服を掴みながら、青ざめた顔で音の方向を見ている。

体が不自然なほどガタガタ震えているし、大きな碧眼にはわかりやすく大粒の涙が浮かんでいた。

「何ですか、あの自称戦神のヤクザは」

「バロスは数百年前に死んだ勇者が神格化したものです。……ですが、見ての通り非常に荒っぽい性格でして……その、人々に非常に崇《あが》められている神なので、力もかなり強いんです」

「主神かつ創造主よりも？」

「……この部屋にはさすがに無理やり押し入ってこられませんが、外で捕まったら間違いなく彼にスキルを取り上げられてしまいます」

「だから、僕に渡したと？」

こくり、と頷くフォルミアルカ。

「シンさんはあまりスキルを頼りに生きていないでしょう？　だから強いスキルに振り回されないはずです。……それに、後になって他人にスキルを譲渡すると、特定の条件を満たさない限りかなりランクダウンするんです」

女神なりに考えた苦肉の策らしい。

現に、この部屋の外でヤクザなスキル取り立て屋がギャーギャー騒いでいる。非常にうるさいし、神様というより指定暴力団員だと言われた方が納得のできるガラの悪さだ。

泣いてばかりだと思いきや、ちゃんと女神らしい考えも持っていたらしい。

「かつて、バロスは人望ある勇者でした。しかし、偉業《いぎょう》を成した後に人々の尊敬と感謝を一身に受け、持《も》て囃《はや》されました。その結果、真っすぐだった心はすっかり曇り、慢心しはじめたのです。周りに自分を崇めさせて、神となる資格を得て……後はあの通りです。時折、輪廻《りんね》の中に手を入れてスキルを拝借《はいしゃく》しては、己を信仰する者たちに授けて勢力を拡大してきました」

「それっていいの？」

フォルミアルカはフルフルと首を横に振る。

「テイラン王国は彼を最も信仰している国です。確かに戦には強いですが、やり方は問わないという国のトップたちの考えを反映して、道理や善性といったものは二の次になっています。バロスの影響のある国は、彼の傲慢を映して荒れています。そもそも、バロスは神としては未熟です。力ばかり強い嬰児《えいじ》のような神です。そして、あくまで戦神であって、主神ではないのです。土台が違いすぎる。……あと数千年、神の使いとして修行をすればあるいは……主神として通じる存在になる可能性はありますが」

「勇者ってことは、もともとフォルミアルカ様が？」

「ええ、初代勇者です。魔王を討ち取るまでは、非常に素晴らしい人だったのですけれど、どうしてでしょうかね」

フォルミアルカは寂しげに笑う。

「いっそ神格を剥奪《はくだつ》して、人に戻しちゃえば？」

「それは……その、私の力が弱いのと、反対に彼の力があまりに強いので難しいのです」

自分で言いながら傷ついたのか、フォルミアルカはしょんぼり肩を落とす。その方法も考えてはいたらしい。

外のヤクザ戦神はようやく諦めたのか、「また来るからな！」と捨《す》て台詞《ぜりふ》を吐いてどこかへ行った。

「神様の弱い強いって、変わるの？」

主神であるフォルミアルカの力がバロスより劣るというのが不思議で、シンは率直に尋ねた。

「信仰心が世界から失われると、その神は衰退《すいたい》してしまうのです。私は主神なので、さすがに消えはしないのですが……」

世知辛《せちがら》い。膝を抱えて三角座りをする幼女女神は、わかりやすく落ち込んでいる。

テイラン王国は結構な大国だし、度重なる戦争によって成り上がっていった。この国では主神であるフォルミアルカよりも、元勇者の戦神バロスを強く崇め奉《たてまつ》っているのだろう。

「あー、その、タニキ村でお社《やしろ》とか作ってみますから、ね？」

「ほ、本当ですかー!?」

シンが適当に慰《なぐさ》めると、意外にもフォルミアルカは喜びを露《あら》わにした。

ぴょこぴょこと跳ねまわりながらへんてこな踊りをして、全身で感激を表現している。

(どれだけ不憫なんだ、この幼女女神)

◆

「ハレッシュさん、フォルミアルカという女神様をご存じですか？」

翌朝、朝食の席でシンが尋ねると、ハレッシュは不思議そうな顔をした。

「……誰だそりゃ？」

「いえ、主神というか、創造主に該当する神様だそうです」

幼女女神《フォルミアルカ》は大神のくせにあまりにも認知度が低くて、シンは少々困った。

いきなり知らない神様を奉ったら、周りの人は引くだろう。中学生くらいの年齢の子が陥りがちな、痛い思い込みによる黒歴史扱いされたり、リアルにヤバい宗教団体かと思われたりするかもしれない。

「うーん、その手のことは貴族の方が知ってるかもなぁ。ある程度地位の高い奴らは、教会とかに寄付金を出すのも一種の義務みたいなもんだし」

「ああ、あの阿呆殿下《あほうでんか》ですか。仕方ないので聞いてきます」

「おー、頑張れよー。アホアホで、ちょいちょいムカつくところもあるが、悪いお方じゃないみたいだし」

「精神が五歳児レベルですよ、アレ。悪意があったら、即刻ボーマン様のところに叩き返します」

宗教というのはその土地に深く根付いているものが多いし、中にはつま先から頭までどっぷりつかり切って人生を送る人間もいる。あるいは、迂闊な発言が僧侶や司祭の耳に入ると処刑されかねない過激な教団組織もあるという。

見たところ、ティンパイン王国はそこまでディープな宗教はないように見受けられる。

「あー、あの糞爺」

ボーマンの名前を聞いたハレッシュが、金茶の頭を掻いてため息をつく。

「そういえば、結局殿下の滞在費的なものはどうだったんですか？」

「おう、一括《いっかつ》でドンと支払われていたらしいぜ」

「へえ。でも、その様子だとあまり良くない感じですね」

少なくとも、領主パウエルが知っていた気配はなかった。もし彼が知っていたら、ティルレインの部屋を準備したり、寝具の一つくらい新調したりしていただろう。

訳ありな居候《いそうろう》であろうとも、衣食住を少しでも良くしようと奮闘《ふんとう》したはずだ。

「お祭しの通り、あの爺のいる離れに、やたらゴテゴテした美術品が増えていたぜ」

「まさか……それに使ったんですか？」

「そのまさかだよ。芸術を嗜《たしな》むのは貴族の特権だー、とか言ってたぜ」

「ハレッシュさん」

「ん？」

「ムカつくからティル殿下けしかけていいですか？」

「おー、やったれやったれ！」

ハレッシュとシンはにやりと笑いあう。

義務や責任はどこかへ放置し、特権や自分に都合のいいことだけを振りかざすボーマン。ちょうど手頃な権力者がいるところだし、多少痛い目に遭《あ》ってもらってもいいだろう。

「そもそも、殿下のためのお金なんですから、使い込むのが筋違いですよね」

「マジそれな」

ちなみに、国王夫妻からの心付け——滞在費用を盗《と》られたなどとはまるで知らないティルレインは、ジャックと無邪気に庭を駆け回っていた。

つくづく、何も知らないということは幸せである。

◆

シンが領主邸を訪れると、ティルレインは相変わらず全力で歓迎してきた。

体格も考えずに走り寄ってきて、抱きつこうとした馬鹿犬王子を避けるシン。彼には、ティルレインの見えない尻尾が扇風機のようにぶん回されているのがわかった。

一方、飛びつきを避けられたティルレインは見事に芝の上をスライディングし、干し草の束《たば》にぶつかってしょぼくれている。

何故抱きとめてもらえると思ったのか、極めて謎だ。そんな少女漫画的な展開を期待するのは間違っている。

シンは犬王子が駄々をこねはじめる前に立ち上がらせて、汚れた服を払ってやる。

動きやすさを重視しているのか、最近のティルレインはラフな格好が多い。簡素なシャツにベスト、そしてスラックスといった出《い》で立《た》ちだ。もちろん、ラフといっても、間違いなく生地《きじ》も仕立ても上等な品である。

「最近、パウエルとボーマンがしょっちゅう喧嘩しているんだ。家族は仲良くするべきなのになぁ。まあ、僕のところみたいに暗殺しあうような仲よりはずっといいけど！　あんなに大騒ぎで喧嘩できるだけマシだな！」

「ああ、原因はお金の使い込みですよ」

「使い込み？　ここは貧乏なんだろう？　そんなに使えるお金があったのか？」

「ありますよ。ティル殿下のために王室から支給された滞在費が」

「………僕の？」

「ええ。やらかしたとはいえ、王籍はまだ残っているのでしょう？　ポメラニアン準男爵邸が数個くらい余裕で建てられる金額だったらしいですよ」

本当の金額など、シンは知らない。もっと多いかもしれないし、少ないかもしれない。

しかし、ロイヤルやノーブルの金銭事情などわからなくても、嘘と真実をそれとなく混ぜて相手の考えを誘導するくらいはできる。まして相手は生粋のアホの子の御犬様だ。

「そんなもの出ていたのか？」

「でも、ボーマン様が使い込んで、くっだらない美術品に変わったそうです」

「美術品……ああ、そういえばあったな。やたら派手で下品なのが。骨董品も蒐集《しゅうしゅう》していたようだが、あれは粗悪な贋作《がんさく》だぞ。そもそも肌の作りは雑だし、色味も浅くて単調だ。二百年前に亡くなったカレニャック作と言っていたが、作風も違うし、せっかくの絵柄もぼやけて迷いが多い。壺《つぼ》焼《や》きの神といわれるカレニャックの陶芸品の神髄《しんずい》は、釉薬《ゆうやく》の色の玄妙《げんみょう》さにあるんだ。彼の色彩感覚と、釉薬の調合、そして焼き入れの技術は他に追随《ついずい》を許さないからな。確かに色鮮やかな作品は多いが、宝石をタイルのように貼り付けた、あんな雑な工作みたいな物は作らないんだよ」

「よくご存じですね」

「美しいものは大好きなんだ！　絵は得意なんだぞぅ！」

ふん、と自慢げに胸を張る馬鹿犬殿下。

王族の彼が芸術に精通しているのはおかしなことではないが、ある程度の知識があればいいだけで、伸ばすべき才能を間違えている気がする。

「それは凄いですね」

シンが生ぬるい目で褒《ほ》めると、またしてもティルのインビジブル尻尾がぶん回されている気配がした。

「王都にはシンディードの肖像画もあるんだ。機会があったら見せてやろう！」

「ありがとうございます」

そんな場所に行く予定は一切ないが、否定するとティルがまた駄々っ子モードになって面倒なので、シンは適当に頷いておく。外見は子供でもメンタルはアラサーのシンは、本音と建前をオートで使い分けできるのだ。

「それより、お願いがあるんですが」

「ん？　なんだ？」

「使い込みしやがったボーマン様を手っ取り早くこの領土から追い出すか、もしくは罪に問う方法はありますか？」

シンは平穏を愛するので、余計なサイクロンの種を作ってくださりやがったボーマンには殺意マシマシだった。あわよくばこの場で吊るし上げしてやりたいくらいムカついている。

領主はパウエル・フォン・ポメラニアン準男爵なので、ボーマンが蟄居《ちっきょ》しようが、死刑になろうが問題ない。

「うーん、貴族と平民の裁き方は違うからなぁ」

ティルレインはどこか他人事のように呟いた。

「というより、ティル殿下は怒らないんですか？　ボーマン様は横領をしたんですよ」

「いい気分ではないが、僕はこの鄙びた村が結構気に入っているんだ。アイリのことで前の場所では腫《は》れ物《もの》扱いだったし、シンやジャックのように気安く話しかけてくれる人もいなかった。あれも駄目、これも駄目。でも、ここではかつてないほど自由だからなぁ。のびのびできるよ」

ティルレインはにっこにこのお日様のような笑顔を見せる。

ティンパイン王国の第三王子は、側室ではなく正妃《せいひ》との子供のため、いつも絶妙に王位継承権争いがちらついていたのかもしれない。それに、お馬鹿な王子は軽い神輿《みこし》になりそうなので、担ぐ相手としてちょうど良かったのだろう。

「反省してください、殿下。開放的になっている暇があったら、ご迷惑をおかけした方々にお詫びの手紙でも書きなさい」

「うう、わかったよぅ……」

「ちゃんとできたら、狩りに連れていってあげます」

鞭《むち》ばかりではなく、飴《あめ》をちらつかせて機嫌を取りつつ、やる気を煽る。

シンから提示されたご褒美に、ティルの顔がぱっと明るくなった。

「本当か？　やったー！　頑張って書くぞー！」

「まずはボーマン様が殿下のことをパウエル様にも黙って軟禁していたこと、挙句に滞在費を横領していたことを、信用できる相手に伝えてください。貴族には貴族の法律があるのなら、それに則って裁判に掛けられるべきです。くれぐれも、パウエル様は関係ないことを伝えてくださいね？」

「うむ、パウエルはずっと僕に頭を下げていて、そのうち首が落ちてしまうんじゃないかって勢いだからなぁ。なんでボーマンが悪いのに謝るのはパウエルなんだ？」

(爺は頭下げんのかい)

シンは脳内で出刃包丁《でばぼうちょう》を構えたくなった。エネミーは権力欲だけは人一倍の老害である。

「今の領主はパウエル様ですからね。ボーマン様が彼に罪を擦《なす》り付《つ》けないようにしなくてはなりませんよ。真面目なパウエル様が更迭《こうてつ》されて、泥棒のボーマン様がポメラニアン領に残るなんて、悪夢ですよ？　ティル殿下も軟禁に逆戻りするかもしれませんからね？」

「そ、それは嫌なんだぞ！」

よほど嫌なのか、さすがのティルレインも真っ青になって首を振る。

能天気な王子ですら、あの軟禁生活は最悪なものとして記憶に残っているようだ。暇は人を殺すと言うし、この好奇心旺盛《こうきしんおうせい》なティルにとってはまさに地獄だったのだろう。

しれっとした様子で追い打ちをかけるシン。

「じゃあ、あなたの味方の中でその辺にうるさそうな人に送ってください。心象を良くするために、ご両親やヴィクトリア様、他にも貴方のやらかした事情を知っている方にも謝罪を片っ端《かたっぱし》から送ってくださいね」

「わかった！」

王族が安易に謝罪するのはいけないかもしれないが、ポメラニアン領というか、タニキ村にはティルレインの味方らしい味方はいない。やんごとなきお方が、護衛もお目付け役もつけられずに田舎にぶん投げられたあたり、見放された感が酷い。

だが、仮にもティルレインが王族ならば、その滞在費用を前領主の元準男爵などという下っ端に掠《かす》め取《と》られたという屈辱《くつじょく》は、国にとって看過《かんか》できないはずだ。ましてや、ティルレイン王子は——お馬鹿とはいえ——国王夫妻に可愛がられていたご子息だ。

無視されたら無視されたで仕方ないし、上手く行けばこのティル殿下を引き取ってもらえるかもしれない。

◆

ティルレインが纏わりつくので、近頃はソープナッツ探しがお預けになっている。

最悪、あのお荷物と一緒に山に行かなくてはいけないと思い、シンはティルレインを徹底的に鍛え上げた。筋肉痛に呻《うめ》こうが馬に乗って体幹を鍛えろと言い、死にたくなかったら弓矢を覚えろと尻を叩く。それでも、一人でお留守番は断固として嫌なのか、ティルは涙を溜めてプルプルしながらも訓練を続けていた。

ハレッシュなど、「お前スゲーな」と、呆れと感嘆《かんたん》が複雑に入り混じった表情でシンを褒めた。

そして、最近は仕事の合間にティルレインの訓練を手伝うようになっている。

一応、ポメラニアン家にはテルファーという執事がいる。ほぼオールラウンドの使用人みたいなものだが、顔はどちらかというとインテリヤクザだ。子供や動物にすら怯えられる系。ティルレインなど、十七歳だというのに露骨に怖がっている。

後日、シンにせっつかれたティルレインが筆を執《と》ったことに、テルファーが礼を言ってきた。なんでも、王都から手紙が来ていたのにそれすら返事をしていなかったらしい。

それを知ったシンが激怒したのは言うまでもない。

ある日、小枝を振り回しながらなんちゃって魔法使いごっこをしていたジャックが、部屋の隅でじめじめとキノコが生えそうな勢いで落ち込んでいるティルを見つけた。

「あー、ティル兄ちゃんどうしたのー？　またシン兄ちゃんに怒られたの？」

「お、おこられてないもんっっ!!」

（あ、これ滅茶苦茶怒られたヤツだ）

ジャックは子供ながらに聡明《そうめい》だった。空気が読める五歳児だった。

午前中、ティルはシンにギャンギャンに怒られていた。

挙句、珍しく怒りを隠そうとしないシンに「散歩《おでかけ》はなしです！　狩り《ご褒美》はなし！」と言い放たれてから、ティルはずっと三角座りをしている。

揃えた両膝を抱え、膝小僧に額を押し付けながらぐずぐず泣いている。

「ヴィ、ヴィクトリアだけ書いてなかっただけだもん！　他は書いたもん!!」

「ヴィクトリア様って、シン兄ちゃんが一番きっちり謝れって言ってた人だよね？　だからじゃないかな」

ジャックが悪気なく正論をぶっ刺した。

それはティルレインもわかっていたのか「〝みゃあああああああ！」と汚い鳴き声を上げはじめた。泣き声というより、怪鳥の奇声に近い。

ダメダメのプリンスを見て、ジャックは思う。

（こんな大人にならないように気を付けよう。なるなら、シン兄ちゃんみたいな狩りが上手で女の子にモテそうな大人がいい）

シンは狩りが上手で（スキル持ちだから）、クール（精神大人だから）なので、女の子にモテる。

本人は自覚がないが、周囲からは彼氏や旦那の優良株として期待視されていた。

毎日狩りに出かけて、獲物を捕らえてくる勤勉さから、十一歳でありながら、周囲の大人からも一目置かれている。おまけに、冒険者ギルドの討伐依頼も一人でこなすという。

ジャックから見れば、十一歳のシンも十分大人でカッコいい存在だった。

◆

やると言っていた課題をやっていなかった馬鹿犬にきっちりお灸《きゅう》をすえたシンは、山を探索していた。彼は今、グレイボアの退治依頼を受けている。

湿地で泥浴び中のボアを、気配を殺しながら観察する。

ボアたちは機嫌が良さそうにブルブルと尻尾を振って、泥の中に体を突っ込んで擦りつけていた。

シンはそっと矢を番《つが》えて放つ。

眉間《みけん》に矢が刺さって、一匹のグレイボアがばったりと絶命した。さらに、シンが立て続けに放った矢も別のグレイボアを襲う。

異変に気づき、自分たちが狙われていると認識したグレイボアたちは、いっせいに逃げ出そうとして動き出すが、目、首などの防御の薄い部分を的確に撃ち抜かれ、次々と倒れ伏す。

数匹は逃げてしまったが、これだけ仲間が倒されれば、しばらくこちらに来ようとは思わないだろう。農作物が荒らされることもないはずだ。

（……こんなものかな）

結局、シンが仕留めたのは七匹。干し肉は余剰在庫がたっぷりあるので、自分では回収せずに同行している村人数人にそのまま引き取ってもらう。肉を提供する代わりに、無料で運び手になってくれた。

狩りが終わった合図として、シンはケムリタケを燻して狼煙《のろし》を上げる。あまり大人数で近づきすぎると、ボアたちに気づかれる恐れがあるので、麓《ふもと》で待っていてもらっていたのだ。

「大した腕だな！　シン！　こんなに貰っていいのか？」

感嘆の声を上げる同行者たち。彼らとはここでお別れだ。

「はい、僕はちょっと探したいものがあるので、先にギルドに戻って報告をお願いします。その、いつも狩っているやつより運ぶのが大変ですので……」

「シン、倒した中にブラウンボアもいるけど、これ、本当に貰っていいのかい⁉」

何故かポメラニアン準男爵まで同行者に交じっている。

領主であろうと清貧を強いられているのを知っているため、シンはあえて突っ込まなかった。

「どうぞ、領主様。バ……ティル殿下にでもお召し上がりいただければと思います」

とりあえず食料ノルマはクリアしたので、シンはさらに山に入っていく。

ずっとお預けになっていたソープナッツ探しだ。

途中、むかごを見つけたので摘《つ》み取《と》った。むかごがあれば地下に山芋があるので、当然これも採取する。シャベルは持っていなかったが、土魔法で盛大に土を掘り返して、ちょっとずつ水で採掘したら、横幅五センチ、長さ百センチほどの立派な山芋が出てきた。

道すがら、モミジイチゴやコケモモ、ヤマモモも採取する。

コケモモやヤマモモは生食には向かないが、ジャムや酒漬けにできる。果実の香りと酸味であまり質の良くない赤砂糖の雑味を誤魔化すのに最適だ。日本産の上白糖やグラニュー糖が基準のシンにとっては、赤砂糖単体だと質が悪く感じられた。

とはいえ、食べられるものがあるのは良いことだ。この世界の季節感はよくわからないが、多くとりすぎた分は小出しにして配ればいいので、シンはガンガンバッグに入れていった。

そもそもファンタジー要素がある世界では、シンが知っている季節なんて関係ないかもしれない。

多少の常識は疑ってなんぼだ。

食料だけでなく、薬草に使うハーブ系の植物も採取する。バジルにレモンバームやペパーミント、ローズマリー。

一応、各家の庭先にもあるのだが、野外で採取した方が品質は高い。庭先に植えっぱなしで放置されたものと、大自然で育ったものとでは、何か違うのだろうか。

そのまままちょこちょこと採取をしながら移動し続けたが、結局お目当てのソープナッツは見つからなかった。

（うーん……この辺にはソープナッツはないのかな。一応、村の人たちにも石鹸代わりになる木の実とかないか聞いたけど、そもそも石鹸そのものに馴染みが薄いみたいで、詳しくはわからなかったし……)

ソープナッツ以外は結構な量の収穫があった。定期的に売り捌いたり、譲ったり、ギルドに納品したりはしているが、これでは増える一方だ。

タニキ村近隣の山は豊かとはいえ、あまりにホイホイ納品していると、不審がられるかもしれない。一般人から逸脱《いつだつ》しまくった、子供としてあるまじきシンの能力が明るみに出てしまう。

しかも運が悪いことに、権力直送便になりそうなティルレインがいる。

下手にバレたくない——などと考えながら歩いていると、背後で木の葉が不自然に音を立てた。

振り返ってみても何の変哲もない茂みが見えるだけだったが、シンの中の危機察知能力が警報を鳴らしている。

「……気のせい……じゃない！」

素早く弓を構え、矢を連続で放つ。熟練の早業《はやわざ》と言えるほどの乱れ撃ちだった。

矢は茂みの中に吸い込まれ、カカカッと乾いた音を立てた。

(木の幹に当たった？　そんなわけない。灌木の細い枝や幹に当たってもあの音は出ない。それに、あんな灌木であれば、一本くらい抜けておかしくないのに！　でも、茂みから気配が動いた様子はない……どういうことだ!?)

今、シンの周囲に他の人間はいない。

ならば遠慮なく魔法も使えるだろう。動物やそれに近い魔物であれば、火魔法が効果的だ。だが、青々としているとはいっても森林のど真ん中で無闇に火魔法を使うのは愚の骨頂《こっちょう》。自分が火や煙に巻かれてしまっては元も子もない。

かといって、下手に水を撒けばぬかるんだ地面に足を取られるし、土魔法も、不自然に足場を隆起させて移動や視界を妨げる可能性がある。いずれも相手の姿を捉えていない状況で使うにはリスクが高い。

（となると、鋭さのある攻撃は――風！）

シンは魔力を練り上げ、無数の風の刃を叩きつけた。同時に自分の周囲の木々を薙《な》ぐ。無意味な森林伐採は気が引けるが、ここは鬱蒼としすぎていて、囲まれたら困るのはシンだ。

「Ｇｙｕｏｏｏｏａａａａ！」

形容しがたい咆哮を上げたのは……なんと、灌木の後ろにあった大木だった。

根っこや枝が軟体動物のようにうねうねと動き、傷ついた幹を恨めしそうに庇《かば》う。

木の洞に見えたのは口で、節が裂けてがらんどうの目が現れる。

うぞぞ、とシンに背筋《せすじ》に何とも不快な寒気が走った。未知との遭遇《そうぐう》の喜びより、得体のしれないモノと出会ってしまった恐怖が勝《まさ》る。

樹木の魔物は枝を鞭のようにしならせ、シンを狙ってきた。魔物とはいえ、植物のくせに、明らかに取って食おうとしている。

「うわ！　キモ！　キッモ！　マジ来るな！」

シンの反応は大嫌いなゴキブリを発見した時と同じものだった。しかも小さいものではなく、成虫サイズの大きなヤツを見つけた時と同レベルの――つまり、最大級の拒否反応である。

「森林火災、ダメ絶対」の心がけなど、あっという間に抜け落ちてしまった。

ひゅんひゅんびしばし叩きつけてくる枝の鞭や根っこの連撃・追撃を回避して、シンは手の平いっぱいに魔力を込める。

魔力に物を言わせて凝縮《ぎょうしゅく》した火炎玉を作り出し、殺虫剤を噴射するようにスパーンと叩きつけた。

「Ｋｙｕｏｘｉｉｉｉｉ――――！」

樹木の魔物は耳障《みみざわ》りな悲鳴を上げながら燃え盛る。

しばらくのたうっていたが、やがて巨体をずずんと力なく地面に倒れ伏した。

念のため、風魔法で滅多切りにして、遠くからツンツンと突いて全く反応がないのを確認してから近付く。

シンは俺ＴＵＥＥＥＥＥ系主人公でも、圧倒的な力を持ったヒール属性でもない。ちょっと女神からの押し付けギフト多めで時々毒舌が漏れる小市民である。心は永遠の庶民のつもりだ。つまりは小者ポジション。どれだけ慎重になっても足りないくらいだ。

ふと、その魔物の根っこの付近の地面に目を向けると、無数の骨が落ちているのが見えた。猪や鹿のような骨もあれば、頭蓋骨の中心に尖《とが》った角のついた魔物らしき骨もいくつかある。そして、人間のものと思《おぼ》しき遺骨も結構あった。

（うわぁ……幼女女神にギフト貰っておいてよかった……）

どれがどれくらい役に立ったかは不明だが、少なくとも回避は大活躍した。

普段のシンの狩りは、獲物を追い立てるのではなく、忍び寄って仕留めるタイプだ。今回みたいにタイマンを張るのも、正面でやり合うのも得意ではない。

半分消し炭みたいになっているが、ぶすぶすと煙を上げている魔物をスマホで調べたところ『マーダーウッド？』という種類だった。

判定に「？」とつくのは、火魔法でかなりダイナミックに焼失しているため、明確な種族が割り出せなかったのだろう。それにしても、殺人樹木とは実にわかりやすい名前だ。襲われたシンは確かにその通りだと頷く。

一応消火活動として水の魔法をぶっかけると、まだ熱を持っていた部分がジュウジュウと音を立てた。また、一部焼け落ちて脆《もろ》くなった樹皮などは水圧で吹っ飛んだ。

（ん？　何だこれ）

幹の中から緑色の宝石のようなものが出てきた。

スマホでチェックすると、魔石だった。魔力を溜め込んだ魔物や、強い魔物を倒した場合、体内から見つかることがあるらしい。

正直、シンは魔石よりソープナッツが欲しかったし、食べられるものや、生活に利用できるものの方がありがたい。

そう思いながら幹を蹴倒すと、上部の枝から実のようなものが転がってきた。

大玉スイカよりは小さいが、メロンよりは大きい。強《し》いて言うならヤシの実サイズ。胡桃に似ているので食べられるものだろうか。近くの石に叩きつけると、中から出てきたのは百個近い胡桃。明らかに物理法則を無視した勢いで出てくるが、シンは異世界ファンタジーという魔法の言葉で、違和感を押し流す。

煎《い》ればおやつになると思い、バッグに詰めようとしたところで、マーダーウッドにその大きな胡桃のような木の実が無数についていることに気がついた。

異空間バッグは中身が劣化しないので、腐敗の心配はない。

（全部詰めておこう）

貧乏性のシンだった。

二つ目も叩きつけて壊したところ、どういうわけか今度は違うものが出てきた。

シンは出てきたたくさんの蜂蜜色の粒に思わず「え？」と首を傾げる。

（うわ、ナニコレ、色ガラス？　甘い匂いがする……これ、メープルシロップ⁉）

スマホによると、その名も『メープルドロップ』。蜂蜜のような濃厚な甘さと、癖のない香りが特徴だ。もしかすると、一つ一つ中身が違うのかもしれない。シンはとりあえずメープルドロップを鞄に詰めて、次の木の実に手を伸ばす。

結論から言うと、中身は違った。

丸ごと中身が琥珀《こはく》のものや、胡椒《こしょう》などの香辛料がみっちり入っていたもの、『オイルナッツ』という油の塊《かたまり》の木の実もあった。

胡桃以外にもカシューナッツやアーモンド、クコの実といった普通の食べ物入りもあって、これらはハズレ枠なのか、割とたくさん出てきた。

完全に宝くじやガチャでもやっている気分だ。

課金の代わりに討伐という名の投資でできるので、気兼《きが》ねなく開けられて楽しい。

その中に、中身が真っ白な、見たことのない実があった。

(ん……？　甘いような爽《さわ》やかなこの匂いって……)

中身は固いが爪で削れる程度だ。油にも似た粘《ねば》りと滑《すべ》りの中間の触り心地。

覚えのある良い匂い。シンは試しにぺろりと舐めてみたが、その苦さに思わず吐き出す。毒ではないが、食用でもない。そして、口の中が泡だらけになった。

思わずスマホをかざして調べる。

セケンの実：高級石鹸の原材料。魔力のある場所でしか育たないため貴重品。

「ファンタジィイイイイイイ！」

慟哭にも近い絶叫《ぜっきょう》を上げ、脱力するシン。

そう。ここは異世界。日本の常識――いや、前の世界の常識すら通用しない。

シンが事前に調べていた石鹸代わりの実どころか、石鹸そのものの木の実が存在したのだ。

実は、セケンの実は超高級品の部類に入る。ソープナッツの方が安価であり、一般の流通量が多いから、情報が出てきやすすかったらしい。

(……こんなのありか。ありなんだ。だって異世界だもの!!)

ちょっともやっとするが、念願のソープナッツ……の上位互換であるセケンの実を手に入れられたのは嬉しかった。

魔物とはいえ、一応は木に生《な》っていたようだし、植物由来だから環境には優しいはずだ。

一応、あの奇妙な樹木の魔物はギルドに報告しておくべきだろう。

（面倒だから、もう死んでいたって設定にしよう。いや、この辺にアレを倒せるほどの強い魔物がいると勘違いされて、警戒態勢組まれたり調べられたりしたら困るな。一応全部焼き払っておいたけど）

嘘にはほんの少しだけ真実を混ぜるのが効果的だ。

◆

タニキ村に戻ってギルドに寄ったシンは、たくさん手に入れたナッツ類を納品した。

胡桃はともかく、カシューナッツやアーモンドは結構高値で引き取ってもらえた。このあたりでは珍しいようだ。

だが、当然ギルド職員に入手経路を尋ねられる。

「こんなのどうやって手に入れたんだい？」

「なんか樹木っぽい魔物に襲われかけたんですけど、沢から滑って勝手に転落死したんですよ」

「植物の魔物ってぇと、マーダーウッドやキラープラントか？　運が良かったな。アイツら、森の中に溶け込んで擬態していると、本当にわからないからなあ」

ギルドの受付の男性が顔を歪《ゆが》めた。結構ヤバい部類らしい。

確かに、それなりに勘が鋭いはずのシンですら、森の中ではすぐに看破できなかった。

「討伐証明部位ってあるんですか？」

「根っこにある芋みたいな塊だな。あれが核なんだが……ぶっちゃけ、取り出すのがすごく面倒なんだ。ただ、実といい体といい、全部が食材や木材になるから、できるだけ全身持ってきた方がいいぞー……持ってこられたら」

「そうですねー、持ってこられたら」

あの魔物は文字通り樹木サイズ。大人でも余程の怪力でなければ運ぶのは無理だ。子供にはなおさらである。

「マジックバッグ的な物や、空間魔法やスキルがないと難しいんだよな。グレイボアとは違う意味で需要が高い。……ああいった魔物から取れる木材は高品質だから、貴族の家や船の材料として高値で取引されるんだ」

シンは自分の腕を見て、自力で運んだことにするのは無理だと判断した。

しかし、異空間バッグの存在はまだ隠したい。神様から貰った稀少スキルだ。シンはそれとなく探りを入れる。

「マジックバッグや、その手の運搬系の魔法やスキルは貴重なんですか？」

「貴重だな。マジックバッグなんて代物、滅茶苦茶高いぞ。貴族の使用人をやるにも、商売に使うにもすごく便利だしな。上級冒険者のパーティなんかは、そういった手段を持っているか否かで需要がだいぶ変わる」

女神の贈り物は無限大の収容サイズに、品質保持機能付きだ。劣化がない。かなりレアスキルなのは間違いない。

話によれば、リュックサイズでもかなり重宝されるという。旅行鞄サイズであれば、どこの商人も雇いたがるほどで、馬車サイズまでいけば、いるだけで給料がもらえるレベルらしい。

（うーん、運び屋かぁ……）

生活に困った際の最終手段の一つとして頭に入れておくのもいいかもしれない。

「シン、もしかしてマジックバッグが欲しいのかい？」

考え込むシンを見て、受付の男性が聞いた。

「あるんですか？」

「ないない。こんなド田舎で手に入るほどありふれたものじゃないんだよ。そんな貴重品は王都の一級魔法道具を扱っている店くらいだ！　冒険者や商人まで、需要はどこでもあるが、それに対して実物が少ないんだ。持っているとしたら、王侯貴族だな。稀にダンジョンや遺跡から出てくるから、そういう物をオークションで競り落として使う奴もいる」

この手の質問は多いのか、ギルド職員はすらすらと自慢げなくらいに答えてくれた。

（たっはー、やっぱりないのか……）

シンは笑いとため息の混じった表情になる。社会人目社畜科ブラック属のシンではあるが、日本人らしいアルカイックスマイルは健在だ。これにより、人のよさそうな人間を演じている。

タニキ村では、若年にして大人顔負けの狩りの腕もあり、地位は低くない。さすがに村全部の食糧を賄《まかな》うのは無理でも、勤勉に働く様《さま》は周囲に評価されている。

あと数年したら娘を嫁がせるか、婿に欲しいと思っている家は少なくない。

とりあえずスローライフをエンジョイ中のシンは、あまりそのあたりは考えていない。

体がモロに義務教育範囲内の姿なので、余計そう思っているのかもしれない。

「領主様のお屋敷に、えっらい貴族様がいるんだろ？　シンを気に入っているって話じゃねーか。その人に頼んだらどうだ？」

「ダメです。あの馬鹿殿下《王子》は頭のねじが全てぶっ飛んで、そこにお花の球根が刺さって花盛りです。下手すりゃとんでもない面倒事まで一本釣りしかねません」

「……まあ、頑張れ」

シンがナイナイと手を顔の前で振ると、職員のおじさんも微妙な顔になった。色々と苦労を察したのかもしれない。

「そうだ、シン！　お前そろそろランクアップしそうだぞ！　採取も討伐も色々やってくれていただろう？」

ほとんど食糧確保の延長だが、確かに片っ端から依頼を受けていた。

山か川に行けば大抵一つは依頼達成になるのだ。

田舎なので、依頼料は大したものではないが、実績数としてはかなりである。

また、田舎村にちょうど良い納品依頼が王都から出ることもあり、ほぼ毎日のように依頼を達成していた。

よくあるのが羽の採取依頼などだ。色鮮やかで、大きな羽が珍重《ちんちょう》されて高値で引き取ってもらえる。それらは淑女《しゅくじょ》の扇《おうぎ》や、帽子の羽飾り、豪華な羽ペンなどに使われるという。

異世界だけあって、南国ばりに色鮮やかな羽根を見つけることがある。

カワセミのように色鮮やかな青色で腕ほどの長さがある羽や、緋色《ひいろ》交じりの黄金色の羽などは、最近高く売れた。

(そろそろまたティル殿下が駄犬よろしく騒ぎはじめそうだし、宝物探しってことで羽探しでもさせるか……)

山を登らせるのは難しいかもしれないが、馬に乗せて川の上流に向かうくらいはできるだろう。

(……僕は何で異世界に来てまで、育児をしているんだ?)

シンの実年齢は結婚して子供がいてもおかしくないくらいだ。だからと言って、自分よりも外見がでかい駄犬を躾けながら育てなくてはいけない理由はない。

放置しすぎて暴走したティルレインの尻拭《しりぬぐ》いに奔走《ほんそう》などはしたくなかったが、あれが究極に駄々をこねだしたら、結局呼び出されるのはシンだろう。

「どうした、シン?」

「あ、すみません。思考が飛んでました」

「疲れているのか? いっつも動いているし、休みたくなったら休んどけ」

「いえ。さっき言ってたランクアップのお話を聞きたいです」

「ああ。採取系の仕事はみっちりやってるし、討伐もボア系、ゴブリン系、昆虫系なんかをやっている。……今回、あのマーダーウッドの討伐証明部位があれば、ランクアップだったんだがな。要は、今までやったことがない種類の魔物の討伐か、Ｆランク相当の依頼達成が、昇格の条件だ」

「うーん、別に急いでいるわけではないですしね」

「宝石草の種の採取なんかは実入りがいいぞ。その名の通り、宝石みたいな花が咲く。種の見た目は宝石そのもの。ただ、崖っぷちとか森の奥深くとか、険《けわ》しい場所にしかないな。そもそも人里近くのは全部取られきられているから」

「いくつか参考にしてみます」

どこの世界も欲望によって乱獲される動植物はあるようだ。確か前の世界でも、とある島で、その島固有の動物が乱獲されて絶滅した例があった。

それどころか、一つの大きな山が金目当てに掘り尽くされて、真ん中からカチ割ったような姿になってしまった……なんて話もあったはずだ。しかも、ショベルカーやトラックがない時代に、人の手によってなされたことだ。百パーセント人力な、強欲《ごうよく》の所業《しょぎょう》である。

むなしさを覚えながらも手頃な依頼を探していると、一つのカードが目に留まった。

吊り上がった目でこちらを見ながら吠えている猿の絵が描かれている。

「なんですか、このゴブリンモンキーって……」

「ここ最近作物が荒らされているんだよ。まだ数匹の群れだからいいが、数が増えると人間を襲うようになる。一見すると緑色の猿で、とにかくうるさいからミドリホエザルとも言われている」

「へえー」

「すばしっこくて追いかけるのは無理だから、できればシンかハレッシュに頼みたいところなんだ。弓が使えると討伐も楽だからな」

まだ十四にも満たない群れらしいが、猿だけあってなかなかに動きが俊敏《しゅんびん》で、次々と山を移動していくらしい。シンとしては受けてもいい依頼だが、どこで出るのかはわからなかった。

「見つけたら討伐してきますね」

依頼カードを指ではじいて、シンはギルドを後にした。

去り際に、ベテラン冒険者という名の飲んだくれに「頼んだぞー」などとちょっと冷やかされたが、軽く手を振って返事をしておく。

家に帰る途中、シンは女神の祭壇《さいだん》を造る相談をするために、ベッキー家にお邪魔した。相変わらず肉の人扱いされたが、胡桃をお裾《すそ》分《わ》けすると、それはそれで喜ばれた。

早速、大工のガランテに祭壇の件を聞いてみる。

すると、彼はあっさり頷いた。

「いつも世話になってるし、俺が造ってやる。シンが隣に住むようになって、カロルもシベルも真似して働くようになったからな」

日頃のお裾分けが色々と功を奏したらしい。

本当は歪だろうが自分で造るつもりだったのだが、ありがたいお言葉でそのまま頼むことにした。

フォルミアルカだって、御神体に歪なこけしモドキを置かれた、犬小屋のような祭壇よりも、ちゃんとしたものがいいだろう。

シンは家に帰った後も考えていた。

一応はお世話になっている女神の祭壇であるし、あの不遇ぶりからして、まともに信仰されていないのだろう。最高神のはずなのに。

さすがに立派な神殿などは建てられないが、小さいながらも良い感じのものを造ってあげたい。

(うーん、祭壇っていうんだから、ちゃんとした敷物とか小物とかも用意した方がいいのか?)

どうしても神棚っぽいものを想像してしまう、日本人のシンである。

神様のための祭壇であるし、間違いではないが。

といっても、月に数度、行商人や流れの旅商人が来る程度のこんなど田舎に、コースターやランチョンマットなどの洒落た敷物は売っていない。

既製品がないなら、自分で糸を編《あ》むか、布を縫《ぬ》って作るかだ。

考え事を一段落して窓の外を見ると、いつの間にか薄暗くなっていた。

ふと、何かが動いたような気がして、シンは目を凝らす。

外に干していた肉に、何者かが手を伸ばしていた。

緑色の毛に覆われたその手は明らかに毛深く、人間のものではなかった。

シンの目から光が消え失せ、その代わりに殺意の波動が「めっちゃ仕事する」とログインする。

弓と矢筒をそっと取って表へ行き、全力で気配遮断をして数を数える。

一、二、三、……全部で六匹だ。
無慈悲な殺意が弓矢に乗って放たれる。

「クソ猿!!」

額や後頭部、心臓、喉、目と、致命的な場所ばかりを容赦なく狙った矢は、きちんと一発で命中していた。

絶命した妙に手足の長い緑の猿を蹴り飛ばす。

それでも、哀れな干し肉たちは七割程食べられていた。残りも落とされたものや、血を浴びたもの、落ちた猿に巻き込まれてしまったものもあり、実際に食べられる分はもっと少ない。

「まさか猿が肉を狙うなんて……」

他にも何か食べられていないか確認すると、想像以上の甚大《じんだい》な被害が出ていた。

干していたはずの山葡萄《やまぶどう》が全部ない。

あの山葡萄は巨峰を思わせるふっくらとして甘みの強い種類で、シンは食べるのを楽しみにしていたのだ。

(マジでふざけるな)

シンの中で殺気がてんこ盛りである。

その時——

「Ｇｉｘｉｙａｘａａａａａａａａ!!」

雄叫《おたけ》びとともに、再び猿たちが現れた。殺された猿の仲間がまだいたらしい。追加で現れた五匹の中の一匹は、猿というよりゴリラのように大柄で、腕がシンの胴回りほどある。

猿たちは示し合わせたように同時に飛びかかってくるが、シンは猿の指が届く寸前に身を屈《かが》め、横に転がりながら矢を二本放つ。

眉間を撃ち抜かれた猿が絶命し、太ももに矢を受けた猿がのたうち回った。声が非常に大きくてうるさい。

シンはさらに矢を放ち、悶《もだ》える猿にとどめの一発を見舞う。続けて牽制《けんせい》に三発。腹や胸に矢を受けた猿は、そのまま倒れ込んだ。

「っと」

後ろから迫ってきた別の猿の剛腕を避け、腰に差していた短剣で喉笛を引き裂く。

これで五匹のうち四匹を倒した。

(残ったこいつがボスか?)

明らかに一匹だけシルエットがでかい。一匹で三匹分のウェイトがあるのではないかというほどだ。

シンと対峙した大猿が、身の毛のよだつ咆哮を上げる。普通ならすくみ上ってしまいそうな大絶叫だが、今のシンは非常食を食い漁《あさ》られた怒りが恐怖に勝《まさ》っていた。

大猿は四本の手足で地を駆けて突進してくる。

まだ遠い。

まだ。

だん、と強く地面を蹴った大猿が、シンに躍りかかる。目は怒りで深紅《しんく》に燃え、開いた口から真っ赤な喉と悍《おぞ》ましい乱杭歯《らんくいば》が覗く。

(今だ!!)

矢を番《つが》えたシンは、大猿のがら空きの胴体と眉間、口の中めがけて矢を一斉に放つ。

跳躍《ちょうやく》したのは悪手《あくしゅ》だった。宙にいる状態では逃げられはしない。

放たれた矢は大猿の毛皮を貫き、肉に食い込み、骨を砕いた。

バランスを崩した巨体がシンの横に無様《ぶざま》に落下し、勢いのままにゴロゴロと転がった。

「……緑の猿？　ゴブリンモンキーか！」

それを睨みつけるシンの目には、まだ怒りがマグマのように煮えたぎっている。

絶命した緑の猿たちをロープで縛り上げたシンはそのままギルドに向かい、冒険者カードとともに叩きつけた。

「報酬は明日貰いに来ます！　そいつらムカつくので、僕の目に入らないところで処理してください!!」

そう言い残して、シンはさっさと家に帰ってしまった。

スローライフですっかり丸くなっていたシンだが、意外と地雷は近くにあった。いつの世も食べ物の恨みは怖いということだ。

これで、シンのランクはFに上がった。

一方、ギルドの中は騒然《そうぜん》としていた。

シンからぶん投げられた大量の魔物は、緑色で少し手足の長い猿。ゴブリンモンキーの成体だ。

そして、一体だけごわごわした体毛を持ち、一際《ひときわ》凶悪な面構《つらがま》えと筋骨隆々《きんこつりゅうりゅう》たる大猿の魔物がいた。

キラーエイプ——ゴブリンモンキーをはじめとする猿の魔物の上位種だ。稀にユニーク成長や進化を遂げた猿系の魔物がキラーエイプとなる。文字通りの殺人猿で、その剛腕と鋭い牙、そして機敏な動きと狡賢さで大量殺人を行う危険な猿だ。

「……こいつ、ゴブリンモンキーじゃなくてキラーエイプだよな」

「ああ、ゴブリンモンキーは十一匹、このデカいのはキラーエイプだ」

ギルド職員と、酒場代わりにギルドで飲んだくれていた冒険者たちが、大量に並ぶ魔物の死体に呆然としている。

「キラーエイプの討伐はDランク相当だよな……いや、群れを単独で討伐したとなると、CかBランク相当だぞ」

「……シン君、腕がいいとは思ったけど、ここまでとはなー」

「何か怒っていたし、火事場の馬鹿力じゃないのか？」

ゴブリンモンキーはたまに出るが、キラーエイプなど、ここ数十年見ていない。

以前現れた時は、王都のギルドから討伐隊が来るまで村の皆は家の中で身を潜めて戦々恐々《せんせんきょうきょう》としていた。女子供は昼間でも家に出るのすら躊躇《ためら》い、男たちも決して単独行動はせず、ずっと警戒し続けた。

シンがキラーエイプと知って討伐した可能性は低い。

このあたりでもかなり珍しいのだが、森林や山岳から遠い王都ではさらに馴染みが薄い魔物だ。

タニキ村に来て一年も満たないシンが知っている可能性は非常に低い。

猿の喉笛を見事に貫通している矢尻。弓の腕といい、子供らしからぬ膂力《りょりょく》といい、ギルドではスキル持ちかもしれないと疑う者もいたが、それが今夜、確信に変わりつつあった。

「とりあえず、昇格はFランクだけど、これは王都に報告した方がいいかねぇ？」

「まあ、王都に行くことがあったらってことで、連絡しておくのが妥当じゃないか」

シンの知らないところで少しずつ、隠していた情報は漏れていくものである。

ギルドとしても、働き者の冒険者を手放したくなかった。ずっと依頼を貼り付けたままで全く達成されず壁紙のようになっていた依頼カードも、シンが来たおかげで少しずつ減ってきた。

それに彼はまだ子供だし、健《すこ》やかに過ごしてほしいと、わずかばかりのお節介を焼く、ギルド職員たちであった。

第四章　女神フォルミアルカの祭壇

あれから数日後、あの糞猿《ゴブリンモンキー》がまた村をはじめ近隣にいないかと、シンは殺意がマシマシに研《と》ぎ澄《す》まされていた状態でうろついていた。しかし、周囲にはこの辺によくいる動物やそれに近い形態の魔物しか見かけなかった。どうやらゴブリンモンキーはシンが討伐したあの一団だけだったようだ。

結局、シンは保存食を作り直す羽目になった。異空間バッグがあれば必要はないのだが、趣味と実益を兼ねてやっている。最近は色々と調べながら凝った保存食を作っていたので、台無しにされた怒りは一層強くなった。

そんな中、隣家のガランテが女神の祭壇を作ってくれた。

中型犬くらいなら入りそうな犬小屋サイズで、シンでも持ち運べそうだ。簡素だが雨除けの屋根はついているし、奥に像を置くスペースがある。

そして、やけにファンキーなこけしを一緒に貰った。

研磨がされていないため粗削りで、顔はどちらかというとあっさりめの醤油顔《しょうゆがお》。ややシャープな目鼻立ちが木目と相まって禍々《まがまが》しい。髪を描こうとしたのか、一部色がついているものの、何故かそれが角のように見える。

（……フォルミアルカ様が泣きそうだ）

幼女なだけあって、こんな恐ろしいものが自分に見立てられたと知ったら、号泣しかねない。色々な意味で。

その時、突然バッターンと大きな音を立てて木製の玄関扉が開いた。

お世辞にも重厚とは言えないごく普通のドアは、勢いよく開かれたせいで、心なしか痛そうだ。

「シ～～～ン～～～！　最近来てくれないから、来ちゃった！」

まるでギャルゲの幼馴染か彼女のような台詞だが、それを言っているのはシンより身長がだいぶ高い男である。綺麗な顔立ちでも立派に野郎だ。

「うぜえ、お静かに《お静かに》ハウス《お願いします》」

「お、何してるんだ？　何だこれは……これは小屋？　んん？　祭壇？　……と、呪いの人形？」

「女神像です」

「えっ！」

シンの素っ気《そけ》ない態度にもめげなかったティルレインだが、存在感抜群のこけしが女神像だと知った瞬間に、表情が固まった。

ティルレインは「ウッソォ～、ヤバすぎ……」といった表情で、シンが手にしている前衛的な女神像にまじまじと見入る。

「家づくりや家具作りが得意な方にお願いしたのですが、人型は苦手だったようで……」

「いや、これ酷いよ。女神様に喧嘩売ってるぞー……どの女神様なんだ？」

「フォルミアルカ様です」

「主神だな。うん、いくらマイナーでも、創造主だし大神なんだからやめておこう？　それを飾るくらいなら、ちょっと綺麗な石を神体に見立てた方がましだぞぅ！　ちょうど河原に良い感じに石がごろごろしているから、そっちを探した方がいいぞ！」

「クッソ、滅茶苦茶失礼だけど、否定できないのが悔しい……」

ティルレインは貴族だけあって、庶民にはあまり有名ではないフォルミアルカもすぐにわかった。

そしてやはり、彼女は戦神バロスほどメジャーではないらしい。

「いや、冗談じゃなく、やめた方がいい。神様は結構本気で呪うぞー！　女神様は特に自分の美にプライドを持っているのが多いから、変な像を作るなら、宝石を見立てるのがいい！　貴族はそうしている！　下手に像を作ると、彫刻師や奉ろうとした貴族、神殿ごと呪うからな！」

「コッワ！」

「女神も怖いが、戦神バロスも結構ヤバいと聞くな！　とある貴族の娘が戦地に赴《おもむ》く婚約者の勝利を祈ったところ、婚約者は捕虜《ほりょ》になり、戦場を引きずり回され、遺体の判別もできないほど無惨《むざん》な姿で帰ってきたんだそうだ！　なんでも、そのご令嬢が大層美しかったから、自分に仕えるシスターにするために殺したらしいぞ！」

「邪神じゃねーか」

女欲しさに祈りに来た信者の祈りをまるっきり無視するとは、邪《よこしま》すぎる戦神だ。

「アハハハ、ちなみに、ご令嬢は恐怖のあまりバロスから逃げようとしたんだって」

「そりゃそうですよね」

「しかしバロスは彼女に対して、自分の神殿から離れるとどんどん衰弱してしまう呪いをかけたんだ。婚約者に操立《みさおだ》てしていたご令嬢は、バロスを受け入れることを拒み、死を覚悟して距離を取った。すると今度は、彼女の家や国が戦争に勝てないように呪ったという」

「疫病神《やくびょうがみ》ですね」

「まあ、バロスは戦い、勝利をもたらす神であるとともに、好色で強欲な神としても知られている。ティンパインではそれほど信仰されていないが、テイランなんて派手に奉っているから、表立って批判しない方がいいぞ！」

「そーですね」

大いに思い当たる節があるシンだったが、曖昧《あいまい》な言葉とアルカイックスマイルで誤魔化した。

声を聞いた感じ、戦神バロスは地上げ屋みたいな、ガラの悪いヤクザな神様だった。

「シンの故郷は女神フォルミアルカを信仰していたのか？」

「いえ、こちらに来る前にその女神の神殿でお世話になったので」

「ふむふむ、では、こんなのはどうだ！　僕は勉強は苦手だが、絵や彫金《ちょうきん》なんかは得意なんだ！」

「はあ」

「シンは御神体になりそうな石を探す。僕は女神像を作ってみる。どちらか良い方を奉るというのはどうだろう？」

馬鹿犬殿下にしては良い案である。

ティルレイン・エヴァンジェリン・バルザーヤ・ティンパイン殿下は、ちょっと恋愛脳アッパラパーでお子様なところがあるが、悪い方ではないようだ。王族としては致命的だが。

仕方ないながらに世話役――というより、ご機嫌取り要員に近い立場を続けているうちに、シンはティルレインのことが少しずつわかってきた。

彼は我慢強くはないし、しょっちゅうぴーぴー喚くものの、理由もなく人を処罰するタイプの人間ではない。すぐに「なんで⁉」とか「酷い！」とかメンヘラ彼女じみた言動をするが、気に食わないから手打ち、などと、理不尽《りふじん》な権力の揮《ふる》い方はしなかった。むしろシンが「あ？」と強気な態度に出るとへこへこするので、小物感がある。王族としては非常にアレだが、根っこが草食動物的だ。

件《くだん》の女神像については、自分がシンに構ってもらいたい、遊びたいという願望と、シンがやりたいことを上手くミックスした案だった。そのあたりからも頭がカチコチなタイプではないと思われる。また、やや軽はずみであるが行動力はあるタイプだ。

最近ではアイリーンがどうこう言わなくなった代わりに、ポメラニアン準男爵の息子のジャックと同じテンションで「シン！」ときゃんきゃん甲高い声を上げて懐いてくる。ティルレインが本物の犬だったら、「うれション」するタイプだろう。感情もシモのダムも、ダダ漏れだ。

長く放置すると恥《はじ》も外聞《がいぶん》もなくびゃーびゃー泣き喚く感情クソデカな王子に付き合うのは、さすがのシンでもちょっと骨が折れる。

（石探しか……この辺に宝石なんてないしなー。あ、蜂の魔物の魔石……は何かイメージとは違う

んだよな）

フォルミアルカは華奢で非常に愛らしい幼女女神だ。その少女神には髪や瞳の色、纏っていた衣裳から、白や青、金といった色合いのイメージが強い。光や春や花の似合いそうなタイプだ。

（そういえば、ギルドで宝石草って聞いたな。珍しいものらしいけど、話が出るってことはこのあたりにも咲いている可能性があるんだよな……）

しかし、存在するからといって見つかりやすいという保証はない。

セケンの実もマーダーウッドのドロップ品だ。結構ヤバい上に、殺意の高い魔物だった。殺意の低い魔物は、魔物の中でも基本的に弱小で、捕食される側である。しかしあれは間違いなく捕食する側の魔物だ。

（でも、セケンの実は欲しい……あの周囲に行けば、またマーダーウッドが出る？）

手に入れたセケンの実は、まだちょっとしか使っていない。

しかしあれのおかげで、動物や魔物を捌いたり解体したりした後の獣臭さが激減した。手や作業台を洗うと本当に血の臭いも獣の臭いも消える。もちろん、風呂でも使っているが、湯船がないので派手に使う機会はない。一応、使った水は解毒や浄化の生活魔法で綺麗にしてから流している。

思い立ったら即行動とばかりに準備して外に出ると、ハレッシュがたくさんの剥製を家から運び出していた。

「あれ？　どうしたんですか？」

「ああ、行商人が来ているから、剥製を売るんだよ。王都に持っていけば、貴族連中が買い取ってくれるんだ。毛皮とかも売れるから、冬に備えて食料を備蓄するためにも、高値が付くといいんだが」

ハレッシュの悪趣味な剥製作りは、実益も兼ねていたという、衝撃の事実が発覚した。

田舎だとヤバいホラーでしかない剥製集団は、貴族たちには粋なインテリアの一種らしい。

シンは解体も毛皮の剥ぎ取りもあまり上手くできないので、全部他人頼みだったが、金になるなら本腰を入れて覚えた方がいいかもしれない。一応は人並み以上の収入はあるはずだが、タニキ村で越冬するのにどれくらいかかるか、まだわからない。

「シン、ここらの冬は結構雪が積もる。そうなると、下手すりゃ二ヵ月以上行商は来なくなるから、多少高くても暖かい内に塩は買い込んだ方がいいぞ。余裕があれば麦や砂糖もだな」

「えっ」

それは大変だとハレッシュについていくと、大きな幌馬車《ほろばしゃ》の前に人だかりができていた。

このあたりでも小麦は取れるが、各家庭で一冬賄えるかギリギリなところらしい。

薪は森で拾えばいいとはいえ、そもそも生木は乾燥させるのに半年から一年はかかる。きちんと乾いてないと火がつきにくいし、煙が出てしまうのだ。自然乾燥したものを集めようとすると手間が途方《とほう》もないので、薪作りが必要だ。そして、砂糖や塩はこのあたりではとれないから必須である。

ハレッシュとシンが行商のところに着いた頃には、商品はすっかりなくなっていた。

「あちゃー、買う方は遅かったか。こっちで売りたいのがあるんだがいいか？」

「ああ、ハレッシュか。またいつもの剥製か？　今回、大物はあるか？」

「おうよ、アウルベアがいるぜ。あとスリープディアーだな」

「アウルベア⁉」

身を乗り出した行商人に、さっそくハレッシュが交渉を開始する。

荷台に乗せたアウルベアの剥製に商人が目を輝かせるが、シンは眼窩《がんか》に黒石を詰め込まれた歪な顔に引いた。彼は剥製が苦手だった。

盛り上がるハレッシュと商人を尻目に、そっとアウルベアの成れの果てから目を逸らす。

その間に、シンはほとんどなくなっている品物を物色した。

年季の入った厚手の布の上に広がっているのは、上等な砂糖と塩、小麦、そして酢。銀製のカトラリーや本などもある。どれも少しお高めであるのは、これが庶民にとって贅沢品の部類であるためだ。に売れ残っていたのだろう。しかし、タニキ村で腕の良い狩人兼冒険者として通っているシンなら、買えなくはない。不埒《ふらち》なゴブリンモンキーをぶちのめした臨時収入は全て消えるが、元々貯蓄は多いので、さして懐は痛まない。

「このお砂糖と塩、お酢を頂けますか？　全部」

「え？　本当かい！　このあたりでは結構割高だから持ち帰るしかないと思っていたんだけど……」

「荷台が空いた分、ハレッシュさんの剥製を持っていってください」

その他にもナイフや矢尻を研ぐための砥石や、保存容器にできそうな瓶《かめ》や壺を購入する。

他にも、なくても困らないが、あったら嬉しいものばかり並んでいるので、結局シンは全部買い取ってしまった。ハレッシュが途中で「おい、こんだけ買うんだからまけろ！」と横槍を入れたおかげで、割引してもらえたのがラッキーだった。調味料系は一部、隣のジーナに差し入れしたら喜ばれるだろう。

シンが買い取った大量の荷物をハレッシュの荷車に載せて一度家に戻り、二人はまた新しい剥製を積んで行商人のもとへ行った。

「シン、お前そんなに買って大丈夫か？」

「あはは、お金が底を付いちゃいました……明日からまた狩りを頑張らなきゃ」

実際には資金が底を付くまで買い物はしてないが、貯め込んでいた六割近くを吹っ飛ばしてしまった。

（何だろう、この堪《たま》らない充足感と高揚感は。買い物、超楽しい）

買い物が楽しいのはどこの世界でも共通らしい。シンは買い物依存症ではないが、久々のこの感覚に、なんだかじーんとしてしまう。物々交換も楽しいとはいえ、お金との交換のお買い物はまた別の楽しさがある。今度は値引き交渉も自分でできるようにしたい。

まだ冬まで時間があるし、買いすぎてしまった分を含め、次回以降で調整するとしよう。

商人は思った以上に荷馬車の品物が売れたと、ホックホクである。

「坊ちゃん、次に来る時、欲しいものとかあるかい？」

「新しい鞄とかリュック……その、ずっと修理しながら使ってたんだけど、この前魔物の攻撃が掠って大穴あいちゃったんだ。これを機に新調しようかなって」

鞄やリュックが欲しいのは本当だ。いつの間にか指が三本くらい貫通する穴が開いていた。

「なるほどなるほど！　良い物を見繕っていくつか持ってこよう！」

どうやらシンを上客として認識したようだ。それから、剥製を山ほど幌馬車に積んで、商人は村から出て行った。

馬車を見送っているとハレッシュが「そういえば」と、思い出したように口を開いた。

「シン、ちょっと前に庭先でバタバタしてなかったか？」

「ゴブリンモンキーが僕の非常食を食い漁っていたので、ぶっ殺してました」

「はぁ!?　ゴブリンモンキー？　あれか、緑色の手足の長い奴か！」

ぎょっと目を剥いたハレッシュが、大きな手でシンの両肩を掴んでゆっさゆっさと揺らしてくる。

かなりワイルドなやり方だが、ハレッシュに悪気はない。

シンはガクガク揺さぶられながら、「はい」と返事をした。

「死体は!?　ゴブリンモンキーはまだ剥製にしたことがないんだ！」

「ギルドに渡しちゃいました」

「あぁあああ！　アイツら、年に一度見られるかどうかってくらい珍しいんだよ！　村に来るなんて、数年に一回あるかないかだぞ!?」

盛大に頭を抱えていたハレッシュだったが、急にはっとなると「ちょっとギルドに分けてもらえるか聞いてくる！」と言い残して走り去っていった。

「元気だなぁ……」

シンはぼっさぼさになった頭を手櫛《てぐし》で直しながら、ぼんやりハレッシュを見送る。

当初の予定よりも出発が遅くなったものの、シンはそれからようやくご神体代わりの石探しに出かけたのだった。

◆

とりあえず、川縁《かわべり》にやって来たシン。

たくさんの石がごろごろとしているが、鉱山でもないのに、宝石なんてそう簡単に見つかるはずがない。川の流れで転がって角が取れた石はたくさんあるものの、どれも普通の石である。

試しにスマホをかざして調べてみる。

しかし、ほとんど『石』としか出ない。何度もやっていると、『石』の後ろに『砂岩』『礫岩《れきがん》』『泥岩』『チャート』『石灰岩』『凝灰岩《ぎょうかいがん》』と、色々出てくるようになった。

もちろん、場所によっては貴石の類が落ちているところもあるはずだ。しかし、そういうのは人の手が入っていない未開の地だけだろう。

真珠や宝石探しができる観光名所などもシンの記憶にはあったが、大体が宝石にならないものしか見つからない場合が多い。それに、大きな原石でも、磨いて価値が出るのは奥のほんのわずかな部分だけというパターンも少なくないらしい。

シンは石を探しながら川辺の巨石の上をひょいひょいと歩く。

転生して小さくなったが、以前より運動神経は良くなった気がする。一際大きな石の上に座り、スマホで自分のステータスを確認する。

最初に見た時は一桁二桁の数字が並んでいた気がしたのだが、今は明らかに桁数が増えている。

(といっても、この世界の基準がわからない……。女神のギフトスキル『成長力』の恩恵も多いんだろうけど……)

所持スキルはとんでもないくらい増えていた。

(そういえば、冒険を初めた時とか、タニキ村に来て本格的に狩りを始めた頃に鬱陶しいくらいピロポロラッシュ通知が来ていた気がするけど、シカトしていたからすっかり忘れていた)

辞書か辞典というレベルにみっちり並ぶスキル乱舞を見て、一瞬にして読む気が失《う》せた。

(わかりやすく統合してほしいな)

ななどと考えていると、スマホ画面に通知が出る。


スキルの統合・最適化をしますか?

類似のスキルをまとめることにより、スキルが整理されます。

また、統合によりランクアップするスキルがあります。

▼YES
NO

「そりゃまあ……ＹＥＳだろう」

すると、スマホの表示がロード画面になった。一瞬にして実行されるわけではないらしく『二十八時間かかります。その間、スキルは統合前の状態で継続して使用できます』とメッセージが出た。ある意味あの幼女女神らしい鈍足ぶりだ。

（長い。一日オーバーとか、普通に待ってられない。放置しよう）

シンはスンと真顔になったものの、軽く嘆息してスマホを荷物に仕舞って歩き出した。

しばらく石を探しながら歩き回るが、なかなか目ぼしいものは見つからない。

だが、食べられる野草や山菜をちまちまとっていくだけでも十分楽しい。綺麗な水辺にしか生えない薬草や香草もあったので、ギルドに納品できそうだ。

バチャンと大きな水音に振り向くと、川の中に魚影が見えた。シンの体の半分はありそうだ。

（上手く行くかな？）

手をピストルの形にして指先に魔力を集め、水面に狙いを定める。

シンが放った雷魔法は、火花の如き輝きを纏いながら、ジジジと鳥のさえずりを幾重《いくえ》にも重ねたような音を立てて飛んでいく。

水面に当たった瞬間に魔法が弾け、雷撃の網が広がる。ややあって、水面に一つ、また一つと魚が浮いてきた。それを水魔法で手繰《たぐ》り寄《よ》せると、二十四は捕まえることができた。

（魚なんてすぐに傷《いた》みそうだけど、異空間バッグは腐敗や賞味期限を気にしなくて済むのがいいよな）

帰ったら干物《ひもの》かスープにしようとウキウキしながら異空間バッグにしまう。シンは肉も好きだが、魚も恋しくなるのだ。

てくてくと気ままに川に沿って歩いていくと、すっと脇に逸れるような細い川を見つけた。シンは何となく興味をそそられてそちらに足を向ける。

やがて、一つの大きな池あるいは湖に着いた。広い水面にはうっすら霧《きり》がかかっていて、アクアブルーとコーラルブルーが交じり合ったような極上の青が広がっている。そこに蓮《はす》に似た植物の色とりどりの花と、瑞々《みずみず》しい緑の丸い葉が無数に浮かんでいた。

一般的な蓮に見られる白やピンクの花だけでなく、青や黄、紫、橙や緑とバリエーションも豊かだ。色味も複雑で、一言に青といっても、アクアマリンのようなうっすらとした色からサファイアを思わせる群青《ぐんじょう》まで様々なものがある。

この風景はたとえるなら、モネの描いた蓮の絵のイメージに近い。

(うわぁ、綺麗だな……。女神様に写真とか送れるかな？)

スマホを構えてカメラマークをタップすると、美しい風景が高い画素数でスマホの画面に切り取られる。シンは景色を数枚と花単体で何枚か写真を撮った。花はたくさん種類があったが、独断と偏見で特に美しいものを選んだ。

(写真だけじゃなくて、本物も贈れたらいいんだけど)

写真を送信していると、突然液晶にメッセージが表示された。

またか――と、シンはちょっと微妙な気分になる。

女神フォルミアルカに捧げますか？

▼YES
NO

YES、とタップすると『対象を採取してください』と表示された。

シンはきょろきょろと周囲を見回し、綺麗な花を厳選してナイフで切った。そして、先ほどと同じ内容が表示されたのを確認して、さらにYESを実行する。

花はすうっと空気に溶けるようにして消えた。わずかに湿った手が、その花があったと訴えていた。

手を拭いていると狂ったようにスマホが鳴ってフォルミアルカからの着信を知らせていた。どうやら狂喜乱舞《きょうきらんぶ》しているようだ。

（……今相手すると面倒臭そうだから、後にしよう）

完成した祭壇に花を飾ったらもっと喜ぶかもしれない。そう思って、追加にもう数本花をとろうと屈んで手を伸ばす。

すると突然、頭上から「ねえ」と声をかけられた。びっくりして顔を上げると、そこには蒼《あお》と翠《みどり》に彩られた美しい人がいた。

豊かに靡《なび》く長い美しい緑髪に、透き通る水色の瞳。まるでこの幻想的な花咲く池を具現化したように荘厳《そうごん》で美麗《びれい》な女性だった。ふっくらとした唇を彩る青いルージュが涼《すず》やかだ。

瑞々しい肢体をむき出しにしたスリップドレスに似た白い衣装を着ている。豊満な肉体を辛《かろ》うじて隠す程度でやや露出が多いが、不思議と下品さやいやらしさはなく、むしろ清冽《せいれつ》さと潔癖《けっぺき》さすら感じる。

圧倒的な美と存在感を叩きつけてくるこの女性には、不思議と懐かしさを覚える。

上品な服装もそうだが、纏っている雰囲気がどこかフォルミアルカに似ている。

「初めまして、僕はシンと申します。あなたのお名前をお伺いしてよろしいですか？」

「ふふ、お行儀が良いのね……そういう子は嫌いじゃないわ。私の名はファウラルジット。美と春の女神よ。懐かしい気配がするわ、あなた。フォルミアルカ様の御使《みつか》いかしら？」

微笑みかけられただけでほけっとしてしまいそうな美人――もとい、美神《びじん》である。

日本人の習性というべきか、シンは自己紹介とともに頭を下げながら、脳味噌はフル回転だ。

ファウラルジットはガチ女神だ。

セレブを超えた圧倒的ゴッデスオーラが半端《はんぱ》ない。

「あ、はい。フォルミアルカ様にはお世話になっています。スキルを貰った異世界人です」

「……バロスと同じ勇者かしら？」

ほんのりとファウラルジットの声に冷ややかなものが混ざった。

「いえ、僕はテイラン王国の強引な勇者召喚に巻き込まれた一般人です。勇者は乱暴な召喚でミンチになってしまっていますが、僕は見ての通り子供なので追い出されました」

「やぁね……あの国、まだ召喚なんて続けているの？」

不快なことを思い出したのか、さらにファウラルジットの目が冷たくなる。

「……テイランは嫌いよ。あの国のせいでバロスが威張っているのだもの」

「戦神というか、地上げ屋みたいでしたよね。ヤクザというか、チンピラか不良？」

シンの率直なバロス（声だけしか知らない）の印象を聞くと、ファウラルジットは嬉しそうに顔を綻《ほころ》ばせる。

「わかってるじゃな〜い！　私、あの男大っ嫌いなの！　人間の頃から大嫌い！　まだお尻に卵の殻《から》がついたヒヨコの癖に、私に妻の一人になれとか言うのよ？」

ファウラルジットは同意を示しながら、あっさりと戦神バロスの圧倒的不作法の過去を暴露《ばくろ》した。

（そういえば、戦神バロスは女好きだと聞いたな）

シンは確執の気配を察知する。

こんな美女神を見たら、口説《くど》かずにいられなかったのかもしれない。シンが元いた世界の神話でも、女神を口説く英雄の話は数多《あまた》ある。大抵、女神におっかない目に遭わされたり、酷い試練を課されたりするし、悲恋落ちが多い。

「英雄色を好む」は古今東西、世界共通なのだろうか。もちろん、ストイックな英雄もいるが、バロスは十中八九、浮気とか不義をしてぶち殺されるタイプだろう。

「それは大変失礼な話ですね。ファウラルジット様はどうしてこちらへ？　この近くに祭壇でもあるのですか？」

「……違うわ。隠れているの。バロスから逃げているのよ。あの下半身暴走馬鹿から逃げ隠れている女神は少なくないわ」

「えっ」

「あの戦馬鹿が最近デカい顔をするようになって、しかも神格化しちゃったから大変なのよ。人間の頃は軽くあしらえたけど、今のあの男に捕まったら、無理やり何百人目か何千人目かもわからない妻の一人にされるわ」

ため息をつく姿すら絵になる、美と春の女神ファウラルジット。

戦神バロスが幅を利かせていると聞いたが、ここまで酷いとは、シンも想像していなかった。

女性に年齢を尋ねるのはデリケートな問題だから聞けないが、この女神はシンよりもだいぶ歳が上なのだろう。一見すると妙齢の美女でも、ファウラルジットは女神なので、三桁どころか四桁の年齢の可能性が十分ある。なにしろ、数百年は戦神として奉られているバロスをヒヨコ扱いするくらいだ。

「季節はかろうじて回せているわ。ちゃんと女神として奉られているもの……。でも、私の妹に夏、秋、冬の女神がいるの。私も含めて季節の四女神なんだけど、全員に迫っているのよ、あのバロスは……。嫌になっちゃう。誰があんな奴と契《ちぎ》るものですか！」

「ええと？　戦神バロスは新しい神様なんですよね？　何故そんなに強いんですか？」

「あのバロスは戦争に乗じて、私を含めた色々な神々の総本山ともいえる神殿を壊したのよ。それも一つや二つではないわ。民の信仰心の強さは、私たちの力に思い切り影響が出るの。テイラン王国があっちこっちに戦争ばっかり吹っ掛けるから、どうもここ最近は戦神ばかりが重要視される風《ふう》潮《ちょう》が強いのもあってね……。それに、あっちは新しくても勢いがあるし、『戦』神なのよ。戦いや争いが得意なの……」

他の神々を信仰する国々を襲撃し、侵略していったのだろう。

宗教の戦いが政治に関与することはよくあることだ。しかも、こちらの世界はスキルやギフトにより力を与えられるから、影響がダイレクトだ。

戦神バロスはフォルミアルカから色々能力を巻き上げていたし、それを利用して勢力を広げたのだろう。

「他の神様に滅茶苦茶恨まれていそうですね」

「恨まれていないわけないでしょう。五百回は殺してやりたいし、転生どころか輪廻の『り』の字も与えたくない男よ」

実にヘイトの高い戦神である。ファウラルジットの恨《うら》み節《ぶし》が激しい。だが、憤《ふん》慨《がい》する彼女の主張は正当性がある。

シンはモラハラ浮気の傾向があるヤクザ神に、こんな美女神が虐《しいた》げられるのを見たくなかった。

彼は女尊男卑を掲げているわけではないが、あの悪印象な戦神バロスと横暴なテイラン王国のセットと、ギャン泣きの幼女女神と憂《うれ》える美女神のセットを比べたら、後者の味方になる。

どうしたらいいだろうかと頭を捻る。

「あの」

「なに？」

「戦神バロスって頭良いですか？　理論的というか、ルールや法律とかそういうのにはこだわりますか？」

「アレは戦馬鹿《いくさばか》よ。あと、極度の女好き。あくまで人間に強く信仰されているから堕ちてないだけで、あれの今の本性は腐っているわ」

今の、ということは、フォルミアルカが言っていたように、かつてはこうではなかったのだろう。

「んーと、これはあくまで提案なんですけど……」

シンは遠慮がちに切り出す。

「バロスはたくさんの女神……女性に粉を掛けているというか、結婚を迫っているんですよね？　そうであれば、結婚する代わりに、一日の内一時間とか、少しずつ時間を決めて別の何かになるという契約をセットで結んではどうでしょうか？　もしくはほんの少しずつバロスの能力を貰う、というのも良いでしょう」

古今東西、神話や童話にはこの手のものが多い。陽が昇っている間とか夜の間とかだけに別の何かになる、もしくは本当の姿になれるという制約や契約だ。

ケルト神話における絶対強者や勇士、英雄と言われる者たちに課せられたゲッシュ。

大きな力を持つ者には、その代償に覆《くつがえ》せない制約が存在することが多い。

神々にもそういった逸話《いつわ》が多い。たとえばギリシャ神話のハデスとペルセポネーの話もそうだ。

大地の裂け目から落ち、冥界の王ハデスに攫われたペルセポネー。彼女はそこで冥界のザクロを口にしてしまったため、婚姻《こんいん》が成立して冥界の女王になる。母であり大地と豊穣《ほうじょう》の女神のデメテルの力をもってしても決定は覆せず、ペルセポネーは年の三分の一、もしくは二分の一を冥界で過ごさなくてはならなくなった。

神話の神様たちが偉大な神でありながら、その絶対的な力を覆されてしまうのは、敵方の不屈の精神と時の運、そして契約や取り決めといったあるあるな謎ルール。

意味不明なまでにチートオブチートな超人的能力を持ちながらも、○○されたら手出しできないとか、滅びるという弱点を突かれてやられてしまう。

どこの神様、あるいは悪魔や悪霊も、取り決めや契約がしっかり成立してしまうと弱いのだ。

「たとえばですが、ファウラルジット様は季節女神の妹が三人いらっしゃるそうですね？」

こくりと頷くファウラルジットは、シンの話に興味をそそられたのか、前のめりになり、きらきらと期待に目を輝かせている。

「戦神バロスと結婚してもいいから、一日の半分を小さな魚の姿になってくださいとお願いします。他の妹女神様方にも、それぞれ一日の半分を犬や猫、鳥の姿で過ごしてくださいとお願いしてもらいます。ですが、一日はあくまで一日。四人のうち二人の女神様の約束は、どうあっても守られないのです。時間は有限であり、それを超えたものは果たされない。それこそ、戦神バロス様が二人にでもならない限り。さて、バロス様が約束を破った時に、何か罰則を用意します。たとえば、大事な武器を一つ差し出すとか。神や勇者としての能力を一部失うとか。相当な浮気性のようですし、不義・姦通《かんつう》のペナルティも有効でしょう」

「あらまあ、シン。あなたとても素敵で怖いことを考えるのね？」

「ですが、さすがのバロス様も、たった四人との約束だとすぐに裏があると気がつく可能性があります。ですが、十数人――いえ、数十人数百人で、少しずつ簡単な条件を提示し、絶対に全ては履行されないようにしては如何ですか？　ポイントは、不履行になった場合に一気に債権としてバロスの能力を奪い取り、制限することです。必ず契約書を用意して、細かい字で明記してください。バロスに都合の良さそうなところは、大きく、はっきり提示して、不利なことは非常に難しい表記や表現を使って、読む気が失せるように、小さい文字で難解に見えるように」

たとえるなら、プライバシーポリシーや利用規約、約款《やっかん》や取扱説明書のように！

人によってはバッチリしっかり読み込むかもしれないが、バロスは読むだろうか？　あのチョロ甘い幼女女神にすら警戒されるような露骨でガサツな性格なら、その可能性は低そうだ。

最悪、裏面に記載すればいい。もしくはトリックアート的に模様に紛れ込ませるなど。

シンは美しい女神に汚い悪の所業を唆《そそのか》す。

彼としても、バロスが幅を利かせているテイラン王国で勝手に召喚され、ポイ捨てされたので、『この恨みはらさでおくべきか』という思いがないわけではない。

過ぎたことだが、許すか許さないかはまた別の話である。

かといって、絶好調にブイブイ言わせているごっつ強い戦神に喧嘩を売るほど熱血でもなければ、正義の精神を拗《こじ》らせてもいない。

不幸にしてやる！　とは思わないが、不幸になってしまえとは思っていた。

ちょっと遠回しに、かつ他力本願に、お呪い申し上げている。

「ですが、いくら戦神バロスが好色であるとはいえ、短期間にそんな巨大なハーレムなど作るはず……」

「ハァ？　あの男ならやるわよ。色情魔よ。狂ったような女好きだもの。フォルミアルカ様は幼子の姿でいらっしゃるからお手付きになっていないだけで、あの男は十代半ば以上の外見さえしていれば、恋人がいようが婚約者がいようが、夫がいようが奪い取るの。見目《みめ》が気に入れば、本当に何でも手を出すわ。お構いなしの、節操なし！　他の相手や神に操を立てても手を出す、下半身暴走野郎なのよ？　神でもヒトでも精霊でも妖精でも悪魔でも、関係ないの」

バロスの節操のなさに、シンは呆れかえる。

(そういえば、ギリシャ神話の主神ゼウスも、滅茶苦茶いろんなところに子種ばら撒いていたな。メジャーな神様こそ好色設定な気がする。神様って結構血の気が多くて、生々しい愛憎激情――もといい、劇場が多いな)

「いっそ病気の神様とかに頼んで性病にしてもらって、イチモツから腐らせてしまえばいいのでは？」

暴走する場所がなくなれば、やることもやれなくなる。

「やっだぁ～！　それ最高!!　さっそく仲間を募ってみるわ～！　アイツを恨んでいるのは女神だけじゃなくて、その家族や友人もいっぱいいるのよ～！」

ファウラルジットはきゃらきゃらと笑い、頬を喜びの興奮に紅潮《こうちょう》させる。女神は少女のように軽やかに、水面をくるくる回った。水しぶきと光がふわりふわりと乱舞して、はためく衣装とも相まって一層幻想的だった。

言っている内容は滅茶苦茶物騒《ぶっそう》だが。

「良い話を聞かせてくれたから、勝手にここに入り込んで花を切ったことを不問としましょう」

「ありがとうございます。すみません、女神様がお隠れになっていた場所とは知らず」

「恐らく、フォルミアルカ様のことを考えていたから繋がってしまったのでしょう。女神の隠れ家は不規則に変わるから、そうそう見つけられないのよ。花を取ったのもフォルミアルカ様への品のようだし……礼儀正しい、良い子は好きよ。バロスと同類だったら呪ってやろうと思ったのだけれど」

可愛い笑顔でとんでもないことを仰《おっしゃ》る女神である。

（この女神、凄い美人だけど、やべー女神だ）

やっぱり、古今東西どこの神様も危ないのがいるのものなのだろう。むしろ、問答無用で近づいたら「初めまして死ね！」とするような神様じゃないだけ、マシなのかもしれない。

「さぁ、忙しくなるわ。あなたは戻りなさいな」

「はい、失礼します。一刻も早く、ファウラルジット様たちが不自由なくお過ごしになれる日が来るのを願っております」

シンはぺこりと頭を下げて、女神の庭から出ていく。

深入りせずに、ファウラルジットがご機嫌のうちに退散しておいた方が安全だ。女神たちの積年の恨みの画策に、これ以上巻き込まれたくなかった。

とんでもないニトログリセリン級の爆弾を譲渡しておいてなんだが、シンは事なかれ主義だ。しかし同時に、自分にとって厄介になりそうな戦神バロスが女神に討ち取られるなら「いいぞもっとやれ！」とそっと応援したくなる程度には小賢《こざか》しい。

そして、シンは俺TUEEEE!! ができるほどガッツも度胸も度量もない。ちょっとスキルは多めだけど、ほとんど死蔵状態。ガチガチ戦闘系叩き上げの元勇者の戦神と、正面切って戦いたくなかった。

相手は天下無敵の如く振舞《ふるま》っている戦神なのだから、これくらいの搦《から》め手《て》は可愛いものだ。盛者必衰《じょうじゃひっすい》はどこにでもある。バロスは今まで散々好き勝手に振舞っていたツケを払うだけ。

彼に人望があれば、助けてくれる神様や人間もいるだろう。多分。

シンは来た道を引き返し、てくてくと歩いていく。

(こういう時、後ろを振り返っちゃダメっていうよな……)

行きはよいよい、帰りは恐い。

怖い話や神話でよくあるやつだ。ちょっと興味をそそられるが、シンはそんな考えを素早く掃き捨てて、女神の隠れ家から立ち去った。

ある場所を通り過ぎた瞬間、シンはまるで水面から顔を出したような、もしくは水に顔を突っ込んだような、ぐにゃりとした感触を覚えて足を止める。

はっとして周囲を見回すと、そこにはついさっき通ったはずの道とは違う風景が広がっていた。美しい花が咲き誇る池ではなく、ただの広い湖だ。

（……戻ったのかな？）

水面を覗き込めば、透明度の高い水越しに砂利や大粒の貝や小魚が見えた。人の気配を察すると、魚たちは一瞬にして逃げていく。

（貝がある……醤油はないけど、酒蒸し……酒がなかったら普通の蒸し焼きにできるな。食べられるのかな？）

すぐに食い気が出てきたシンは、手を突っ込んで貝を拾い上げる。スマホで確認すると、食用と出た。

この辺には白米を食す文化がないため、炊き込みご飯は不可能だが、お吸物やクラムチャウダーなどは作れそうだ。一番手軽にできるのは、焼きか蒸しの料理だ。

貝は真っ白な貝や真っ黒な貝がある。表面にはざらざらでしっかりとした成長線があるため掴みやすい。しかし、子供の体では腕をまくり上げても、少し深いところにあると肩どころか胸のあたりまで濡れてしまう。年甲斐《としがい》もなく大はしゃぎしていたらしく、いつの間にか全身がびしょびしょに濡れていることに気づく。これではメンタルアラサーが聞いて呆れる。

いっそ、飛び込んで取った方が早いのではなかろうか。そう思ったシンは、服を脱ぎ捨ててパンイチどころではなく全裸になった。

ここには彼以外に人なんていないし、衣類は濡れると重くなって溺《おぼ》れる原因になる。

開き直ったシンは、貝探しを再開する。このあたりにはあまり人が来ないのか、大粒の貝がしこたまある。座り込んで、袋いっぱいにじゃらじゃらひしめく貝を見つめて、シンはウットリとため息をつく。

（今夜は貝三昧だ。川の貝に砂抜きが必要かどうか、後で調べよう）

しかし……そんなご機嫌のシンに、ぬぅっと大きな影が差した。

振り向くと、二本足で立ち上がり、両手を広げて臨戦態勢の――むしろ捕食態勢に入っているアウルベアがいた。

梟の頭部のぎょろりとした双眸は、しっかりとシンを見据《みす》えている。丸腰百パーセントのシンを。

「Ｇａａａａａａａｘａａａａａ！」

「ぎゃーーーーっ!!」

臓腑《ぞうふ》を引き裂いてやると言わんばかりに、二本の豪腕が襲い掛かる。

シンは振り下ろされるそれをとっさに手で掴む。股座に足を通して、背中から倒れこむようにしてアウルベアを投げた。巴投げである。

アウルベアは強い一撃を加えようと、前に体重をかけていたこともあり、あっさりと投げ飛ばされ、凄まじい音を立てて水面に叩きつけられた。

思いがけず水に投げ入れられたアウルベアは、沈む直前に汚い嗚咽《おえつ》と悲鳴の間のような声を上げた。

シンは考える。

（水に雷を落としたら自分も感電するからアウト。火は水辺では効果が半減するし、水蒸気爆発が怖い。風は水の中に潜られたら威力が減る。水魔法なんか、もう半分溺れているから意味あるのか疑わしい。……って、溺れている？　あいつ、泳ぎが下手なのか？）

アウルベアの特性か、それともあの個体の特性かはわからない。

フクロウやミミズクはあまり泳ぐのが得意とは聞かない。全く泳がないわけではないが、好んでは泳がないという。水浴びは好きらしいが。

ちなみに、熊は泳げるらしいが、目の前のアウルベアは、混乱して無様にもがいている。

シンは周囲の水を集め、巨大な水球に閉じ込めて様子を見た。最初はバタバタと暴れていたアウルベアだが、その水球から逃れられず、だんだん動きが緩慢《かんまん》になり、やがて静かになった。

溺死《できし》したらしい。巨大な水球の中で力なくたたずんでいる。

ようやく死んだと思って、少し離れた場所にぺっと投げる。

――しかし、脅威が去ったと思ったのも束《つか》の間《ま》。

茂みの奥から新たなアウルベアがずらぁっと出てきた。梟の目玉が捕食者の目である。小さいシンなど、彼らには餌にしか見えないだろう。

これほどまでに貝が手つかずだったのは、この大量のアウルベアのせいで他の捕食者が近づけないからなのかもしれない。

（……とりあえず、全部溺死させよう）

ちょうどアウルベアの頭にシンデレラフィットしそうな水球ヘルメット（フルフェイス）を作っ

たシンは、容赦なく狩った。

自然界は弱肉強食である。シンを捕食しようとしたアウルベアが、逆にシンに捕食されても文句は言えない。倒したアウルベアは全部、異空間バッグにぶち込んだ。溺死させたので、損傷は少なかった。

気を取り直して、貝に向き直ったシンは、ちょうど小腹も空いたので、この場で貝を食べてみることにした。砂が入っていたらその時はその時だ。

貝は稀にあたるので、生食ではなく火を通す。菌と寄生虫、両方危険だ。

なんだかんだで、シンは村を出てからほどんど食べ物を口にしていなかった。水筒の水と途中で見つけた食べられる実を多少口にしただけだ。

貝は石で簡易な竈を作って焼くことにした。金網はないので、近くにあった少し薄めの石を鉄板代わりに使う。

幸い、周囲は森なので薪《たきぎ》には困らない。集めた枝に火魔法で着火して焼いた。

最初は固く閉じていた貝の口が、熱せられるに従ってじわじわと隙間を覗かせ、液体が流れ出る。

淡水貝だから塩味が足りないかもしれないので、バッグから塩や胡椒を取り出し、薬味代わりにいくつかのハーブを用意した。

着替えてはチラチラ、薪を持ってきてはチラチラと、シンは落ち着きなく貝の焼き具合を確認する。進捗状況はどうですか？　と、締め切りブッチされた担当者のような状態だ。

シンは異世界の冒険やスキルにウキウキわくわくはしないが、美味しいものの気配には心が躍る。

ようやくぱっかりと開いた貝の中には、バター色のふっくらとした身が詰まっていた。周囲には良い香りが漂い、一層食欲をそそられる。

予想以上に食べ応えがありそうだ。木の枝の皮をナイフで削《そ》いで作った箸で、つまむ。

「あつっ、あちちちっ」

さっそく口を付けようとしたが、あまりの熱さにぱっと遠ざけた。

ついさっきまで火の近くにあったのだから当然だ。シンは痛みを訴える唇を押さえ、恨めしそうに貝を睨む。

ふうふうと息を吹きかけながらしばらく待つ。

(そろそろいいだろう)

お腹はすっかりぺこぺこだ。満を持してその身に齧りつく。

ぶつりと噛み切った瞬間、貝独特の香りが鼻に抜け、口に旨味が広がる。思わず顔を緩ませるシン。ちょっと物足りないと塩を一振りすれば、それだけでぐっと味が締まる。

中には砂はなく、ちょっと硬めで弾力のある食感が良い。シンはただただ貝の旨味を噛み締める。

(美味しい。文句なしだ)

そうわかってしまえば、もう遠慮はいらない。次から次へと貝を石の上に載せる。

(次は小さな柑橘の果実汁を垂らして食べてみよう。胡椒や薬味も試したい)

山の幸と魚は何度か食べたが、貝はかなり久々だ。こんな大粒で肉厚の貝なんて日本にいた時には食べたことがなかった。

蛤《はまぐり》よりコシがあるが、噛みきれる硬さ。でも肉厚で、噛めば噛むほど旨味が溢れる。

夢中になって、次から次へと食べ進めていたシンだが、ふと固いものが歯に当たった。

砂にしては大きい。噛み締めはせずにもごもごと口から取り出すと、乳白色の丸い球が手の平の上に転がった。

（……ナニコレ、真珠？）

丸いそれを空にかざし、手の平でコロコロところがす。おはじきサイズの、なかなか大きなものだ。だが、真ん丸ではなくちょっと潰れた楕円形。碁石《ごいし》にも似ている。

うっすらと虹色がかった非常に上品な乳白色。形はともかく、どう見ても真珠だ。

真珠は貝に異物が入り込み、貝の真珠層がそれをくるんで形が出来上がる。天然物は真ん丸にならない。一般的な養殖真珠などは、核となる異物がまん丸だから丸くなるのだ。

だが、ここは異世界だし天然で真ん丸な真珠もあるかもしれない。

（宝石じゃないけど、これをご神体代わりにできるかな）

小さいが、間違いなく綺麗だ。

（まあティル殿下の女神像の出来栄《できば》えを見て考えよう）

ご神体になりそうな立派な石はなかったものの、供《そな》えられそうな花は手に入れられたし、真珠も見つかった。これで良かったということにしよう。

その後、無事に帰宅したシンは夕飯にも貝を食べた。

この貝からも、いくつかぽろぽろ歪な真珠が出てきた。どうやら、この貝は真珠が出やすいらしい。

◆

シンは冒険者ギルドの一画にある古びたピンボードの依頼カードを見ていた。

残っている依頼は薬草や羽の採取、田畑を荒らす一角兎の討伐と、家畜を襲うウルフの討伐、水辺に出てくるようになったアウルベアの討伐などがある。

アウルベアは、この前ちょうどシンが溺死させまくった。これはタニキ村ではシンかハレッシュくらいしか受けられない依頼だろう。

一頭五千ゴルド。なかなかの稼ぎである。また、肉や羽といった素材をそのまま売れば、さらに懐に入るモノは増える。

(剥製はなー……行商の人が来ないと買い取ってもらえないし、普通に討伐依頼にしよう)

シンは異空間バッグに入っていたアウルベアを五頭納品し、二万五千ゴルドを受け取った。薬草は納品数に応じて報酬が支払われるが、それは七千ゴルドくらいになった。

行商人からの買い物でかなりの貯金は減ったので、今の内にしっかり働いておく必要がある。

元社畜は、ある程度労働していないと落ち着かない。溜め込んでいるものが少ないと、もっと落ち着かない。ゴブリンモンキーに奪われた保存食のこともあるし、アクシデントに備えておいた方がいい。

シンはつい最近Fランクになったばっかりだが、よそのFランクがどれくらいの依頼を受けるかわからなかった。

報酬の精算を待つ間、シンは職員に尋ねる。

「僕が優先して受けた方がいい依頼とかありますか？」

「シンならダントツで討伐だな。とにかく素材や食料になりそうなのを狩ってほしい。あと危険度が高い魔物なら何でも歓迎だ。ボアもそうだが、スネーク系の皮とかも高く売れるんだ。村でも需要はあるし、王都の方でも人気なんだよ」

「わかりました」

「魔物が出るとシンがすぐ倒してくれるおかげで、この辺りも危険が減って、薪拾いや採取がしやすくなったからな。依頼ボードになくても、常に受付中だから、この調子で頼むよ」

こくりと頷いて、精算の終わった冒険者カードを受け取った。

◆

川辺に出かけた時以来、シンは討伐や狩りに出るたびにご神体になりそうな石を探していたが、あまり良いものはなかった。

真珠が出る貝を何度かとりに行き、その度にアウルベアを倒しながら貝集めを繰り返す。それ以外にも、スリープディアーやレッドボア、グレイボアも倒しては、定期的にギルドや道具屋に納品していた。

ずいぶん狩っているのに、不思議と獲物となる魔物や獣がいなくなる気配はない。

タニキ村の周囲の自然の豊かさ故か、この世界独自の仕組みなのかはわからないが、山をいくつも越える遠出をせずに済むのはありがたかった。

そして、今日も狩りを終えたシンは、毎度恒例の差し入れを領主とジーナの家へ届けに向かっていた。ボアは嵩張《かさば》るので、木製の二輪車に乗せて運ぶ。ずいぶん年季が入ったものなので、一歩踏み出すごとにぎしぎしと悲鳴を上げている。

勝手知ったる様子で領主宅に入っていき、真っ先に厨房へ向かう。

しかし、シンが料理人に声をかけるより先に、遠くから馬鹿丸出しの王族が駆け寄ってくる。

「シ～～～～～ン～～～～～～！」

麦わら帽子を被り、フランネルのシャツに作業用ズボンを穿《は》いたティルレインが、端整な美貌を悪戯《いたずら》っ子《こ》のように破顔させる。土塗《つちまみ》れの顔の周囲には、眩い銀髪が好き勝手に跳ねていた。

「今日は芋掘りをしていたんだ！　芋のスープだぞ！　シンも食べていってくれ！」

得意げにそう言うティルレインの後ろから、必死の形相のテルファーが走ってくる。

テルファーはポメラニアン準男爵家の執事だ。目つきといい、顔立ちが全体的に怜悧《れいり》で怖い。いつでも人一人殺してきました、という顔をしている。山賊のような粗野なタイプではなく、インテリヤクザや暗殺者とでも言うべき雰囲気だ。オレンジの髪とアイスブルーの瞳、そしてモノクルが「その筋《すじ》の人感」をマシマシにしている。ジャックにすら怖がられている有様だ。

そんなテルファーが野良着と麦わら帽子を身につけてお日様に照らされている姿は、死ぬほど似合わない。

「こんにちは、ティル殿下。テルファーさん」

やんごとなき駄犬の本日のお目付け役はテルファーらしい。貴人に怪我などさせられぬと必死なテルファーの覚悟など知らず、駄犬様は泥だらけでニコニコしている。芋掘りにしても酷い土のつき方だ。

シンは生ぬるい目を向けながら、ティルレインに尋ねる。

「それより、女神像はできているんですか？」

「できてるぞー！」

元気いっぱいのティルレインがえっへんと胸を張る姿は、いつにも増してお犬様らしい。最近苛立ちよりも、諦観《ていかん》に近い微笑ましさを覚えるシンである。

図体が立派だが、あれを十七歳と思ってはダメだ、十七歳児だと思った方がいい。高貴なる十七歳児様で、どうしようもなくアホの子属性がついている。

ティルレインは、現在彼の部屋になっているポメラニアン準男爵邸の客間の一つにシンを案内する。

貧乏貴族の屋敷といえども、その辺の民家よりは立派だし、きちんとしている。しかし、築年数相応に、外壁や屋根、内装の劣化が目立つ。パウエルは切り詰めて生活し、村が豊かになることを優先しているのだろう。本宅より後に建てた離れの方がやや綺麗なのが、憐れみを誘う。

離れにボーマンがいると知っていても、絶対差し入れしないシンだった。

ふわふわした髪の穏やかなパウエルの方がずっと心象が良い。パウエルは今日も貧しい領土を開墾しようと、自ら鍬や鋤を振るっている。

（腹立つから、本宅だけ直してやろうか）

シンは自宅で何度も修繕《しゅうぜん》や清掃系の魔法を使ったことがある。

ハレッシュに家を貰った後、何度も手を入れたのだ。異世界の田舎に日本レベルの衛生や利便性を求めるのは酷だが、近づける努力を怠《おこた》る理由にはならない。

こちらに来てから急に手に入れた魔力、スキルや魔法の練習にもなる。

シンにとって、魔法は未知のエネルギーや技能という感覚があり、派手なものはほとんど使用しない。あると便利なので、やはりちまちま使うが、基本は弓を重視している。

なんだかんだと考えている間に、ティルレインの部屋についた。

ティルレインはずっと今日は芋掘りをしただの、剣や弓、乗馬の訓練をしただのと、マシンガントークを飛ばしている。蟄居《ちっきょ》というより、バカンス気分のようだ。楽しそうで何よりである。

「これだ！」

じゃーんと、勿体ぶったようにティルレインが出してきたのは、高さ二十センチほどの木彫りの女神像。ホラーこけしではない。ちゃんと女神像だった。

簡素ながらに髪の長い女性がローブデコルテを纏っているのがわかる。ほっそりとした華奢な体《たい》躯《く》の女性が目を伏せる様は清楚《せいそ》な雰囲気だ。

ティルレインも満足いく出来なのか「ふふん」と自慢げである。

「シンはどんな石を用意したんだ？」

「あ、これです」

シンは袋を取り出し、机の上に乳白色の石をじゃらっと広げた。

最初は首を傾げたティルレインだが、一つつまんでしげしげと眺めはじめる。

「これは真珠？　磯臭《いそくさ》さが一切ない……。淡水パールか？　うん、大きさといい、輝きといい、申し分ない。でも、なんだか香ばしい匂いがするけど？」

「真珠!?」

執事のテルファーがぎょっとのけぞった。この辺だと貴重品なのだろうか。

「昨日の夕食の貝から出てきた石です。綺麗だったので」

「ご神体の石にするにはちょっと小さいが、良い品だと思う。髪飾りやネックレス、ブローチにして女性に贈ったら喜ばれるぞぅ！　アイリも真珠が好きだったなぁ。よく贈り物で競い合ったっけー」

「糞ビッチの話はやめてくれませんか？」

「シン君、そんな冷めた目で即座に全力拒否の姿勢を示すのやめて。あとあんまり口の悪いこと言わないで。僕の中のシンディードがアイリを呼ぶ時に『糞ビッチ』って、副音声どころか、デフォルトでそう言うようになってきたから！」

知るか、と内心毒づくシンだが、今後この馬鹿殿下が万一王都に戻って国の要職についたりしたら目も当てられない。

三つ子の魂百までだとしても、シンがそばにいる間は、脳味噌に生えたお花畑は軒並み根から枯らす心づもりだった。

「イマジナリーキャンベルスター男爵にまで配慮するなんて面倒です。そして何故僕が、男に貢がせてニヤニヤしている何股掛けているかわからない女性に配慮しなくてはならないのでしょうか。納得できるように説明していただけるなら、一考します」

「それ無理なヤツ。僕がシンを説得するなんて、絶対無理なヤツ。どうしろっていうの？」

「国王と王妃の寵愛めでたかったティルレイン殿下を唆してこんな辺鄙《へんぴ》な場所に飛ばされる原因を作った人間性の腐ったモラルが虫以下の当該人物（性別♀）の話題を極力出さないように配慮していただければいいかと愚考《ぐこう》いたします」

「ヒェエ……ノンブレス⁉　怖い。丁寧な言葉に包まれているけど嫌悪感がみっちり詰まっている気がする」

「僕はトラブルを起こす人が嫌いです。小さなことなら許せますが、例の人物はティンパイン王国を揺るがしかねない行いをしました。というか、ティル殿下が贈ったなら、その出どころの根っこは間違いなく税金です。理解していますか？　そこのところはどう思っていますか？　本当にわかりますか？　ぜ・い・き・ん！　その正体は、平民の僕らが汗水たらして働いて、生活を切り詰め、でもこの場所で生きるために支払ったお金です。そのお金が、ウンコみたいな無意味な贈り物に変わったんです。その爛《ただ》れた恋愛で贈られたドレスで、いったい平民はどれだけ救われたことでしょうか。控えめに申し上げて、死ねばいいのに」

「ごめんなたい！」

哀れなくらいしおしおに萎れ、何故か幼児退行しはじめている馬鹿犬殿下。

シンは舌打ちの一つもしたかったが、そこはテルファーがいるのでやめておく。

シンはアイリーンの話題を出されるのが嫌いだった。しかしティルは歪曲的な表現では理解しないので、はっきりとオーバーキルする心意気で思っていることをぶちまけた。

「僕じゃなくて、もっと直接的に迷惑をかけた方々に先に謝れって言ってるでしょう」

「父上と母上とヴィクトリアには謝ったもん……後、兄上とかにも……」

居心地悪そうにもぞもぞするティルは、シンから険しい視線を浴びせられてさらに縮み上がる。

「当たり前です。謝ってなかったら、二ヵ月くらい山に籠もって会いに来ませんから」

「それは嫌だ！」

「だったら、やらかす前に己の言動をよく吟味《ぎんみ》なさってください」

「はい……気を付けます」

しょぼーんとする犬殿下。ようやくシン君の突発☆パーフェクト馬鹿王子《ティルレイン》調教講座は終わった。

シンは何故この王族が自分に懐いているのか本当に不思議だったが、ティルレインは年下の平民に凹まされてもめげずに毎回毎回ハイテンションウザ絡みをしてくる。

「ところでシン、これより小さい真珠はあるかな？」

「まだ袋の中に屑石がありますね」

真珠を詰めていた袋をひっくり返すと、イクラサイズの真珠が出てきた。

ティルレインはそのうちの一つをつまみ上げると、女神像の額に合わせるように押し付けた。

「女神像の額に、この真珠を嵌め込むのはどうだろう？」

「いいんじゃないですか？　僕は正直芸術には疎《うと》いので」

「じゃあそうしよう！」

言うが早いか、ティルは椅子に座って引き出しから彫刻刀のような道具を一式取り出した。女神像の額に小さくマークを付けて、小さな真珠をいくつか押し当てて微妙に調整している。

その横顔は心底楽しそうだ。

思いがけずシンとティルの共同作業となった女神像の製作。真珠を嵌め込まれて出来上がった女神像はなかなかに良い感じだった。

ガランテ作の小さな祭壇に入れ、敷布の代わりにティルレインが持っていた高そうなハンカチの上に置く。

ポメラニアン準男爵の善意により、祭壇は屋敷の一室に置いてもらえることになった。

教会や神殿は建てられないけれど、部屋の一つを譲ってくれたのだ。

「あ、そうだ。この花を供えていいですか？」

シンはファウラルジットの隠れ家にあった花を供える。

異空間バッグに保存していたため全く萎れていない。

「綺麗な花だな」

「山の中で見つけたんです」

「王都では見ない花だなぁ。母上に贈ったら喜びそうだなー」

「王妃様もいいですが、ヴィクトリア様へも詫び花を贈ってくださいね。喉元過ぎれば熱さを忘れると言うには早すぎますし、ティル殿下はヴィクトリア様から直接許してもらえてからはじめて顔を上げていいくらいのことしたんですから」

「僕、そこまで酷いことした⁉」

「してないと思ってるんですか？」

（この馬鹿殿下、なに自分が被害者と言わんばかりに振舞っているんだ）

シンの軽蔑《けいべつ》の籠もった眼差《まなざ》しに、ティルレインは「ふぐぅ」と怯む。

「わかりやすく教えてあげましょう。あなたは浮気したんです！　う・わ・き‼　不貞です。しかも、精神的なものだけでなく、肉体的にも一線を越えてしまったんです。いいですか？　王家の婚姻は恋愛で決まりません。政治的な損益や思惑やしがらみがてんこもりで、各方向に忖度《そんたく》をしている代物が多いんです。家と家の婚姻で、国の命運がかかっていることもしばしばあるでしょう。ヴィクトリア様が他国の姫か高位貴族の令嬢かは知りませんが、あなたみたいな頭アッパラパーの王子を支えるために幼い頃から英才教育をばっちりされているはずです。いいですか？　婚約が決まった時点で彼女は国の歯車です。バランサーです。国内の王侯貴族の表や裏を叩き込まれることになるんです。教養、社交、流行、政治、国内外の歴史――枚挙《まいきょ》に暇《いとま》がないほど詰め込まれているんです。ティルさんの頭がおめでたいと、その尻拭いまでついてきます。控えめに申し上げて、とんでもねー貧乏くじです」

熱弁のあまり、敬称が以前の呼び方に戻っていた。

「ねえ、なんだか僕ってハズレ扱いされている気がする」

拗ねて唇を尖らせるティルレインを見て、シンのイライラが募る。

(絆《ほだ》されるどころかムカつく。控えめに言ってもケツをしばいてやりたい)

「気がするじゃなくて、あなたは立派な不良債権なんですよ。自覚しやがれなさりなさい。王家や貴族のルールなんて知らない僕ですら予想できるんです。現実はもっと酷い可能性があります。もし、ティルレイン殿下とヴィクトリア様の縁談に、国内の王侯貴族の派閥間のバランスを保つ意味があったら、どうなっていたと思います？　それも旗頭《はたがしら》の如く強力な意味で」

「へ？」

「お二人の縁談を前提に組んだ他の縁談が破談となります」

「なんで⁉」

ティルレインは心底驚いているようで、素《す》っ頓狂《とんきょう》な声を上げる。

「お殴り遊ばすぞ、この糞殿下！」などと言わないだけ、シンは冷静な人間だった。それだけ慣れているとも言える。

この悪意なき阿呆に、正面切って現実を叩きつけて許されるのはシンのみ。王都に返品した際、田舎に長居しすぎて馬鹿が悪化したなどと言われたら困る。

「新しく貴族同士の繋がりを取り直さなければならないからです。貴族間の関係が緊迫していればしているほど、必須となります。今のまま強引に推し進めたとしたら、恐ろしく不幸な目に遭う方が数名出るでしょうね。殿下とヴィクトリア様の家柄《いえがら》に相当する方が、あなたがたの代わりになるんです。問題なく愛と信頼を育《はぐく》んできた無辜《むこ》の婚約者たちが縁談をぶち壊され、組み直されます。運良く、フリーの方がいればいいですが……いない場合は代わりが必要になりますよね？　時に、ティルレイン殿下、あなたに歳や立場が近くてヴィクトリア様のお相手になりそうな方はいらっしゃいました？」

「へぁっ？」

ティルレインが間の抜けた声を上げる。

縁談にケチがついた以上、故障した歯車を交換するように、そうするしかないだろう。

国という大きな機関を動かすためにどうしても必要なら、組み立て直すしかない。やりたくなくても、必要ならする。それが政治というものだ。

「ついでに殿下に歳の近いご兄弟は？　謝罪しましたか？　ティルさんがサボった王族としての義務のツケを払う、とばっちりを受ける方は」

「え、えー……えへ？」

「殴るぞ」

「ひぃんっ！　ごめんなさぁい！」

めそぉと塩を掛けられたなめくじのように萎れて泣くティルの姿は、何だか幼女女神に似ていた。

女神に免じて、シンはそれ以上追及するのをやめた。今だけの慈悲である。

「……これはあくまで僕の想像の範囲です」

「なーんだ、シンの想像かぁ」

ティルレインは安心してふにゃ、と脱力する。

（脳味噌湧いたスカタン王子の柔らかほっぺをしばきたい！）

ほんのりイラついたシンは、楽天的なクソ野郎王子に現実を叩きつける。

何度言ってもいつの間にか右から左に抜けていくので、都度詰めてやらねばならない。でないと、調子に乗るのだ。

「子供でもこんだけやべーことが起きるんじゃないかと予想できるんです。ヴィクトリア様とそのご両親、ご兄弟は、殿下のことをミンチにしてやりたいくらい恨んでいると思いますよ。婚約期間は水の泡、ヴィクトリア様の風評を貶《おとし》め、家に泥を塗られたようなもの。王家への信頼は失墜《しっつい》もいいところです。でも、家臣だから苦渋《くじゅう》も涙も呑み込まなければならない。ヴィクトリア様が返り討ちにしただけまだいいですが、それでも失ったものは多いんです。言っておきますが、殿下のご両親や王家も同じようにかなり笑いものにされていると思いますよ。頭と股がユルユルな女に、王子も側近もそろって騙されてやんのーって」

まともな側近だったら、王子を止めたはずだ。もしくは、散々止めた末に不興を買って飛ばされた可能性がある。

「僕、アイリに騙されてなんかいない……純愛なだけだもん」

「本当の純愛はもっと忍ぶし、誠意があるんですよ。純愛に謝れ」

「ごめんなさいぃいいい！」

「つーか、『ティルさまぁ、アイリィ～、ブティックでショッピングしたいなぁ♡』なんて甲高い甘ったるい声で話しかけて、街に誘ってきたんなら、まずアウトですよ。完全に財布扱いです」

シンは自分に思いつく限りのテンプレ媚系女子《こびけいじょし》を真似てみた。

一度、職場に派遣で来たものの、電話一つ取らずにいつもスマホとネイルを眺めていた女性がいたのだ。彼女が若いイケメンを見つけるとこんな感じだった。結局、すぐに首を切られたが、わずか二ヵ月半で数々の伝説を残した猛者《もさ》である。

「ねえ、シン。本当に君、何も見てないの？　すっごくアイリのおねだり声にそっくりなんだけど。その独特の高くて伸びた声」

「知るか、そんな性格ブス。で、その時に手ぶらでハンドバッグすら持ってきてなかったら、しょっぱなから自分で買う気ないですよね？　しかも、明らかに高級店に入りたがってたとか、思いっきりタカる気ってことですよ」

「そんなことない！　だって僕以外にもお買い物はいっぱい行ってたもん！」

「なるほど、日替わり財布ですか。ご兄弟もさぞかしいっぱいいたんでしょうね」

「よくわからないけど、侮辱《ぶじょく》されているのはわかる！　アイリは僕だけだよ！　いくらシンでも、僕だって怒るよ！」

びしっと言ったつもりのティルレインだが、シンから五億倍くらいの猛毒が塗りたくられた斬鉄剣が返ってきた。

「ぁあ？　言っとくけど、もしティル殿下に体調不良が現れたり体力落ちたり、なんか体に変な発疹《ほっしん》が出ても知りませんからね。それが原因でスーパー不名誉な死を迎えても、僕の忠告を無視して遠ざけたってことで、シカトしますからね」

ティルレインはすぐさま狼狽《ろうばい》した。テルファーに助けを請おうとするが、彼の方も色々ついてこられていないのか、困惑している。

「え、何、怖い。待って！　教えて！　謝るからぁ！　僕が悪かったからぁ！　僕、死ぬの？　死んじゃうの？」

「早めに対処しないと、自然治癒《しぜんちゆ》は難しい類の病気はありますからね」

「え、なになに⁉」

「性病」

ぴたっと醜いバイブレーションが止まった。涙目で鼻水を垂らしそうな殿下に、テルファーがそっと鼻紙を差し出し、チーンとかませる。

シンの推測が正しければ、ティルレインは青春だけじゃなく下半身まで暴走させて遊ばせた。そして、アイリーンという女性はかなり男慣れしていて、多くの男を手玉に取っていたようだ。彼女のモラルがどれほどかは知らないが、あまりオツムもよろしくなさそうなので、期待はできない。次から次へと関係を持っていたとしたら、普通の女性と交接するよりはるかに危険性が高い。

娼婦ならば商売ということもあって、自衛しているだろう。だが、素人で無類の男好きなら、そういう対策は期待できない。

「基本、この手のことはナイーヴな問題です。みな隠したがるでしょう。プラベートが関わりますし、何せ不名誉極まりない病気の一つですからね。重ねて言いますが、田舎の医療なんて期待しない方がいいですよ。聞きますけど、王都を出てから医者にかかりました？　というより、複数の男性と密な関係を持つ娼婦でもない女性と寝たのは、ちゃんと報告しました？」

「なんでそんなことしなきゃダメなんだよぉおおお⁉」

真っ青になって騒ぎはじめたティルレインに、シンは冷たく言い放つ。

「あなたにまだ価値があるなら、名医を派遣してもらえます。性病で死ぬ確率は減りますし、性病以外にも感染症を含むその他の病気の有無を確認できます」

このお馬鹿には、複数人の男と関係を持ち、股の緩い女と付き合うのがいかにヤバいかを伝えた方がいい。貞操観念《ていそうかんねん》ガバガバな女が、同じような異性にだらしない男と付き合っていたら、危険度は跳ね上がる。

「アイリさんが女誑《おんなたら》しと言われる類の異性と噂があるとか、同性の友人より異性の友人が多いとか、その異性の友人で特に仲良しがしょっちゅう変わるなら、危険ですよ」

「……………」

シンが問い詰めると、血の気を失ったティルレインは黙り込んだ。思い当たる節があるのだろう。

「フルコンボだ、ドン——と言うなら、マジで一度医者に診《み》てもらった方がいいですよ」

シンが情報を追加するたびに、ティルレインの顔色は青を通り越して白くなり、土気色《つちけいろ》にすらなっていく。端整な顔がすでに恐怖で歪み、歯がガタガタ鳴るほど震えている。

「シ、シン。シン君！」

「なんでしょう」

「誰に相談すればいい⁉」

「以前、あなた宛ての費用を分捕られた時に相談した人でいいんじゃないですか？」

「テルファあああああー！　便箋《びんせん》！　ペンと紙をぉおおお‼」

「は、はいいい！」

ティルレインはようやく危機感を持ったらしい。

病気の可能性は低いと思うが、ティルレインが相手ならば、これくらい脅した方が反省はするだろう。いい勉強になる。わんわんどころかぎゃんぎゃん泣き叫んで恐慌状態《きょうこうじょうたい》のお馬鹿犬殿下を見て、ほっこりとするシンだった。

閑話　女神様はやっぱり見ている

「ふんふふ～ん、お花ぁ！　お花！　キレイなお花！」

フォルミアルカは今、ご機嫌だった。

彼女が手にしている美しい花は、シンやティル、そして祭壇に足を運んでいたポメラニアン準男爵邸の一家や使用人たちの祈りとともに、フォルミアルカのもとに届いていた。

何故か最近ヤクザ紛《まが》いのスキル取り立てをしてくるバロスは来ないし、心なしか活力が湧いてくる。

シンが作った祭壇の力なんて些細《ささい》なものだが、純粋に嬉しかった。

それに、シンのアドバイスを受けてスキルの配分を安易にしないようにしてから、いろいろな国が安定してきたのだ。

今までテイラン王国に偏《かたよ》りがちだったスキルは分散しつつある。

色々なところにピンチになるたびに授けていたのだが、采配《さいはい》が悪かったのか渡してすぐに死んでしまう者もいれば、スキルを悪用する者も後を絶たなかったが、今回はない。

「ん～？　でも、なんで最近バロスは静かなんでしょうかね？」

ちょっと様子を覗いてみようと、フォルミアルカは水鏡をチョンと突く。

波紋《はもん》が広がり、歪んだ水面が次に映し出したのは、戦神バロス。

なにやらすっかり脂下《やにさ》がった様子で、へらへらとだらしない顔であった。そして、そんなバロスと対面しているのは、美と春の女神ファウラルジットだ。

「ふぇ!?　何故彼女が……？　確かファウラルジットはバロスが大嫌いだったはずですが……」

何故かにこやかにお茶をしている。

豊満で女性的な肉体に釘付けになっているバロスはいつものこととして、ファウラルジットが心底不快そうな顔をしていないのは、非常に珍しい。

フォルミアルカは幼女女神と呼ばれるだけあって、見事な絶壁ツルペタの不毛の大地だった。スレンダーというのもおこがましい、ぷにった幼児体型である。

ファウラルジットは形、大きさ、張り全てが百点満点中一億点のたわわな果実の如き豊穣さである。そしてきゅっと括《くび》れた腰のラインは悩ましく張っている。

バロスはずっと、舐めるようにその体と美貌を見ている。

「あああ、どうしましょうか!?　ファウラルジットがバロスに手籠《てご》めにされてしまいます！　ヒトだけではなく、ついに女神まで！　ど、どうしましょう!?　シンさん！　大変ですー！　でんじゃーです！　えまーじぇんしーです！」

はわわわわ、と幼女は涙と鼻水を爆発させながらシンにメッセージを飛ばす。

部屋を無闇にうろついたり転がったり、落ち着かない様子で水面を見ながら待っていると……しばらくして、返事が来た。

「ああ！　良かったです！　今日は早く気づいてくれましたー！　えーと、ナニナニ……？」

『戦神バロスに対抗すべく、女神連合が動き出しただけだから、静観しておいてください』

「どういうことでしょうか……むむぅ？　ファウラルジットが大丈夫そうならいいのですが」

そう言っているそばから、ファウラルジットがにっこりと笑みを浮かべてバロスから離れる。手には何か紙を持っていて、ひらひら振って席を立った。バロスは脂下がったまま高笑いしている。

訳がわからない……そう思っていたら、ファウラルジットの妹女神たちが入れ代わり立ち代わりでやってきて、同じようににこやかにバロスと会話をして、しばらくすると席を立つ。

いつもならべたべたと付き纏うバロスだが、今日はそんな気配もない。

大抵は女神たちに冷たくあしらわれて不機嫌になり、何かに八つ当たりするのに。

「はぅう～～……本当に大丈夫なんでしょうか……シンさーん」

やきもきする幼女女神であったが、結局は大人しく見守ることにしたのだった。

第五章　王都からの手紙

「父上と母上から手紙が来た！」

喜色満面で報告してくるティルレインに、シンは淡々と返す。

「国王陛下と王妃様ですね。良かったですね、無視されなくて」

「王都で医者に診てもらえることになった!!」

「そうですか、良かったですね、見捨てられていなくって」

「一緒に行こう、シン!!」

「お一人で行ってらっしゃいませ、二度とお戻りにならなくて結構ですよ」

「ぴえん!!」

ぴえん、と目を潤《うる》ませて顔を悲しげに歪めたティルレインに対し、シンは絶対零度をぶつける。

「それ、腹立つから二度とやるなって言ったよな？」

テルファーは内心ドキドキしていたが、この二人の会話がキャッチボールに見せかけたドッジボールかデッドボールになることはよくある。

即刻折れたのはティルレインだ。

「シン君にご不快な思いをお掛けして申し訳ございません。つきましては、お詫びとしまして王都の観光は如何かと、お誘いをさせて頂きたく存じます」

清々《すがすが》しいほどプライドがない王子殿下である。

駄犬は駄犬なりにご主人様《シン》の機嫌を読む方法を覚えつつあった。

「言い方は悪くないけど、僕はタニキ村が好き」

飼い主に合格を貰うと、ぱっと顔を明るくさせた。完全に調教済みである。

ティルレインはシン相手に完全に下手に出ているし、何度も口でやりこめられているにもかかわらず、羞恥《しゅうち》や屈辱を覚えている気配はない。

ただ、親愛なるご主人様に褒められたことを喜んでいた。

テルファーはインビジブル尻尾がぶん回されているのが見えた気がした。

「僕も王都よりタニキ村が好き。マナーとか表情にうるさくないし……。あっちだと口を大きく開けて笑うだけで怒られるんだもん。食べるものも話せる人も話す内容も、全部チェックされるし、できないと兄弟と比較されるしーっ。僕は王太子になるつもりないのに、周りが騒がしいんだもん」

「アンタが王太子とか悪夢ですし、それを支える大臣や王太子妃が可哀想でなりません。生まれ出た家や親は選べないから仕方ないので、王族であることは我慢できます」

「ねえ、シン君。なんでそんなしみじみと慈愛《じあい》に溢れた眼差しで僕のことを全力で貶すの？　僕の硝子《ガラス》のハートが粉々になりそう。ねえ、もしも、だよ？　僕が王太子になるようなことがあったらどうするの？」

「ティンパイン王国を出ます。それでもって、隣接していない国へ逃げます」

「ひどいじゃないかぁ!!」

ティルレインの顔じゅうから液体が飛び出す。わかりやすい長所である美貌がぐっちゃぐちゃだ。神秘的な宵色《よいいろ》の瞳からぼろぼろと大粒の涙を流すが、シンは「わー、数少ない褒めるべき点すら消えた」と、のほほんとトドメを刺す。

ティルレインは某ネズミのきぐるみを着た猫のような濁声《だみごえ》で泣いている。妙に野太く湿ったおっさんのような声だ。

テルファーは子供の相手をしているのか、オッサンをあやしているのかわからなくなってきていた。顔はインテリヤクザでも実は甲斐甲斐しいところがある彼は、こう見えて子供好きだ。しかし、初対面の子に泣いて逃げられる悲しき強面《こわもて》である。

「テルファーさん、その十七歳児を甘やかさないでください。泣き癖や甘え癖がつきます」

「で、ですが」

そして、明らかに子供であるシンに注意される。

最近、この強面の使用人が実は優しいと気づいたティルレインは、味方をなくすものかと、しっかりとテルファーのカマーベルトを掴んでいる。

「嫌だぁ、シンと行く！　シンと一緒がいいよぉおおおお!!」

「自立してください、張っ倒しますよ」

「僕の屍《しかばね》を越えてゆけえええええ‼」

ぐだぐだである。

「父上も母上もヴィーも、シンに会ってみたいって言ってたんだぞ！」

どうやらティルレインは、わざわざ謝罪のために出させたお手紙に、馬鹿正直に経緯《けいい》を書いていたらしい。自分の言動に責任を持てと何度もエッジ強めに叩き込んでいたのに意味がない。シンは本気でこの馬鹿犬を縊《くび》り殺したくなった。

「それ、僕が処刑されるフラグじゃないですか！」

「そんなわけないぞ！　ヴィーの代わりに僕を諭《さと》すことができる、アダマンタイトより貴重な人材だから、金貨を積んでも爵位で釣ってもいいから連れて来いって言ってた！」

その身《み》も蓋《ふた》もない言い方に、国王夫妻の必死さを感じる。

どうやら、あんぽんたん王子の保護者は大変らしい。できない子ほど可愛いといっても限度があるのだろう。お目付け役を必ず連れて来いと言うあたりは、ちゃんと理性があるらしい。

「ティルさんのご両親の評価が的確すぎてクッソ笑える」

「えへへへ」

シンは微塵も褒めていないのに、嬉しそうに照れるティルレイン。

ティルレイン・エヴァンジェリン・バルザーヤ・ティンパイン第三王子はそのやんごとない立場にもかかわらず、シンに構ってもらえることを至上の喜びのように思っている節がある。タニキ村に来てからずっとこの調子だ。

どんなに毒舌が突き刺さってもめげない。いちいち反応はするが、逃げる気配は一切ない。

結局、シンは王都までこの馬鹿王子についていく羽目になった。

またしても全力で駄々をこねたロイヤル十七歳児に辟易《へきえき》したこともあるが、原因は、漏れなくこの馬鹿犬のやらかしである。

ハレッシュには同情され、ギルドの人たちには惜しまれ、ポメラニアン準男爵からは拝み倒されて、結局は折れる形になった。

予定外に王都へ行くことになったので、シンはシンなりにティルレインに要求を出した。

「条件があります。まず、前領主のボーマン様のやった悪事を明確にして、彼に全て償《つぐな》わせてください。投獄及び労働義務を伴う十年以上の実刑に処すこと。それが無理なら、彼が一切権力を使えない場所に蟄居《ちっきょ》させてください。あとポメラニアン準男爵領に屋敷を修繕できる金子《きんす》に、塩と小麦、そして鉄製の農具をお願いします」

「いいぞ！」

ダメもとで言ってみたら、ティルレインはあっさり頷いた。彼個人にそんな権限はない。履行されるとは限らないが、頼んでおいて損はない。

タニキ村からシンが去れば、今まで彼が狩りや依頼で供給していた食料が流通しなくなる。

ポメラニアン準男爵に王都行きを告げると、くれぐれもティルレインをよろしくと、再三にわたって頼まれた。どうやら馬鹿犬殿下にすっかり情が移ってしまっているようだ。

「僕って、情が移るから里親探す予定だった捨て猫とか拾わないようにするタイプなんですけど……」

「わかります」

テルファーだけはシンの言葉に深く同意を示した。

◆

なんだかんだ言いながらも、シンは家を整理し、村人たちに挨拶して、タニキ村を発《た》つこととなった。

「シン、お前なら上手くやっていけると思うが、気を付けるんだぞ？」

「はい、ハレッシュさん。とっとと撒いて戻るので」

「あの王子殿下はちょっとアレだけどしつこいぞ」

「無駄に不屈ですよね」

出発の準備を整えたシンは、そんなやり取りでハレッシュに送り出され、ティルレインのもとへと向かった。

第三王子の王都帰還の迎えには、豪奢で大きな馬車と立派な馬、そして大勢の騎士がやってきた。彼らは、何故かティルレインの隣にいる明らかに庶民のシンに訝しげな視線を向けている。

その時のシンは、豪華な一行に目を輝かせるどころか、市場に売られていく仔牛《こうし》よりも哀愁を帯びた目をしていた。隣ではしゃいでいるティルレインの満面の笑みと対照的だ。

迎えの中に、眼鏡《めがね》をかけた背の高い青年がいた。ホワイトブロンドに、黒い瞳をしている。ちょっと垂れた目から優しそうな印象を受ける。

貴族なのか、仕立ての良い服を着ていて、白いシャツに落ち着いた青のジャケット、黒のトラウザーズ。華美ではないが、襟《えり》や裾に上品な刺繍《ししゅう》が入っている。

「王子殿下、お久し振りです。ご機嫌麗《きげんうるわ》しゅうございます」

代表格と思われる貴族の青年が、優雅な一礼とともに挨拶した。滑らかな口上は慣れていると察せられるものだ。

知った顔なのか、ティルレインもにこやかに対応する。

「久しいな、ルクス。出迎えご苦労！」

「勿体なきお言葉、大変恐縮でございます。――して、その子供は？」

ルクスと呼ばれた青年が、シンにちらりと目を向ける。

「僕の友達のシンだぞ！　狩人としても凄腕だし、凄く頭が良いし、冷静なんだ！」

シンがこの場で思い切り抵抗できないことをいいことに、ティルレインは後ろから抱き着いてぐらぐら揺さぶる。

ちょっかいを出されながらも、シンはなんとか頭を下げる。

「初めまして、シンと申します。この度は脳味噌お花畑野郎《ティルレイン王子殿下》の王都帰還に随行《ずいこう》することとなりました。身に余る光栄とは存じておりますが、ティルレイン王子殿下によりますと、国王夫妻が私に興味をお持ちになられているそうです。恐縮の極みではございますが、よろしくお願い申し上げます」

大真面目に挨拶するシンを面白がって、ティルレインが茶々を入れる。

「シン、堅いぞぉ～！　ルクスは伯爵家だし、そこまで身分が高くないんだから、ガチガチにならなくても……」

「伯爵は立派な貴族ですよ。ご当主でもご子息でも、平民の僕にとってはどちらも殿上人《てんじょうびと》のような方です」

「れ、歴史はあるかもしれないが普通というか、地味な文官家系だぞ？」

「それは譜代臣下であらせられる、由緒正しき家柄であるということです。ご理解くださいませ、スカタン《ティルレイン》殿下」

「アイリはルクスともすぐにフレンドリーになったよ？」

「不敬罪常習犯ビッチ《アイリーン・ペキニーズ令嬢》と一緒にしないでください、冗談じゃない《恐れ多い》」

「うわぁ、なんだろう、言葉遣いはとっても丁寧なのに、地雷を踏んだ気配がするぞぅ！」

ティルレインはうろうろうねうねと体を揺らしながらシンのご機嫌を必死にとろうとする。

しょぼくれて垂れた耳と尻尾が見えそうなくらいわかりやすい。

数分したところで「馬車に乗っとけ《お先にどうぞ》」と、鉄壁の笑顔でシンに突き放されたティルレインは、本格的に涙目になってルクスに泣き付いた。

「ルクスーっ！　どうしよう！　シンはアイリが大っっっっ嫌いなんだ！　話題に出すな、名前を出すなと何度もいわれていたのを忘れていた！　どうやって許してもらおう!?」

「えーと、子供でしたらお菓子でも差し入れしてみてはいかがでしょう？　休憩用に荷台に積んでおりますが」

そうは言いつつも、ルクスは多分無理だろうなと思っていた。そして何故か、このやりとりに既視感を覚える。一瞬の二人の会話で、精神的なイニシアチブがどちらにあるかなど、わかり切ってしまった。そして、今の様子を見るに、ティルレインからあれだけ入れ込んでいたアイリーンへの過ぎた盲目《もうもく》さが若干消えている気配がする。

以前ルクスが会った時は、どんなに苦言を呈し、窘めても、アイリーン・ペキニーズに勝るものはないと聞かなかったのだ。

シンは黙々と自分の荷物を馬車に乗せており、荷台の端っこに自分も腰かけていいか確認している。徒歩ではとてもではないがついていけない。子供のシンでは、馬に乗っても鐙《あぶみ》に足が届かないから、それが一番無難だろう。

ルクスは密かに胸を撫で下ろす。

（よかった……ペキニーズ嬢のような身の程知らずではなさそうだな、あの少年は）

だが、シンと一緒に馬車に乗れると思っていたティルレインが駄々をこねた。イヤだイヤだと地《じ》団太《だんだ》を踏む姿を、シンがゴミを見る目で見ていた。

知っているか？　この手足をばたつかせているのが十七歳の王子殿下なんだぜ——そんな空気が流れた。

シンが小柄で年齢以上に幼く見えるのが、その絵面の酷さに拍車《はくしゃ》をかける。

平民であるシンが頑なに「身分が違います」と言って折れないものだから、ティルレインは泣き落としにかかり、顔がしおしおのべちゃべちゃになる。

どっちが子供だかわからないが、だんだんと空気が「ちょっとシン君、王子泣いちゃったじゃなぁい」というものに変わりはじめる。あんまりなティルレインのしょぼくれっぷりに同情票が集まったのだ。

スンスンと鼻を啜りながら「シンと一緒がいい」の一点張りで、護衛の騎士やルクスの説得もあって、とうとうシンが折れた。

るんるんと鼻歌を歌いそうに喜んでいるティルレインを見るシンの目には、「この駄犬が!!」と書いてあった。

それを見て、誰かが言う。

「……国王陛下と宰相閣下《さいしょうかっか》とそっくり……」

ぽくぽくぽくちーん。

……あ。

という感じで、その場にいたシンとティルレインを除く全員の中で合点がいった。

公の場では真面目でまともな現国王も、かつてはやんちゃだった。そのたびに王妃と宰相の幼馴染タッグに締め上げられている。

今ではだいぶ回数は減った。そう、減った。しかし、たまに発作《ほっさ》のようにやらかす。ティルレインの場合と違うのは、身内で解決できるし、ある程度その影響をコントロールできているところだ。

そんな理由もあって、ティルレインを迎えに来た一行の中で、シンに対する評価が決まった瞬間であった。

シンが駄犬の躾に忙しくて気づかなかったことは幸せなのか、不幸せなのかはわからない。

◆

移動の間、シンは渋々ティルレインの隣に座った。

馬車は外装も立派だが、中身も立派だ。座り心地は良いが、居心地は悪い。

タニキ村に来る時と違って凱旋《がいせん》の如く元気が良いティルレインが、しばしば窓の外の風景に「あれはなんだ⁉」と首を突っ込みたそうにするのを、シンは言葉で叩き伏せていた。

必殺技は「どうぞお一人でお楽しみくださいませ」「置いていきますよ」である。

ティルレインはシンと楽しみたいので、そう言われるたびに顔をくちゃっとさせてしょんぼりする。そして寄り道を断念するのだ。

だが、元々ティルの我儘を考えて組まれていた予定だったため、王都への旅は予想よりもはるかに順調に進んだ。

当然、これを見て皆はこう思う。

ティルレイン殿下はシンに任せておけば安全だ。

我儘を言わず——即座に却下・論破され。

飛び出していかず——その前に首根っこを掴まれ説教され。

馬車で大人しくしている——シンにずっと話しかけている。

ものすごく楽だった。

シンの態度は確かに平民としては逸脱したものではあったが、へりくだった態度をとるとティルレインが鬱陶しいほどにふてくされるのだから仕方がない。べそをかいたティルレインが命令とまで言って駄々をこねて、フランクな態度を求めるのをたびたび目撃しては、ルクスも騎士たちも何も言えない。

一番偉いお馬鹿が全力で我儘を言っているのだ。

皆だんだんと、それを根気よく諭している小さなシンが可哀想になってきた。

初日こそは「生意気すぎやしないか、この子供」だったのが、三日後には「いいぞ、もっと言ってやれ！」になり、一週間もすれば「シンさんご苦労様です」になった。

そうだ、ウチの第三王子って脳味噌がびっくりするほどユートピアだったんだ——それを痛感した。恋愛浮かれポンチになる前から、結構お馬鹿さんだったのだ。

そして今も、この街で野外観劇があると知ったティルレインが一緒に行こうと誘ったところ、シンに一刀両断されている。

「ティルレイン殿下の頭蓋の中身が非常に春爛漫《はるらんまん》なのは常々存じ上げておりましたが、それを僕に強要するのでしたら、僭越《せんえつ》ながら今後お付き合いを差し控えさせていただきます」

それでもしつこく食い下がるティルレインに、シンが冷たく言い放つ。

「何度言ったらわかるんですか。もう宿は別の部屋で寝ますから。部屋がなかったらよそで素泊まりでも一人で野営でもしますから」

「やだあああ、ごめんなさいいい！」

子供の腰にしがみつき、ずーるずーると引きずられる王子。残念ながら、これはたびたび見られる光景である。最終的には常にティルレインが平謝りだ。

「ルクス様や護衛騎士様をはじめとする付き添いの方々に迷惑をかけんなって、何度言えばわかるんです」

謎の子供が同伴すると知って「子守《こもり》かよ」と揶揄《やゆ》した騎士がいたが、彼はすぐに考えを改めることになった。ティルレインの我儘をことごとく完封するシンの手腕は素晴らしいとしか言いようがない。『あの』ティルレインが一度として道草を食わないし、脱線していないのだ。

というより、子守をしているのは完全にシンだった。恥の多い人生を歩みすぎているロイヤルベイビー御年《おんとし》十七歳。病的を超えて猟奇性を感じる酷い字面である。

◆

シンのおかげもあって、あまり人員的に余裕がない今回の旅路でも、一行は護衛のやりくりに四苦八苦していなかった。それ以外にも良い点はある。宿泊先で苦手な野菜や料理が出ても、ティルレインは食事に文句をつけず、シンをチラ見してはもそ…もそ……と頑張って食べるのだ。

王子は王子なりに好きな子の前では見栄を張りたいらしい。

ちなみに、シンは同席など恐れ多いと遠慮したが、しまいにはルクスから「お願いします」と頼まれて毎食同席している。

昨晩も、苦手な鴨レバーのパテを、頑張ってリンゴジュースで押し流して完食した。

他にもブロッコリーの香味漬け、白ニンジンのグラッセ、五穀リゾットなど、今までティルレインが口を付けようとしなかった食べ物が出た。しかしこれらも、少しでもフォークやスプーンが鈍ると、好き嫌いのないシンから無言の圧がかかる。

こういう時に限って、シンは何も言わなかった。だが、好き嫌いなく綺麗に食べている彼を見て、ティルレインは虚勢《きょせい》と根性で何とか苦手なモノを食べきった。

ついでに、いくつか食わず嫌いも克服したようでもあった。良いことづくめである。


そして、また別の街でもティルレインはめげなかった。

一部の者に不屈と言わしめるゾンビメンタルで今日もシンを誘う。

「シン、街に遊びに行こう！」

「あ、ちょっと冒険者ギルドに立ち寄りたいので、無理です」

ティルレインは一瞬にして振られたが、何とかしてシンについていこうと粘る。

「僕も行くぞぉ！」

「常識で考えて、根無し草の冒険者とロイヤルサラブレッドのボンボン王子なんて組み合わせなんて、不自然でしょう。それに僕、個人的な買い物にも行きたいので」

タニキ村では買えなかった品物が売っている可能性がある。

多くは買えないが、不自然でない程度に異空間バッグに収納して蓄えておきたかった。

「嫌だ！　移動中はずっと大人しくしていたんだから、ちょっとくらいいいじゃないか！」

「じゃあ、僕の課題をクリアできたら考えます」

「よし、任せろ！」

「そこのソファに座ってください。そのまま百秒大人しくしていてください」

「ふふん、それくらい簡単だぞ！」

ルクスと護衛の騎士は「あ、絶対嵌められている」と理解したが、ティルレインはシンに言われた通りに座る。

そして予想通り、シンは座ったティルレインをそのまま置いて出かけた。

――三時間後。

「なんで置いていくんだよぉおお！」

「熟考した結果、やはり連れていけないという結論に達しました」

考えるとはいったが、連れて行くなんて一言も言っていない。

あの後、置いていかれたと気づいたティルレインは泣き喚いた後に捜しに行こうとしたが、結局見つかる前にシンが何食わぬ顔で戻ってきた。

ティルレインは問い詰めたものの、けろりとしたシンにあしらわれて地団太を踏む。

「酷い！　そんなの詐欺《さぎ》だよ！　引っかけ問題だぁああ！　ずるいいい！」

「あ、お土産に屋台で焼き菓子とか買ってきましたけど、いります？」

「食べるうううう！」

（食うんかい）

その場にいた全員が内心で総ツッコミを入れる。

一応ルクスが毒見をしてから、ようやく焼き菓子がティルレインの手に渡る。号泣してしゃっくりをする王子は、ヒンヒン言いながらこれを食べきった。

「シンは冒険者ギルドに何しに行ったんだ？」

「依頼を受けに行ったんですよ。採取した薬草を納品してきました。あと、この街はそれなりに大きいのでギルドの図書室を見せてもらいましたね」

そこでの読書でまたスキル獲得ラッシュが起きたが、大半は死蔵一直線だ。

しかし中には使えるものもあって、テイラン王国のギルドにはなかった『調理』『調合』『錬金』などといった、生産系のスキルを多く取得できた。

テイラン王国で肉弾戦向きのスキルが多かったのは、お国柄もあるのかもしれない。

「シンの面倒は僕が見るんだから、冒険者のようにあくせくしないで大丈夫だぞ？」

「趣味と実益を兼ねているので。それにあまりに長く依頼をこなさないと、冒険者カードは失効してしまうんです」

「そんな決まりがあるのか」

ほほう、とティルは感心したように唸った。

さっきまでぐずっていたのに、ギルドへ関心が移ったらしく、あれこれ聞いてくる。

知っている範囲でシンも答えるが、わからないところはルクスや騎士たちも教えてくれた。

騎士も討伐遠征をはじめ、実戦で魔物と戦う機会がある。訓練や腕を磨くために冒険者のように魔物を狩ることも少なくない。狩った魔物を冒険者ギルドに提出すれば小遣いになるし、場合によってはその素材から武具を誂《あつら》えてもらうこともある。

由緒ある上級騎士や領地持ちの貴族を兼ねた騎士など、そういった冒険者紛いの行為が必要のない裕福な家柄もあるが、それはほんの一握りだ。

王宮に勤めているとしても、金欠時代を経験する者は一定数存在する。

「うちは虫型の魔物に去年襲われて……小麦畑が見事な禿《は》げ野になりました。その魔物は集団で飛来する習性があって、どこもかしこも食い尽くされ、拾う落ち穂もなかったくらいだったんです」

騎士の一人がしみじみとシンに語った。

「そんなことが……。小麦を食い荒らすとなると、バッタの類ですか？」

「ああ、でも人間の赤ん坊よりデカいバッタだぞ。顎が強いから噛み付かれると危険だし、飛ぶから厄介なんだよ」

虫が苦手なシンとしてはぞっとする話だ。

ファンタジーは好きだが、化け物サイズのファンタジーな虫はいらない。シンとしては、そんなもの一瞬にして焼き払いたかった。

人間の赤子サイズ以上のとんでも昆虫が群れをなしているなんて、地獄である。見るのも嫌だった。虫くらいで男らしくないと言われようと、生理的に受け付けないものは無理なのだ。

夕食になると、わざわざレストランに行かずとも、ホテルが一流のフルコースを用意してくれる。

もちろん、寝室から食堂に移動しなくてはならない。

毎度ティルレインが「シンと一緒！」と我儘を言うので、長いダイニングテーブルではなく、丸いティーテーブルに近いもので食事をとっている。

ティルはシンに教えられることがあるのが嬉しいのか、運ばれてくる品々を「これは突き出し《アミューズ》、前菜《オードブル》……」と、いそいそと説明している。

シンもほうほうと頷いて聞いている。

もちろんシンにもお馴染みの食材もあるが、異世界だけあって、知らない材料は多い。

ティルレイン曰《いわ》く、魔物は時として高級食材として扱われるらしい。スープの上に乾燥パセリでも浮いているのかと思ったら、ある特定地域に生息するミノタウロスの角に生える苔《こけ》だそうだ。それは非常に薫《かお》り高い珍味なのだという。

熱心に説明するあまり、ティルレインはサーブする給仕人から仕事を奪いそうな勢いだ。

幸いシンは、東洋人ならではの童顔故か、小柄さ故かはわからないが、実際の年齢以上に幼く見えるし、ティルレインが何かやらかさない限り、毒舌も発揮されない。

ちょっとアレな現実を知らない料理人や給仕人は、世話を焼く王子と小さな少年の交流をほっこりと見守っていた。

「そうだ、シンの誕生日はいつなんだ？」

「知りません」

「へ？　えっと、十一歳なんだよな？」

「だいたいです。故郷はその……もうないので、二度と戻れないですし、戸籍も辿《たど》れません。そもそも家族や友人にももう会えないから、こちらの暦《こよみ》との照らし合わせ方もわからないんです」

嘘ではない。日本という国はこの世界にはないし、戸籍もないのだ。

「えーと、じゃあ十二歳になっている可能性は……」

「テイランで十歳として冒険者カードを作ったんですけど、それから少なくとも半年は経っていますね。タニキ村でもしばらく過ごしましたが、正確な日数がよくわからないんですよね。年齢は大体ですかね」

「冒険者カード見せて!!」

「はい」

シンからFランクのカードを受け取ると、ティルレインは必死に何かを探そうとしている。

だが表を確認して、裏を見て、何度もひっくり返して、挙句に厚みまで確認するが、目当てのものは見つからない。

「作った日付とか書いてないの!?」

「年齢確認を口頭でされましたが、実質名前しか記載はしてないですね。本人の識別用に魔力の登録はするらしいですが」

「シン、じゃあ今日を誕生日にしよう！　お祝いしよう！」

「嫌です」

「なんで！」

「僕は今日、このフルコースを美味しくお腹いっぱい食べると決めたんです。お腹いっぱいのところにさらに無理やり御馳走を詰め込んでも、勿体ないでしょう！　美味しいものは美味しく食べたいんです。祝いたかったら前もって周りの人に連絡して、この日にやると決めて、根回しや下準備をしてからやってください。ティルさんの権力を振りかざせば、できなくはないと思われます。でも、祝われる側の都合や、実働として動く方々のことをお考えください」

説教しながらも、シンはビーフシチューを口に運ぶ。あまりの美味しさに、思わず顔がふにゃっとする。先ほどまでの圧力バリバリの真顔が嘘のようだ。

嬉しそうにもきゅもきゅと食べているシンを見たティルレインは、心底無念そうに俯く。

「……ふぐぅん……圧倒的正論。わかるぞぉ、これで僕の意見を押し付けて祝おうとしたら『この馬鹿犬、学習能力ないのか』って目で見られるパターンだ。今後のお仕置きのハードルが上がるやつだ……遊んでくれなくなるやつだ……」

「理解力の成長目覚ましく、とても喜ばしい限りでございます」

「嬉しいけど、嬉しくないぞぉ！　王都に着いたら、絶対祝うからな！」

ティルレインは呪うみたいな言い方で悔しさを滲ませる。抑制された反動が変な風に弾けそうである。

この世界における異世界人のポジションがわからない以上、シンは目立ちたくなかった。テイラン王国のやらかしっぷりをみると、異世界人にヘイトがある可能性は十分にあるのだ。

いつの間かシンの前にあった皿は綺麗に空になっていた。

意外と銀食器《シルバー》の使い方が様になっているので、ティルレインは感心した。シンは呑み込みが早い。

「さて、そんな殿下に良いことを教えてあげましょう。これは僕がとある町で皿洗いのバイトをしていた時の話です」

シンは何やら語りはじめる。ティルレインはちょっと嫌な予感を抱きがらも、聞き逃したらもっと危ない気がすると、顔を上げた。

ほんのりと笑みを乗せた唇が、柔らかい声音で物語を紡《つむ》ぐ。

「そこは洒落たレストランでした。高位の身分の方が利用するとは言わないまでも、庶民がちょっと奮発《ふんぱつ》するデートには良い、そんな感じのレストランです。そうですね、商家などの中流家庭や下～中級貴族くらいでしたら足を運ぶでしょう。そこに、二人のお客様が来店しました。僕はそのお客様を見て少し不思議だったんです。男の人はびしっとタキシード？　燕尾服《えんびふく》？　フォーマルスーツ？　いずれにせよ、髪は綺麗に撫でつけて、足元はピカピカの革靴を履いて立派に決めたお客様でした。ただ、そのお客様の連れた女性が少し妙だったんです。可愛らしくはありましたが、フランネルのシャツにデニムスカートに編み上げブーツ。お持ちの鞄はカジュアルな肩掛けバッグでした。お買い物やお食事など外を歩いたりする、軽いお出かけデートにはいいでしょう。ですが、少々改まったお店ですと……どうでしょうか？　ましてや、連れの男性がばっちり決めているのですから」

確かに妙である。恐らくはこの男女はデートで来たのだろう。片や盛装《せいそう》、片やカジュアルコーデである。それぞれ単体であれば浮かないが、揃うと不自然さが漂う。

「何というか、ドレスコードがだいぶ違いそうな感じだな？」

「ええ、そうです。レストランを予約した男性はにこにこと上機嫌。連れてこられた女性は目を白黒させています。ですが、お店はそれほど厳しいドレスコードは設けていませんので、普通に入店する分にはなんら問題ないのです。そして二人が注文したのが、その店でも一番高いコース料理です。そのお店は屋台や居酒屋で出るような大衆料理も取り扱っていましたが、そういったフォーマル向けのモノも提供していました。次々と運ばれてくる料理。それを食べる男女。給仕に頼んで上等な葡萄酒を開けた男性は楽しげですが、女性はぎこちない笑みを浮かべています」

「なんかもう、嫌な予感しかしない」

ティルレインがぽつりと呟いた。共に聞いていたルクスや護衛、給仕たちも想像できたのだろう。不吉な予感に顔色がさえない。

ちぐはぐな男女の噛み合わない雰囲気が目に浮かぶ。

「そんなアンバランスな食事が終わった時、唐突に音楽が流れはじめました。周囲の人が踊りだして、カップルの男性も踊りだします。どうやら男性の方がプロポーズの演出に色々仕組んでいたようでした。そして、どこからか持ってきた花束を差し出して、女性にプロポーズしました。『結婚しよう！』と」

ロマンティックな場面のはずなのに、うっそりと笑うシンはどこまでも怖い。

幼い柔らかな声が、毒を注ぎ込まれた泥濘《でいねい》のように不気味だった。

「男性から花束を差し出された女性は、花を受け取ります」

それを聞き、誰かがほっとため息をついたが——

「そして、そのまま花束で男性の横《よこ》っ面《つら》を引っぱたきました。女性は言います。この前、広場で待ち合わせした時に、サプライズデートとか言って馬で遠乗りと山歩きさせたわよね？　その時の服装、覚えてる？　白い長いワンピースドレスとミュールにハンドバッグだったのよ？　あなたは動きやすいシャツに上着とズボンと革のブーツで、しっかりリュックサックを準備して、帽子まで被っていた。あの時、私は足が傷だらけで、お気に入りのワンピースはびりびり。おまけに魔物に追いかけ回されて泥だらけになったのよ。だって、私は街中デートだと思っていたんだもの！　今回、またサプライズデートで気軽に行ける場所だって言われたけど、どういうこと？　ここ、普通にお洒落して来る場所よね？　あなたはしっかり上から下までコーディネイトして自己満足のデートとプロポーズ。私は周りから注目されまくりな上にこんな格好！　ただでさえ浮いていて恥ずかしかったのに！　あなたが格好つけたいだけのことに私を巻き込まないで！　一生自分に酔っていろ、クソ野郎!!　——と」

シンの声は中性的だ。だからこそ、女性の口調で喋ると怒りに煮えたぎる感情がリアルに伝わってきた。

話の中心にいるシンやティルレインだけでなく、ルクスをはじめとする使用人や護衛、そして給仕人たちも固唾《かたず》を呑んでいる。彼らの脳裏には何も知らされず恥をかかされて怒り心頭《しんとう》の女性と、自己満足のプロポーズにより振られた愚かな男性の姿がありありと浮かんでいた。

銀食器の音どころか、衣擦《きぬず》れ一つ響かない。黒髪黒瞳のシン少年の瞳は、全てを呑み込む深淵《しんえん》のようだった。

「何かをしようとする気持ち、お祝いする気持ちは素晴らしいものです。ですが、それは相手を思いやる心があってこそだと思いませんか？　彼は自分がいかに満足できるかにこだわって、彼女への配慮を怠りました。あのプロポーズは男性側の、彼の、彼のための、彼による完全セルフプロデュースであり、恋人だったであろう女性は添え物でしかなかった。それも、二度目でした。いえ、言わなかっただけで過去にはもっとあったかもしれませんね」

女性は身綺麗にすることや、ファッションなどへの美意識が男性よりも高い人が多い。浮いた格好で洒落た場所に連れてこられ、相手はばっちり着飾っていた。しかも、そんな状態で周りに大注目されながらプロポーズされた。告白のためにフラッシュモブまで雇って。

悪い意味での不意打ちが連打で決まってしまったのだ。

「もし、彼が事前に一言、少しフォーマルなドレスコードを伝えるか、前もってメイクやアクセサリーとともに貸衣装でも用意していたら全く結果は変わっていたでしょうね。きっと、女性は彼が今後も自分を愛し、考え、思いやってくれるだろうと感激したでしょう。人生を共に過ごすパートナーとして、なんと素晴らしい人に巡り合えたんだ、と」

その男性は自分の晴れ舞台をいかに素晴らしくするかしか考えていなかった。

女性への配慮が完全に欠けていて、自分の見せ場を作ることばかりに集中していた。

女性は一度ならず裏切られ、恥をかかされ、思いやりを見せなかった男性に幻滅したのだ。

どんな状況を差し引いても守れというわけではないが、ＴＰＯは大事である。

シンの話が骨身に染みたティルレインが、項垂れながら宣誓《せんせい》する。

「……はい、絶対サプライズパーティはしません。無理に父様や母様や兄様たちやヴィーを呼ぼうとしません」

「庶民を祝うだけに王侯貴族をフルコンボ決めないでください。恐れ多すぎて、その軽率さにドン引きして軽蔑しますよ。絶交しますよ」

「ごめんなさい！　気を付けます‼」

「気持ちはありがたいですが、ご自分の立場を一番に考えてください」

そもそもこの殿下は現在謹慎中《きんしんちゅう》であり、陛下たちの温情で王都へ戻ることを許されている身であることを忘れているのではないだろうか。

シンはしょげているティルレインを生温かい目で見る。

王都でパーティなんてしている余裕はないはずだ。タニキ村でひっそりと祝うくらいならいいかもしれないが、謹慎前と同じテンションではしゃがれたらひんしゅくを買う。

「時に、殿下は報連相《ほうれんそう》という言葉はご存じで？」

「ホォレンソウ？」

「報告、連絡、相談です。いい加減ご自分のやんごとなきご身分を理解してください。自分で決めちゃだめです。誰かに手伝ってもらったり、命じたりする必要があることは特に！　そのためのお目付け役《ルクス》様ですよ！」

「そっか！　ルクスがいるな！」

思わぬキラーパスがデッドボールしたルクスは、目をひん剥いて棒立ちになる。

ここはシンが相談役なのでは――と、ティルレインの中で結論が出る前に、シンからご指名が入ったので、彼の思考は思い切りそちらに流れた。

ティルレインは良くも悪くも素直で、シンを信頼していた。

今後の苦労が予想されて、ルクスの背筋《せすじ》に汗がだらだらと落ちる。だが、生粋のロイヤル馬鹿ワンコのキラキラスマイルが突き刺さり、ＮＯと言えそうもない空気だ。

「ではルクス様、逃げんじゃねえぞ《よろしくお願いします》」

シンは丁寧に脅迫《念押し》した。

「はい、無茶を仰らないでください《全力を尽くします》」

とんでもねぇ爆弾を渡された、ルクス・フォン・サモエド伯爵子息、御年二十一歳。

顔は笑って心で涙――そんな有様であったが、何とか頷いた。

◆

食事を終えたシンが、部屋で風呂に入る準備をしていると、無意味にドアを連打～～～～!!　とばかりにドコドコ叩く音がした。すでにノックからしてうざい。仕方ないながらに「どうぞ」と応えると、ティルレインが入ってきた。

「シン、食後の散歩に行こう！　ここのホテルは夜も少しだけ庭が開放されているそうだ！」

「そーいうのはヴィクトリア様に詫び入りでお誘いくださいませ」

シンの切れ味抜群の切り返しに、後ろで頷きかけた護衛の騎士たちは、はっとして何とか踏みとどまった。やはりこのあんぽんたん王子は、幾度となく婚約者に碌でもない態度をとっていたのだろう。

ティルレインは「ひぎぃ」と何とも情けない声を出すが、それでもめげずにシンを誘い続ける。

「あと、凄く珍しい宝石草が自生しているんだ。何でも、ここのオーナーがかなり草木に詳しいらしく、栽培に成功したそうだ。一部の客にのみ開放されているんだぞぅ！」

「行きます」

宝石草と聞いて、シンが即答する。宝石草は一度、実物を見てみたいと思っていたのだ。花も種も宝石のように美しいそれは、人里では取り尽くされており、山奥などの僻地にしか自生していないと聞く。

「ルクスー！　シンと庭に行ってくるー！」

「シン君に迷惑かけないでくださいね。あと護衛の騎士を撒いたらダメですよ」

「わかった」

頼れるルクスの忠告に、ティルレインは神妙にこくりと頷く。シンと護衛騎士がいるのを確認し、ルクスは外出を許可した。

真面目な彼は駄犬殿下の代わりに色々とやっているのだ。シンが騎士たちと話す影響もあって、最近はティルレインも騎士たちと話す機会が増えた。そのせいか、彼の中でだんだん騎士たちを『個』と認識できるようになり、当たりが柔らかくなってきた。

それに、シン個人に迷惑をかけた時より、騎士やルクスに迷惑をかけた時の方が、えげつない絞られ方をする。貴様に声をかける価値があるのかと言わんばかりに、蔑《さげす》みの視線が飛んでくる。

片や、立派な駄犬マスターとなってしまったシンの『育成』『調教』スキルは限界突破し、知らないうちに『導師』の称号を得ていた。

導く者になどなりたくなくても、目の前で脱線と横転事故を頻繁に起こす厄介者がいるので、致し方なく手を貸した結果だ。ずっと放置すると、巻き添えを食らいかねない。

そんなシンの有様を見たフォルミアルカは、素直に「すごいです！」と称賛し、ファウラルジットは爆笑した。シンが知ったら、やんごとなき駄犬《ロイヤルドッグ》を力いっぱい殴打《おうだ》したくなる事実である。

ティルレインに案内され、シンはホテルの庭に入っていく。

こういう高級宿は、食事をする際の景観も売りの一つであるため、大きな庭が誂えてある。

「ここだぞー！」

連れてこられたのは、ガラス製の温室だった。

だが、明かりはついておらず、夜なこともあって中は見えない。

うっすらだが何かの植物が鬱蒼と茂っているのはわかる。

込む。

「えーと、確か借りた鍵が……あれ？」

ティルレインは惚けた顔で太もものポケットを探り、お尻のポケットを漁り、胸元に手を突っ込む。

「忘れたんですか」

「えええ、そんなはずないぞぅ！　少し待ってくれ！」

ティルレインは一人で踊るように足をバタバタして、ポケットの裏をひっくり返す。

せっかく整えた服装がすっかり台無しだ。

だが、シンの隣で若い一人の騎士が怪訝《けげん》そうな顔を見せた。

「あの、王子殿下。よろしいでしょうか」

「んー？　発言を許すぞー」

「あの……温室のことは誰から聞いたんですか？」

「今日のメニューを表と一緒に入っていたんだぞぅ。……お、あったあった」

ティルレインは古びた鍵を温室の錠の穴に入れようとするが、暗いのもあってなかなか入らないらしい。ガチャガチャと金属が当たる音がする。

手間取るティルレインに、シンが声をかける。

「明かりつけます？」

「そうだな、頼む。手元が見えない」

「お待ちください！　これはもしや――」

騎士が警告を発したのと同時に、ティルレインの顔のすぐ真横を一本の矢が通過した。ドッと重い音を立てて温室の木枠にぶつかる。

ティルレインはびっくりして尻餅をつき、シンと護衛騎士の間に一気に緊張が走る。

「暗殺者です！　殿下お逃げくださ……ぐっ！」

ティルレインに駆け寄ろうとした騎士の声が、鈍い音とともに途絶える。続いて、どさりと倒れ込むような音がした。

夜目の利くシンは、その傍に真っ黒な衣装を着た、まさに暗殺者といった風貌《ふうぼう》の人間が複数いることに気づいた。

レストランやテラスから流れる生演奏の音が、わずかな物音を紛れさせ、その呼ばれざる来訪者の存在を隠していたようだ。

護衛騎士は三人いたが、暗殺者はもっといた。騎士たちは果敢《かかん》に立ち向かっているものの、暗闇で動く黒装束は捉えづらく、苦戦している。

だが、暗殺者の動きが妙にぎこちないのが、シンの中で少し引っかかった。

「シン、こっちに来るんだ。危ない！」

「殿下、お静かに」

不用意に叫ぶティルレインを、シンが小声で窘める。

恐しくて棒立ちになっているように見えて、シンは「クッソ面倒起こしやがって」とサイレンス怒髪天《どはってん》だった。

シンはティルレインのお気に入りと認知されているらしく、狙われた。

まずは手近な石を狙撃役に投げつけて撃沈し、近寄ってきた奴は全て鳩尾《みぞおち》や金的に容赦なく正拳《せいけん》突《づ》きを叩き込んで悶絶《もんぜつ》させた。

あっさり誘い込まれたティルレインにも落ち度はあるが、襲撃してきた方が圧倒的に悪い。

シンは異空間バッグからロープを取り出し、倒れ込んでいる暗殺者を縛り上げた。猿ぐつわも噛ませておく。

この間、だんだん暗闇に目が馴れてきた騎士たちは、一気に形勢逆転した。

シンは小石を指で飛ばして暗殺者の頬や目元にバチバチ、手元やお尻にもバチバチと当てまくり、そっと後方支援をしていた。

最初に倒れた騎士は矢尻に毒が塗ってあったのか、泡を噴きそうなほど蒼白《そうはく》だったが、毒消しを飲ませると、だんだん顔色が良くなる。

「シ、シン、無事か？　どうしよう、シン、僕のせいで。シン」

「殿下、お黙りください」

暗闇にまだ慣れていないティルレインが、不安そうにきょろきょろしている。

今にも泣きそうな声だが、それ以外はいたって元気そうだ。しかし、声で居場所がバレたら面倒である。この中ではダントツで身分が高いし、連中の本命がティルレインなのは明白だ。

「シ、シン……お願いだ、傍に」

「殿下、お口に捻じ込まれるのは、右の土と左の雑草、どちらがよろしいですか？」

その一言で、ようやく黙った。

でも何故かいじけている。

(命を狙われているってわかっているんだろうか、この馬鹿ボンは)

もしこれで黙らなかったら、それを握り締めてぶち込んでやるところだった。

メニュー表に挟まれていたということは、ホテル関係者や護衛の中にも内通者がいる可能性があるので、油断できない。

襲撃から十分が経とうかというところで、ルクスが飛んできた。

どうやら、彼は「馬に異変がある」と呼び出されていたらしい。恐らくティルレインから目を離させるために、手を回していたのだろう。

シンはポーションや薬草を持っていたので、それで騎士たちに簡易な治療を施《ほどこ》していた。応急処置ではあるが、こういったのは初動が大事である。念のため全員に毒消しを飲ませた。

てきぱきと動くシンの腰に、いつものようにぐずるティルレインがしがみついて、ずるずる引きずられている。

ルクスは血相を変えて「殿下！　治療！　殿下も治療を受けてください！」と、膝から下が泥だらけのティルレインを必死に追いかけ回す。しかし、その泥は矢にびっくりして尻餅をついた時と、現在進行中でシンに引きずられてついた汚れだ。ティルレインはいたって無傷である。

べそべそするティルレインを着替えさせ、きちんと服装を整えた後、シンたちは犯人の尋問を始めた。

捕まえて縛り上げられた男たちはいずれも屈強《くっきょう》だった。憎々しげにルクスを睨んでいる。

「ふん！　俺はお前たちになど屈っさぬぞ！　こんな馬鹿王子、王太子には相応しくない！」

勝手に口を滑らせて自爆する暗殺者に、シンが面倒臭さそうに思ったことを口にする。

「なるほど、あなたやこの暗殺者たちは、他の王子の派閥に属す方なんですね」

「兄殿下が二人、弟殿下が二人いますからね。ティルレイン殿下は」

ルクスが頷いてシンの言葉を肯定した。

あっけなく核心に触れられた暗殺者が逆切れする。

「なっ！　この痴《し》れ者《もの》が！　何がわかる！　我が君はそのような腑抜《ふぬ》けたティルレイン殿下とは比較にならぬほど、できたお方なのだぞ！」

「どうやらその王子殿下はティルさんよりもしっかりした方のようですね。まあ彼レベルのあんぽんたんはそうないでしょうけど。あと、この堅苦しい態度や話し方からして、騎士や軍人の出身でしょうか？」

「となると、すぐ上のトラディス兄上だぞぅ！　トラディス兄上は騎士団に所属しているし、軍人の伝手《つて》が多いからなー」

「仲が悪いのですか？」

そう聞かれても今一ピンと来ていない様子のティルレインは首を捻る。

「うーん、気の良い人だけど、よく怒られるな！　あと、いつもなよっちいって言われる……」

「人間、向き不向きがありますからね」

「色々と大味だからなぁ。あと声が大きくてガサツなんだ。兄上が剣の素振《すぶ》りでよくやるドラゴンスレイヤーごっこで、カレニャック作の勿忘草《わすれなぐさ》の白磁皿を割った時に、僕のせいにされた。あれはお祖母様——皇太后お気に入りの品で、凄く怒られたんだぞぅ……」

ティルレインの素行《そこう》を考えれば、すぐバレる嘘をつく粗忽者《そこつもの》の兄がいてもおかしくない。

「それはご愁傷様《しゅうしょうさま》です」

「でも、長男のフェルディナンド兄上にバレたんだ。フェル兄上は頭が良いから『ティルは花の絵皿に見惚れてそのまま動かなくなることはあるかもしれないけど、壊さない』って。トラ兄上は僕よりもっと怒られて、でもそのあと嘘ついて僕のせいにしたことを謝ってくれたんだ。おやつもくれたし」

「良いお兄さんですね」

自慢の兄なのか、ティルレインは嬉しそうにしている。喋る様子もどことなく嬉しそうだし、兄弟仲は悪くないのかもしれない。

(てっきり仲が悪いと思っていた……)

暗殺者が送られてくるくらいだから、骨肉の争いをする仲なのかと、シンは考えていた。

歴史を振り返ると、親兄弟で王位や当主の座を争った例は古今東西どこにでもある。

この件には込み入った事情があるのかもしれない。藪蛇《やぶへび》は遠慮したいシンは、深く言及しないことにした。

「トラディス殿下をお慕いしているというなら、何しに王都に来たんだ！」

暗殺者の一人が、ティルレインに詰問した。

「うむ、それはのっぴきならぬ事情があってだなぁ」

無駄に勿体ぶるティルレイン。余計な誤解が生まれないようにシンがさっくりと補足する。

「健康診断です。いわゆる、診察ですね。あと、やらかし王子なので、謝罪行脚《しゃざいあんぎゃ》でしょうか」

それを聞いて、暗殺者改めトラディス王子の部下たちの顔色が一気に変わった。

「「「「えっ」」」」

騎士たちもぽかーんとして、訝しげな顔で「そんなことで？」「つーか反省とかすんの？」と首を傾げている。皆納得がいかない顔だ。

どうやら王都にいたときのティルレインも、相当痛々しいお馬鹿さんだったようだ。

このダイナマイトやらかし王子は健康診断がメインだと思っているが、シンとしては少なくとも婚約者には土下座で謝罪するべきだと思っていた。婚約破棄を見世物にしようとしたなど、普通に考えて胸糞である。

しかし、このスカタン殿下《ティルレイン》は糞ビッチ《アイリーン》やその愉快な仲間たちにヨイショされて、考えずに乗っかった可能性が高い。このパッパラパー殿下に計画的犯行など無理というものだ。少なくとも主犯・実行犯・それらの計画を根回ししてまとめるブレイン役がいなくては不可能だ。駄犬殿下は言われた通り台本を読むのが精一杯だろう。

「殿下は謹慎を言い渡されて以来、一度も医者にかかってないとのことで、念のためです」

「終わって何もなかったら、またタニキ村に戻るんだぞぅ！　馬の飼《か》い葉係《ばがかり》を任されたんだ！」

王都に行くのも楽しみにしていたようだが、タニキ村のあるポメラニアン領に戻るのも楽しみにしているティルレイン王子だった。

命を狙われたというのに、もうケロッとしている。ティルレインがぼそっと「珍しいことではないからなぁ」と呟いたのを聞いて、シンは権力というものの業の深さを感じた。

「この男たちは衛兵に突き出し、トラディス殿下の処遇についても判断を仰《あお》ぎましょう」

ルクスの言葉を聞いた暗殺者が、慌てて口を挟む。

「これは俺たちの判断であって、殿下のご指示ではない！」

「そうだとしても、監督者はトラディス殿下であり、ティルレイン殿下を暗殺しようとした事実は消えません。もうお前たちで贖《あがな》えるレベルの話ではなくなっているのですよ」

「ルクス……」

もの言いたげなティルレインの視線に気づいているだろうが、ルクスは強硬な態度を崩さない。

このままいけば、暗殺に来た男たちは処刑されるのかもしれない。どんなに下々《しもじも》の者にフランクであっても、ティルレインはれっきとした王族なのだ。

「シ、シン、なんとかならないかな？」

「僕が貴族社会の法律なんて知るはずないでしょう。門外漢です」

「こういう時、父上や母上はなんだかんだで色々と案を出せるんだけどなぁ」

「たとえば？」

「えーと、横領していた大臣は役を外れて爵位の降格とか、領地没収にされたかな。横領も、好きでやっていたんじゃなくてワケアリみたいだったし」

「そうですか、利用価値があるならリサイクルも大事ですよね。性根《しょうね》が腐っていなかったのなら、まだ酌量《しゃくりょう》の余地がありますし」

シンの言葉を肯定するように、ティルレインは何度も頷く。

「賢いシン君なら、何か思いついたりしない？」

露骨にシンを頼るティルレインを見て、暗殺者の一人が鼻で笑う。

「はっ、さすがは馬鹿王子だな！　みっともなくすぐに泣き、平民の子供に頼るとは、余程王族としての誇りがないと見た！」

散々ティルレインを馬鹿にしているシンではあるが、団栗《どんぐり》の背比べ並みに空気の読めない暗殺者に彼がなじられるのは、無性《むしょう》にムカついた。

シンは縛られて連行待ちの斬首未満《ギロチン》たちを冷ややかな目で見る。自分でやらかして尻拭いができないのは一緒だが、ここまで反省の色がないのは腹が立つ。

ティルレインは根本的なオツムの問題だが、この男たちは開き直っているだけだ。

「ルクス様、この人たちを実験台兼ティル王子の教材にしていいですか？　肉体的には死にませんから」

ちょうどいいことを思いついたシンは、いつになくさわやかな笑顔でルクスに提案する。

しかし、その表情にビビッと危険を察知したのはティルレインだった。

「うわぁ、こーいう時のシンは危ないぞー！　絶対泣かされるからな！　ルクス、僕が許す。僕は慣れているけど、ルクスまで泣かされるのは可哀想だ！　シンの好きなようにさせてやってほしい」

それもどうなんだろうか――と思うルクスではあるが、大人しいシンのクールドライさの中に、若干怒りを感じ取って頷いた。ルクスのそういった直感はよく当たる。それに、日々ティルレインを追い詰めるシンの舌鋒のスイッチは、とにかく急所を的確に射貫《いぬ》く。

しかし、何も知らない暗殺者たちはこんな子供に何ができるんだとへらへら笑っている。

ルクスは彼らに内心合掌するが、忠告はしなかった。

今は改めたとはいえ、ルクスや護衛たちも、最初はシンを見くびっていた。同じように、暗殺者たちも露骨にシンを見くびっている。その考えが手に取るようにわかり、シンは非常に珍しくにっこりと満面の笑みを浮かべる。

その顔がすこぶる怖いティルレインは、ルクスの傍にそっと逃げた。自分が怒られていないとわかっていても、自分の時よりはるかにご機嫌斜めなシンに慄《おのの》いている。

「ティル殿下、やっぱり軍人や騎士には愛馬とかがいて、愛着を持つものでしょうか？」

「軍人は騎兵ならそうだな。それに、騎士といえば大抵は馬だ。魔馬を扱う者もいるし、稀に竜に乗る騎士もいるが、馬は最もポピュラーな乗獣だな」

騎士というワードに、ティルレインの護衛騎士たちがスッと目を逸らす。

何故か彼らも凄く居心地が悪い思いをしていた。まだレストランの破局カップルの話がメンタルに響いていたのだ。薬もサプライズも、用法要領を守って正しくお使いくださいという良い教訓になったのである。

「そうですか。それは良かったです。ところで、この中で『八尺様《はっしゃくさま》』とか『猿夢《さるゆめ》』とか『くねくね』とか『百物語』とか、聞いたことある人はいます？」

シンが挙げた怪談のタイトルに馴染みがないティルレインが首を捻る。

「なんだそれは？」

「あの騎士たちの涙腺《るいせん》と虚勢と理性をぶち壊す、ワクワクマジカルワードです。今後、遠征とかがとっても楽しくなる、素敵なお話をして差し上げようと思います」

「僕も聞きたい！」

ワクワクマジカルに心惹かれたのか、ティルレインが手を挙げる。

普通の人はそんなワードに胡散臭さしか感じないのだが、それを押しのけて好奇心と楽観が躍り出るのがこの王子だった。

「ティルレイン殿下、私はとても嫌な予感がします。やめた方がよろしいかと」

「いやだ、聞くーっ」

聡明な侍従《じじゅう》の諫言《かんげん》も何のその、愚かな王子の威勢の良い我儘がこだました。

馬鹿ってとても幸せな生き物だと、その身をもって証明したティルレイン・エヴァンジェリン・バルザーヤ・ティンパイン。

成長したようでなかなか成長しないお馬鹿はその日、『自分より賢い人間《ルクス・フォン・サモエド》の忠告はちゃんと聞く』ということの大切さを学習することになる。安眠と心の平穏を犠牲にしたが。

◆

「ルクスうううう！　一緒に寝よう！　シンも一緒に寝てくれるって言ったけど、やっぱり二人でも怖いぃいいいい！」

縮み上がるティルレインに、シンが冷たく言い放つ。

「言ったでしょう。報連相です。安易な言動は慎《つつし》んだ方がいいですよ」

「怖い……背の高い女の人、怖い……」

「彼らを引き渡すまでやりましょうか。ティル殿下、水を飲んでください。水！　そんなに泣いたら干からびますよ？　あ、すみません。監視の方は掃除道具お願いします。失禁してしまった方がいたので……。怪談はハードルが高すぎたようですね。明日は『白い馬』でSAN値を回復しつつ削り、『カチカチ山』などのマイルド方向から攻めますか。本当は怖い『白雪姫』や『シンデレラ』は、先に児童書の童話で軽い伏線ジャブをかましてからにしましょう。あちらなら、まだあっさりしていますし」

シンは日頃溜まったストレスを、ここぞとばかり屈強な軍人へとぶちまけた。

たとえ騎士だろうが貴族だろうが、泣き叫んで失禁すれば、沽券《こけん》も矜持《きょうじ》も複雑粉砕骨折からのシュレッダー行きだ。

彼らのズボンがしっとり湿り、アンモニア臭が漂おうが、シンは止まらなかった。

なお、一週間もしないうちに忠義に厚い歴戦の猛者（自称）達は、シンが来るたびにちびり上がるようになった。

その頃にはトラディスの部下たちは襲撃の動機をすっかり自供していた。

ティルレインが田舎へ蟄居《ちっきょ》させられた腹いせに、他の王族を皆殺しにしようとしているという噂を聞いて、ヤラレル前にヤレと、勇んできたらしい。

揃いも揃って阿呆かと思ったら、その話を聞いたのが王宮魔術師だの同僚だの侍女だのと、みなばらばらで、顔を思い出せないという不気味な事実が発覚した。

シンは庶民の子供なので知りませんと押し通すことにする。藪蛇はご遠慮したい。

だが、刺客たちがシンに屈服する頃にはすっかりと頬がこそげ落ち、体重が落ち、軽い栄養失調と脱水症状を伴っていたそうだ。極度の精神疲労も見受けられた。

そして、衛兵に引き渡されたときは感極まって崩れ落ちたという。

阿鼻叫喚《あびきょうかん》の中、シンは一人満足げだ。

「良い実験になりました。どうやら、ここの人は怪談や心霊系の耐性——というか、物語全般に対する耐性が薄いようですね。次は『三毛別《さんけべつ》』か『阿部定《あべさだ》』あたりの方向で攻めていきましょうか——ね、ティル殿下」

やたら泣き叫ぶティルではあるが、彼が特別打たれ弱いのではなく、基本的にこの世界には怪談というものがあまり存在しないのかもしれない。恐ろしい伝承や、不幸は語り継がれていても、娯楽としてではない。

劇や本は多少流通しているから『物語』という娯楽は多少存在するようではある。だが、ネタの絶対数も少ないし、恐怖を楽しむ『怪談』はないのだろう。

「良い子にしてます！　何かする前にルクスに聞いて、確認してからやります！」

ルクスは滅茶苦茶怯えているティルレインに後ろからしがみつかれ、背中がしっとりと濡れている気配を感じた。

「シン君、やけに殿下に当たりがきつくない……かな？」

「王都に近づくにつれて、殿下の浮かれポンチ具合が酷くなっています。やらかします。あの馬鹿は絶対やらかす気がしてなりません」

シンは子供なのに妙に敏《さと》く、聡明で理知的だ。反面、その能力をひけらかすのを嫌う。

複雑な顔をして「神経質になりすぎなのかもしれませんが」と言っているが、バリバリ気のせいではなかった。

それは、せっせと書いている国王夫妻宛の手紙のことだろう。ルクスは知っている。だが、何もできない。既にティルレインはやらかした後だった。「シンには内緒なんだ！　父上も母上も聞きたがっているから、ついつい書いちゃうんだよなー」という自慢げなティルレインの声が、記憶から掘り起こされる。

王子宛に来る国王夫妻やご兄弟たちからの手紙も含めて、文通が頻繁なのだ。シンが逃げたくとも、きっとロイヤルファミリー揃い踏みの中にぶん投げられることはほぼ確定している。

（ティルレイン殿下、頼っていただいているのに、力になれず申し訳ありません……）

ルクスは声に出さず謝罪した。既にティルレインのお仕置きは確定なのだ。

せめてお慰めするために、美味しい紅茶とケーキを用意しよう。そう腹を括るルクスだった。

第六章　スキャンダル

簀巻《すま》きにされたトラディスの部下たちが、王宮魔術師や医師たちに覗き込まれていた。

気分は完全にまな板の鯉《こい》である。

「あー、これあれですね。典型的な精神操作を受けています」

「うちの魔法使いじゃなさそうですねー」

警察の鑑識よろしく、魔術師たちがトラディスの部下の体や衣服を調べ、口々に見解を述べる。

「テイランからの流れか？　あそこ、頭おかしいのがたまに来るし」

「あ、残留魔力取れましたー！　あ、ダメだ、こっちはだいぶ薄い！」

「術式取れたのあるかー？　あれば解析班《かいせきはん》に回す前に、一度形取りして系統分析しとけ」

「あ、これギフト系ですね。魔法じゃなくてギフトによる精神操作です」

「男ばっかりだから、サキュバスとかの魅了《チャーム》か？」

「強い魅了であれば、記憶操作も簡単ならできますからね。容姿を誤認させたのかも」

「聖女様ー、この騎士たち、ちょっと叩けば治ると思うので、一発お願いしまーす」

王宮魔術師に『聖女様』と呼ばれて現れたのは、ヴェールとゆったりとしたシルエットの白い衣装を纏った人物だ。ヴェールと逆光の絶妙具合で顔立ちは見えないものの、辛うじて女性だとわかる。

「あいよーっ、はぁぁあああーっ！　気合いだぁああああ‼」

返事と同時に、キレッキキレの平手が繰り出される。

パーンッ‼　バチーン！　スパーン！

簀巻きの男たちは容赦なく頬をしばかれた。

「よし、終わったよ！　じゃあ後は頼んだよ！　アタシにゃタイムセールが待ってるからね！」

あっという間に仕事を終わらせた聖女が、そう言い残して部屋を後にする。

「お疲れ様です、聖女様ー」

「イエーイ！　クール！　強くてカッコよく潔《いさぎよ》い！　そこに痺れる憧れるぅ！」

「うわーい！　今月十回目の出勤・解呪ありがとうございますー！」

最近この手の患者が多くて、魔術師たちのテンションが狂い切っていた。

忙しすぎて、シリアスが仕事を放棄しがちな今日この頃だ。

聖女様など、アウルベアのように勇ましい足取りで、ハンドバッグ片手に純白の聖女の衣裳のまま出て行ってしまった。

ティンパイン王国公式聖女は兼業主婦なのだ。

そして、残念ながらこの王国はツッコミ不在だった。

慣れというのは恐ろしい。

◆

ガタガタ震えてバイブ機能搭載になった騎士の引き渡しを終えたシンは、ルクスに案内されるまま王城の客間や応接間と思《おぼ》しき豪勢な部屋を案内されていた。

良く磨かれた床は千鳥格子模様に似た白と黒の大理石。その上には赤地の月桂樹と黄金のライオンが横向きに描かれた毛足の長いふっかふかの絨毯《じゅうたん》が敷かれている。

黄金の猫脚のロココクラシック調のソファには、背中にブーケデザインがドンとあり、ビロードに施された絹糸の刺繍が見事だ。

壁も漆喰《しっくい》が剥がれかけたポメラニアン邸のものとは大違いで、繊細《せんさい》な柄《がら》の描かれた壁紙が均一に張られている。頭上では、貴婦人のドレスを思わせるような膨らんだデザインのシャンデリアが、窓からの光を反射してキラキラ輝く。

シンは促されるままにソファにちょこんと座る。物凄く居心地が悪く、むしろ自分の服でソファが汚れるんじゃないかと畏縮《いしゅく》していた。

ルクスが苦笑しながら閉めた扉の向こうから、「イヤァアアアア、僕もシンと一緒がいぃ～～～！　お城と宮殿案内するぅううう！」と、駄犬王子の遠吠えが聞こえる。さすがのシンもこの時ばかりは、その阿呆の悲鳴が遠ざかっていくのを心許《こころもと》なく感じた。

やってきたのはインバネス風の上着を着た、スラリと背の高い男性だった。真っ黒で艶やかな黒髪に褐色《かっしょく》の肌、眼鏡の奥の目は切れ長で鋭く、黒曜石を思わせる瞳からは聡明さを感じ取れた。

年齢は四十代ほどだろうか。端整な顔立ちだが、油断ならない雰囲気が漂っている。

立ち上がって挨拶をしようとするシンを、彼は片手で制す。

「ようこそいらっしゃいました。シン君ですね？　私はティンパイン王国宰相、チェスター・フォン・ドーベルマンと申します」

チェスターはにこりと微笑んでいるが、生来の顔立ちの鋭さもあって、愛嬌よりも威圧感を与えてくる。

シンの脳内で「宰相閣下の御成《おな》り～」という声が、ファンファーレとともに流れた。

冒険者の子供相手にいきなり首脳レベルの人間が出てきて、シンは焦る。前の世界では、テレビ以外で大臣や首相など見たことない。

「この度は我が国の馬鹿王子が大変世話になりました。ずいぶん浮かれていたので、三年は正気に戻らないと思っていたら、信じられないほどまともになっていたので、驚きました。蟄居先《ちっきょさき》の城から消えて、田舎から連絡が来たと聞いた時は、確実に何かされていると疑いましたよ。……実は、健康診断にはそういう意味もあったのです」

ティンパイン王国は数カ月ほど前から、城内外で魔法やスキルで精神的な操作を受ける人が増えているという。それは決まって王侯貴族や侍女、侍従、騎士といった身分の高い人間、ないしはそれに近い人間に集中している。

「ティルレイン殿下は既に盛大にやらかした後だったので、それほど狙われないと踏んでいたのですが……まぁ、あの手紙はこちらにとっても都合が良かったので」

性病チェックと同時に、ティルレインもおかしな術にかかってないか調べたかったらしい。

「あの……では、殿下も？」

あのお馬鹿っぷりも、どっかがやられているのだろうか――と思ったシンだが、チェスターはにこりと本心の見えない笑みを浮かべながら答えた。

「見たところ、通常運転でした。アレは天然を醸《かも》したフローラルです。引き続きシバいて締め落として殺す勢いで接してください。国王も王妃もそれをお許しになられています」

（いいのか、国王夫妻公認で）

理解の許容量を超えすぎて頭がパンク寸前のシンは、取り繕うのも忘れて呆《ほう》け顔になりかける。

そんな彼の目の前に、芳しい香りを漂わせる深い色合いの紅茶と、クリームと小さなカットフルーツの載ったショートビスケットのようなものが置かれた。

「宰相閣下、殿下は王族でいらっしゃいますよね？　僕は平民ですよ」

「ええ、ですが、ティルレイン殿下のお立場は少々今厄介なのです。昔は体が弱く、不憫だったせいか、国王陛下夫妻も殿下には甘いんですよ。腫れ物扱いも多かったので、ティル殿下の周辺に集まるのは、傀儡《かいらい》として担ぎ上げたがる者、たかる者、厳しく当たる者など、極端だったんです。もとは気の良い明るい方だったのですが、アバズレ糞小娘《アイリーン・ペキニーズ》と懇意にしはじめてから、ずいぶん横暴になりまして。それも療養という名の蟄居先《ちっきょさき》で、君に鼻っ柱ぺきっとぼこぼこにされた結果、だいぶ昔に戻って丸くなりましたが」

（いいのか、オタクのロイヤルファミリーの一角が、庶民に馬鹿犬扱いされているのに）

ノリノリで王子を貶す様子に、ちょっと困惑するシンであった。もしかして、この人がティルレインのやらかした後始末に奔走したのだろうかと深読みする。

チェスターの晴れやかな表情が不気味に思えてきたシンが、そろそろと手を挙げると、目で発言を促された。人を使い慣れた人の仕草だ。

「あのー、不敬罪とかは」

「シン君の言葉は間違っていない上に、あの馬鹿王子殿下がきちんと聞いて、理解して、行動しようとしている時点で褒賞《ほうしょう》モノです。君のおかげで、あの馬鹿王子殿下が国宝のネックレスや皇太后の指輪を毒虫女《とある女性》に貢いでいたのも早期に発見できましたし。一歩間違えば国際問題でした。幸い、それを理由にあのアイリーン・ペキニーズを現場で捕縛できましたが」

「え、捕まっていなかったんですか」

「馬鹿王子がやらかした時、たまたまテイラン王国の神官が来ていて、あの女はそこにもぐり込んで逃げたんですよ。他国の神官ですし、そもそも宗教絡みの人間というのは非常に面倒臭いんですよ。特に戦神バロスを奉る神殿や教会は厄介でしてね。それから狡《ずる》く立ち回って逃亡を続けており、手を焼いていました。しかし、本来王族かその伴侶しか身につけてはいけない宝飾品を、堂々とつけてパーティに参加していたので、そのままとっ捕まえました」

「良かったですね」

アイリーンは危機管理能力が虚栄心に負けたのだろう。

追われている立場なのに、騙した男から巻き上げたアクセサリーでパーティに出るような女だ。豪勢なものを身につけ、それを周囲に見せびらかして自慢するのが好きな人種に違いない。

「幸い、王族所縁の宝石類は戻ってきましたが、他の物は一部売却されていましたね。しかもアイリーンはその神官……よりによって大司教の愛人になっていたんです」

「宗教に疎くて申し訳ありませんが、大司教というのは、どれくらいの立場ですか？」

「失礼。そうですね、奉る神々や教会、宗派によって差異はあります。基本は教皇がトップ、その下に枢機卿《すうききょう》、そしてその下に大司教や司教、司祭や役職のない神官たちとなります」

「上から三番目の役職……ということですか？」

「ええ。どうやらあの糞ビッチ、男に取り入る才能はあるようでして。入信希望と言って懐に入り込んだようです」

「性病があるかもしれませんよって伝えれば、速攻捨てられるんじゃないですか？」

するとチェスターはにやりと笑った。既にやっているのかもしれない。

「ええ、早々にその大司教のもとから追い出されましたよ。でもまあ、今度はすぐさま別の貴族にすり寄って、寄生先を変えたようです。一応、今はわざと理由を付けて外へ逃がし、泳がせておりますよ。友釣《ともづ》りができそうなので」

友釣りとは鮎などに行う技法の一つだ。鮎は縄張り意識が強く、自分の縄張りに別の鮎が入ろうとするとガンガン攻撃して追い払おうとする。その習性を利用して、ルアーや囮《おとり》に針を仕込み、ぶつかりに来た鮎を引っかける方法である。

つまりアイリーンは現在、囮役なのだ。

権謀術数を扱う類の人に特有のうすら寒い気配を感じ、そっと離れようとするシンだったが、突然肩を掴まれた。

「少々、シン君にお願いがありまして」

宰相閣下が良い笑顔でそう聞いた。

「お断りします！」

「あと二年くらいでいいです。あの駄犬王子の飼い主をやってくれませんか？」

「本音！　ほーんーねーー!!　モロダシですー！」

「ようやく我が国の無駄に身分の高いやんごとなき三馬鹿《ロイヤルトリオ》の一角を押し付けられる貴重な人材を見つけたのだ！　いくらでも金子《きんす》や領土や爵位を積んでもいいと、国王からの許可を得ている！」

「他に二人もいるんですか!?」

「一人は国王陛下その人だぞ！　そして私がお目付け役だ。その絶望がわかるか!!」

「なんで受けたんですか……」

「もとは子爵家の五男坊だった俺が、クソバカのクソバカっぷりに腹が立ち、うっかりケツに蹴りを入れて、あまつさえなじって泣かせたことから全てが始まった……。あのやんごとなきウツケに手を焼いていた当時の宰相や大臣の言葉に釣られたのだ。あのスペシャル馬鹿の相手をしてくれれば他は何をしてもいい。研究でも、実験でも、好きな女性との結婚も色々便宜《べんぎ》するというな」

いつの間にかチェスターの一人称は俺に変わっていて、馬鹿がゲシュタルト崩壊しそうなほど激しいディスりが始まった。

「フラグですやん」

年季が長いだけあって、積もるものがあるのだろう。チェスターの語りが止まる気配はない。

「馬鹿をシバいてシバいて吊るし上げる日々が続き、毎日アホをやらかさなくなったかと思えば、代わりに突発的に大事故を起こす馬鹿の世話。そうしたらその馬鹿は、俺がこっそり『ちょっといいな～』なんて思っていた凄く可愛い伯爵令嬢と結婚していた。王妃とはある意味馬鹿の世話役仲間《ソウルメイト》で……俺は気づけば文官から大臣、大臣から宰相になっていた。あいつは即位したら俺を宰相に指定しやがったんだ……。そして！　あれが国王になった瞬間、当時の重臣たちが一斉に俺に押し付けやがった、あの世紀末馬鹿を!!　第一王子が病に倒れた際、本来は第二王子のアレではなく、第三王子が即位予定だったが、その王子、実は『女の子になりたかったのよ!!』と突如王女になってよそに嫁いでしまった……!!」

「待って、ついていけない」

「しかもそれが隣国の……友好国のトラッドラの王太子に嫁いだのだから、文句言えないだろう!?　当時のトラッドラの王太子は三十路になっても妻どころか恋人すら作らない。兄殿下らは先の戦争でお亡くなりになり、美しい姉妹姫はテイランに無理やり奪われて……結婚してすぐにご懐妊《かいにん》、そして三年後には一姫二太郎じゃあどうしようもないだろう!?」

「まって、じょうほうりょうがおおい」

チェスターの勢いに圧倒されて、シンの呂律《ろれつ》が怪しくなる。

「あとで聞いたが、第三王子はトランスジェンダーとやらだったらしい。体は男性で心は女性というものだ。それを隠しながら長年トラッドラの王太子と文通を続け、思いを募らせていたそうだ。それを不憫に思ったお人好しの異世界人が、変わった魔法やスキルを持っていたらしく、どうにかしてくれたらしい」

「どうにか」

「ちなみに、その異世界人はトラッドラの食客で、その一週間ほど前に元第三王子とトラッドラ殿下がベロッベロに酒に酔わされて、何か契約を交わしていたらしい」

「りょーおもいだったんですね、よかったですね」

「おかげで、トラッドラはテイラン王国から養子を貰わずに済んで、干渉も防げたし、王位継承者問題も解決した……」

ティンパイン王国としては、トラッドラ国があるからこそテイラン王国と直接対決をせずに済んでいる状況だった。しょっちゅう周囲とバチバチ戦争をやらかして領土問題を起こす国と隣国になりたくないティンパインとしても、なるべくトラッドラには安泰《あんたい》でいてほしいのも事実だろう。

国という、最大の防波堤だ。

シンはあまりの情報の濃さにツッコミを放棄した。

「ちなみに、三大馬鹿のうちの最後の一人は？」

ようやく少し落ち着きを取り戻したらしいチェスターが答える。

「先代国王……今は大公閣下です。大公妃が目を光らせてらっしゃいますので、そうやらかさないお方です」

ティンパイン王国のやんごとなき馬鹿の排出率《はいしゅつりつ》の高さに、シンはドン引きする。

継嗣《けいし》ガチャが完全にいかれている。

「大公閣下は、それはもう貿易や国交においては右に出るものはいないほど優秀な方です。あのお方にかかればどんな悪魔もケツの毛まで毟《むし》り取《と》られ、詐欺師やイカサマ師すら素寒貧《すかんぴん》になると言われる才能をお持ちなんです。しかし……」

ティンパイン王国に貢献した尊敬される国王だったそうだ。

「いきなり真夏に『全裸で王宮を歩きたい』とか言って飛び出した時は、当時の王妃（大公妃）に『離婚か去勢か選べ』って、ヒールで顔に蹴りを入れられていましたよ。当時の国王（大公）は半裸で泣いて土下座しながら、頭を踏みつけられていました」

「なんだそのやべーのは」

強張った顔のシンが、敬語も取り繕うのも忘れて素で喋った。

控えめに言ってドン引きだ。変態である。いくら国王だろうが、露出狂はない。

「謁見の間でいきなり服を脱いで、駆け出したところで、離婚と言われてすぐに戻ってきたそうです」

「待ってください。それに比肩するレベルの馬鹿を僕に押し付けようって言うんですか⁉」

「我が国の王族の馬鹿は、それに比例して何らかの才能があるはずです！　今の国王も料理の才能は抜群なんです！」

「それって、王様じゃなくても」

「王妃一筋なので、王妃と喧嘩するたびに料理をして許しを乞うています。あと、うちの王の料理が美味いおかげで、辺境部族との折り合いが良くなったんですよね。胃袋掴んでいるんで」

「なんか違う、王族」

「ちなみに、国王引退したい現王VSもうちょっと遊びたい王太子で、日々パチパチやっています」

「バチバチじゃないんですね」

「バチバチしたら、それぞれの妃からビンタがバチバチ飛びます。よそでは珍しいみたいですが『夫の過《あやま》ちを拳で止めるのが妻の務め』というのが慣例なんです」

「パワフル奥様がいっぱい」

「私は妻に叩かれたことがないのでわからないのですが、陛下といい王子たちといい、妙にシバかれると嬉しそうなんですよね」

「王族はマゾの集まりですか」

「いえ、離婚というワードが出ると一気に生気や正気を失う輩が多いので、単に構ってもらって嬉しい説も捨てきれず……。まあ、そういう暴走する癖の強い夫を持つことが多いので、妻が強くなるという話も有力ですね。幸い、夫婦仲は良いですし、側室を娶らずとも後継には困らなくてありがたいですが」

「わぁー」

「ドン引きしないでください。君の役目は、どうにかしてティル王子の手綱を握れる人を見つけるまで終わらないんですよ」

「ルクス様がいらっしゃいます」

「ルクス・フォン・サモエド伯爵子息ですね。彼は良い青年なのですが、ティル殿下の心を抉るツッコミが足らない」

「ツッコミ」

「心を潰す勢いで正論を叩きつける潔さが必要なんです。シン君のように」

「あ、遠慮します」

「色々便宜を図りますから！　私だって、陛下で手一杯なんですよ！」

「なんでこの年齢で特大の不良債権を持たなきゃならないんですか！　出国しますよ!!」

勢いで押し切ろうとしたが、それは失敗したと悟り、チェスターは舌打ちする。

――さすがあのティルレインをやり込めただけあって、シンは冷静かつ的確に打ち返してくる。手強《てごわ》い。ティンパイン王国の馬鹿三大巨頭の一角を躾けた舌鋒と気概の持ち主だ。チェスターはますますシンを逃したくなくなった。

「シン君は何をご希望ですか？」

「冒険者をちょっとやりつつ、田舎でスローライフ」

取り付く島はないとばかりに、シンは淀みなく答えた。金子《きんす》も爵位もいらない方向性の希望だ。

ふぅむ、とチェスターは内心で唸る。

シンは度胸もあるし、頭の回転も悪くない。そして、むやみやたらな上昇志向がない堅実な性格。実に手放しがたい人材で、馬鹿王子を付けるにうってつけだ。

「じゃあ、王都でしばらく王子を診察したら、タニキ村に返品するので、それなら引き続き面倒を見られますか？　護衛も多少付けます」

「ルクス様は？」

「はい、ちょうどポメラニアン前当主が蟄居《ちっきょ》した離れが空くようですので、そちらを改装すれば、侍従も護衛も住み込みに問題ないでしょうし。サモエドの子息（飼育係）が必要ならば――」

「いえ、謹《つつし》んで遠慮《えんりょ》させていただきます。王宮で責任もって飼育《めんどうみ》してください」

「決意は固そうですね」

誰だって、あんな特大の不良債権の面倒を好んで見るわけがない。

悪い人間でなくても、身分や責任や経歴といった付属物が面倒すぎる。

「ではとりあえず、今までの育児《お相手》の報酬として、何か欲しいものは？」

「コンソメの素《もと》とカレールー、焼き肉のタレ。あと圧力鍋」

シンは久々に故郷の『よくある味』を食べたくなっていた。それに、純粋に狩人生活で塩系の味付けにマンネリ感があった。果実やハーブで色々変化は持たせているものの、それでも限度がある。醤油や味噌といった調味料も欲しかったが、鉄板で焼いた肉には焼き肉のたれがダントツだ。焼いたものに付けるのも良いが、炒め物の味付け、煮るときの味付けに使うのも良し。多種多様の調味料とスパイス、うまみ成分が凝縮されている。単なる『タレ』だと思ってはいけないくらい、割と万能なのだ。

「あと麺つゆ」

この世界にあるかは不明だが、ティンパイン王国はそれなりに大きいはずだ。

ここは西洋文化圏に近いので、出汁《だし》という概念が薄い。残念ながら市場で鰹節《かつおぶし》や昆布《こんぶ》を見かけたことはない。ついでに言えば、ケチャップやウスターソースも欲しかった。

だが、どれも聞いたことがないのか、チェスターは首を傾げている。

シンは、異世界人が今まで何人も来ていたなら、運良く普及しているものがあるかもしれないと思って提案してみたのだが、あまり良い反応は得られなかった。

「……すぐに用意できるかはわからない」

「いえ、ほとんどが僕の故郷のものです。手に入らなかったとしても、この国にはもともと存在しないモノでしょうから……」

「そうか、そういえば君はテイランからきた流民だったな」

「調べたのですか？」

「ただの子供にしては賢すぎる……。しかし、テイランの流民ならわかる。あそこは一夫多妻や一妻多夫性が敷かれているからな。正妻や正夫の伴侶は一名のみだが、側室や妾に関してはザルだ。そういったのに奴隷や敗戦国の貴族を無理やり従わせることが多い。国王や将軍職ほどの者たちは、何十何百という数の妻子がいるという——それに嫌気が差して逃げる者たちもいる。もしくは子供だけでも逃がす者もな。君もそういう血筋なのではないかね？」

「僕は生まれも育ちも平民です。ただ、他の国よりは教育の場に恵まれている場所でした」

今の世界と以前の世界では水準が違う。シンの生まれた日本は、一応先進国の一つであった。この国より数百年単位で進んだ文化圏に住んでいた。

だが、シンが異世界人ということはわざわざ話す必要はないだろう。そしてチェスターもまだそうとは思っていないようだ。

ティンパイン王国では基本テイラン王国のヘイトが高いし、迂闊な事は言わない方が良い。沈黙は金、雄弁《ゆうべん》は銀という。余計な欲をかいても碌なことにならない。

ティーカップを持ち上げるシンに、チェスターが「私のお勧めは杏子《あんず》の甘露煮《かんろに》です」と、オレンジ色の果実が乗ったショートビスケットを勧めた。果肉の歯ごたえが少し残っており、独特の酸味と濃厚な甘さと杏子の香りがクリームとよく合う。

お高い味がする。思わず堪能してしまうシンである。

その時、バン！　と後ろの扉が開いた。

「シーンー君！」

このウザ絡みテンションは……と、シンはげんなりした。

「許可なくドアを開けないでください、お馬鹿犬《ティルレイン殿下》」

「そのドライな対応は素晴らしいと思いますが、残念ながら来たのは、生産元の方です」

「ヹえっ！」

思わずぴしゃりと言ってしまったが、チェスターは全く咎めない。

そして後ろの推定国家元首は、スキップしながら鼻歌でも歌いそうなテンションでやってくる。

その無駄な暑苦しさに苛立ち、同時に意味不明な生き物への恐怖を覚える。なんせ、さすがに国王はティルレインのようにしばけない。

「わー、ちっちゃーい！　七歳くらいかな？」

現れたのは、チェスターと同年代くらいと思《おぼ》しき男性。白銀の髪に、形の良い眉。鼻梁は通っており、鋭く聡明そうな目元には、紫とも藍色とも言える深い色合いの瞳が輝いている。

一際目を引くのは、黄金の土台に宝石をたくさん嵌め込んだ宝冠。鮮やかな緋色のアラベスク柄を精緻《せいち》に刺繍された真っ白な上着には、ボタン一つに至るまで見事な彫金が施されていた。

装飾品一つ、布地の輝き一つ、全てにおいて、シンが見慣れた物とは大違いだ。

身も蓋もなく言えば、凄く高そうだった。

「あ、ティンパイン国王のグラディウス・アルゼウス・バルザーヤ・ティンパインで～す！　よろしく！」

薄めの唇に笑みを浮かべながら、男性が軽いノリで名乗った。

グラディウスの白銀の髪と深い色合いの瞳の色は言わずもがなだが、顔立ちもティルレインとよく似ていた。非常に整った顔立ちに齢《よわい》を重ねた渋みが乗っている。

「十一歳だそうです」

シンの代わりにチェスターが応えた。

「小さい……え、まさか栄養失調とか、成長不順とか？」

ぎゅううとシンを背後から抱き、そのままベアハグかサバ折りしそうな勢いで持ち上げてくる推定馬鹿の生産元＝ロイヤル最高峰。

シンはガチロイヤルの登場に固まった。庶民にはついていけない展開だ。

（何だろう、この異常なプライベートスペースの狭さ、鬱陶しさマシマシのテンションは……）

「単に小柄なのでしょう。まだ成長期前ですし」

「そっかぁ、ちっちゃーい。お目めクリクリしてて、ハムスターみたい」

気色悪い物言いに、シンとチェスターのツッコミが同時に炸裂《さくれつ》する。

「稚児趣味《ペドフィリア》ですか？」

「変態《ショタコン》が主君とか、辛いので辞職していいですか？」

「ちょっとー、二人とも酷くない!?　これでも国王なんですけど!?」

「玉座へお戻りください（馬鹿の相手している暇ないんで）」

シレっと追い返そうとするチェスターに続いて、シンも追撃を入れる。

「不良債権回収してください。ティルレイン殿下もきっと再会を楽しみにしておられますよ」

「副音声ぇえ！　今、凄く除け者《ハブ》の気配を感じた！　二人とも、なんでそんなに仲良くなっているんだよー！」

ティンパイン国王は間違いなくティルレインの父親――あのやんごとなき阿呆の生産元だった。この無性にイラっと来る感じがよく似ている。許されるならば、このまま一本背負いを決めたいうざさである。

「邪魔だったら、投げていいですよ」

「無茶言わないでください」

チェスターの言葉を否定するシンだったが、さすがに国王がむちゅーっと唇を近づけてくると、思わずパァンと平手打ちしてしまった。

「ブフォァッげほげほっごふぅっふひひひひっ！」

自国の王が平民に叩かれたというのに、チェスターはそれを見て紅茶を噴き出し、あまつさえ思い切り指差しながら笑っている。笑いすぎて、もはや引き笑い状態だ。

ドアの近くにいた騎士も、密かに「あー」と、幼児や猫がコップを倒してしまった時のような顔で見ている。

「酷い！　両親とお爺様とおばあ様と兄弟とチェスターと王妃とばあやと侍女頭《じじょがしら》と息子たちと歴代家庭教師三十人と騎士団長と護衛の王宮騎士たちと……とりあえず、人類の一パーセントくらいにしか殴られたことないのに！」

王が列挙《れっきょ》した名前を聞いて、シンは呆れかえる。

(多すぎだ。あと、いい歳した大人が頬を押さえて乙女座りはやめてほしい。やらかしてんな、この王様)

それでも王は、懲りずにシンに抱きついて頬をツクツクしてくる。

「こちらが殿下の御父上《でんかのおちちうえ》馬鹿の原液ですか」

「はい、ソレが濃縮された馬鹿の素です」

シンとチェスターのやり取りを聞いた国王は、妙に芝居がかったしなを作って「酷くなぁい⁉」と喚いている。

騎士の一人が王を助け起こしながら説教する。

「恥の上塗りはおやめください！　アンタ国王以前に大人でしょう！」

平民にぶっ叩かれたことは良いのだろうかと、シンは逆に居心地が悪くなった。

「ねえ扱い酷くない⁉　国王なんですけどー⁉　私国王なんですけどぉ～！　シン君って、チェスターの親戚⁉　もしかして隠し子⁉　なんか似てる気がする！」

そんな王を、チェスターは心底どーでもよさそうに指さす。

「ギャーギャーうるさい。んなわけあるか！　大臣！　衛兵！　こちらに脱走したキング馬鹿がいますよ！」

遠くから「あっちだー」「決済終わってねーですぞ、国王陛下‼」「王妃に言いつけんぞ、マジでこの野郎ですよ！」とずいぶんと切れ気味のシャウトとともに、足音が近づいてくる。

そろーっと衛兵から逃げようとする陛下。しかし、それをチェスターが許すはずもなく、すぐにとっ捕まった。

もしかして、傍から見たティルレインと自分はこんな感じなのか——そう思って凹《へこ》むシンだった。

「あ、シン君、うちのティルをよろしくネッ」

「ネッじゃないですよ。返品《お断り》します」

愉快な陛下とマジギレ宰相の声をBGMに、シンは少し冷めた茶を啜っていた。

国王は往生際《おうじょうぎわ》悪くしばらくここに残ろうとしたが、彼がいると話が進まない。

ついに諦めたチェスターが国主を睨み、力強い舌打ちまで披露しながら、首根っこを掴んで直々に連れて帰った。

(マジでこんな役目引き受けたくない)

ロイヤル問題児の現実を見て、シンはティンパイン王国の地図を確認しようと決意した。良くてタニキ村に帰還、最悪出国である。

◆

嵐のような国王が去ると、豪奢な部屋が急に静かになり、シンの場違い感が再び浮き彫りになる。

なんでこんなところに自分がいるのかわからなかった。

そんな中、ひょっこりと表れたのはティルレインだった。後ろにはルクスと護衛騎士もいる。

こちらは勝手に脱走してきたわけではないようだ。

「……シン、チェスターとのお話は終わったのか？」

「殿下こそ、ご家族やヴィクトリア様に謝罪なさいましたか？」

「なんか、目が合った瞬間体調が悪くなったと言って、家に帰ったぞ。また王都に来た時に会えたら謝る」

「なに言ってんですか、すっとこどっこい《ティルレイン殿下》。寝言は寝て吐くものですよ《ご冗談はおやめください》」

「ひぇぇぇえっ！　だってヴィーは体調悪いって！」

「んなもの、仮病です。人生をぶち壊そうとしてくださいやがった糞プリンス《元婚約者》に会いたくないに決まっているでしょう。ちゃんとアポとって、詫びの品の十や二十、用意したんですよね？」

「ほへ？」

おまぬけなポカン顔にシンは無言で苛立ち、ルクスは頭を抱える。

（この馬鹿、いきなり会いに行ったのか……）

たまたま登城していたご令嬢に、行き会っただけなのだろう。頭痛を覚えるシン。

こちらの文化は推測でしかないが、身分の高い方は体裁《ていさい》や形式を重んずる傾向が多い。アポはもちろん、先触なども必要になるはずだ。

ティルレインの様子からして、ヴィクトリアが王城に来ているのは珍しくないことのようだ。つまり、それだけ彼女は身分が高いのだ。王子妃候補だったことから、王族か高位貴族の娘である可能性が高い。

ルクスの項垂れ具合からして、シンの予想は当たっていそうだ。

「今すぐ！　手紙を書いて、会いに行っていいか連絡してください。相手先の都合を伺いなさい！　いいですか？　形はお見舞いです！　中身は謝罪でも、表向きは見舞い！　断られても、花と直筆の手紙やカードは入れること！　自分で適当に決めないで、相手の好みと状況にあった物をお送りしてください。苦手な花やトラウマになっている花はダメですよ！　もしかしたら馬鹿王子が嫌いすぎて、本当に嫌気が差して気持ち悪くなったのかもしれないんですから！　香りの強い花も駄目です！」

「そ、そんなのわからない……えーと、あ、アイリはとにかくド派手で大きければ大きいほど喜んでた！」

「殿下は本当に地雷原が大好きですよね。歩くというより、すでにブレイクダンスやタップダンス――いえ、地団太や四股《しこ》を踏んでそうですね。僕は何度その糞ビッチの名を出すなと言えばいいのでしょうか？」

「びゃあああん！　だって僕、家族とアイリとヴィーと以外の女性に花なんて贈ったことない！」

「そもそも、なんでその人類の中でも人間性がド底辺みたいなアバズレに引っかかったんですか」

ちんまいシンが繰り出すオブラートをキャストオフした物言いに、ルクスは何やら苦渋を噛み締めた顔をしている。

まろい頬の子供が、凍てついた眼と荒んだ顔で糞ビッチとかアバズレなどと口にするのは、絵面と音声がキツイ。常識と良識を持つ良いとこの坊ちゃんでもあるルクスの脳は、処理を拒否した。

べそべそと泣きながら、ティルレインはなれそめを語りはじめる。

「交流学習で仲良くなったんだもん。アイリに絵の描き方教えてほしいって言われて、何回か教えてたんだもん。僕、昔から絵や彫刻とか好きだったし、学園でも美術専攻していたんだ。アイリはあんまり上達しないから、美術館とか壁画がある教会に連れてってみたりして……」

「意外とまともですね」

てっきり最初から脳味噌アッパラパーで周囲にイチャイチャパラダイスを見せつけていたかと思

いきや、そうではなかったらしい。

「そしたら、アイリがお礼をしたいって誘ってきたんだ。四阿《ガゼボ》でお茶を御馳走になって、気づいたら裸のアイリが同じベッドで寝てた」

「え。完全に一服盛られていますよね。それって、ティル殿下がヤったというより、ヤられたんじゃないですか。護衛や側近は何してたんですか?」

(事案だ事案。これって立派な強姦罪《ごうかんざい》じゃないか。しかもヤったのが女の方で、ヤられたのが王子殿下とか……)

ショックのあまり脱魂《だっこん》しかけているルクスの驚愕《きょうがく》っぷりからして、シンの考えは間違っていないのだろう。さすがアバズレと言うべきか、男を引きずり込むためなら手段は選ばないらしい。加えて、第三王子であり、生来の性格が能天気なティルレインのゆるーい危機管理が、最悪の誤解を生んだようだ。

そこまで込み入った事情は聞いていなかったのか、周囲はぎょっと目をひん剥いてこちらを見ている。彼らの様子から見て、これは初出の情報のようだ。

そんな周囲にも気づかないティルは、バランスの崩れた振り子のように頭を左右にゆらゆらさせている。

「えっとなー、アイリ大好き倶楽部ってのを立ち上げてた。活動内容は、アイリの願い事を叶えてあげることとって言ってたなぁ」

(なんだ、その頭が腐りきった、メンバー名簿がイコールで「イカレた奴らを紹介するぜ」となりそうな精神的にペインフルすぎる倶楽部は⁉　耳から脳味噌が液状化して流れ出ているとしか思えない。本来守るべき君主に雑菌を近づけてどうする）

シンは女性に貢ぐ楽しさなどわからなかった。ましてや、相手の性根が腐っていると知っていれば、さらに理解の範疇《はんちゅう》を超えている。

「もしかして、糞ビッチはそこからのご紹介で？」

ティルレインはこくりと頷く。

ルクスは今すぐ卒倒しそうな様子で、何を言えばいいのかとわからずに口をパクパクさせている。顔色が尋常《じんじょう》でないほど悪い。

ティルレインは、シンに怒られるんじゃないかとちょっと首をすぼめて、とつとつと話しはじめる。

「その、平民はそういうのはそれほど厳しくないらしいけど、貴族の令嬢は貞淑《ていしゅく》であるのが求められるんだ。男とそんな姿でいた時点で、アイリにはまともな縁談が一切来なくなるから、僕が責任を取らなきゃって思って……。僕は兄様たちと違ってあんまり友達もいないし、友達だったアイリがそんなことになるのはちょっと可哀想だし」

なんと、傷物にされた方が性犯罪者を気遣っている。もとは病弱だったらしいお馬鹿王子は、結構ボッチ歴が長いようだ。今は亡き親友のシンディードに重ねてシンに絡んでくるあたりも、『お友達』の優先順位が高いからだろう。

ルクスが補足を入れてくれる。

「もし、結婚歴もないのに初夜の時点で初めてじゃないってバレたら、そのまま夫に首を切られたり、裸で家から追い出されたりしてもおかしくないですね。血と血を繋ぎ、家と家を繋ぐための婚姻がありきですから。そういう契約です。後妻や妾、側室であればそこまでにはならないかもしれませんが、相手が格式高く、その辺りを気になさる御家であったら一発アウトです」

意外にも、ティルレインはアイリーンという女性の未来のことをきちんと考えていた。

どうしてその分別を、それなりに付き合いがあっただろう婚約者のヴィクトリアにも適応しなかったのか。ふと、シンの中に引っかかりが残った。

「待ってください、友達？　友達って言いましたよね？　その時点では恋人でなかったと？」

「え？　キスしてベッド一緒に過ごしたら恋人だって、アイリが言ってたよ？」

何がおかしいかわかっていないらしく、首を傾げてきょっとーんとする王子殿下は、思い切りさらなる情報を暴露した。お馬鹿具合で霞《かす》んでいるが、ティルレインはかなりの純粋培養らしい。

シンもルクスも、この王子が生粋の阿呆の子なのは嫌というほど知っている。賢い二人の脳内に警鐘《けいしょう》が鳴り響いていた。バチクソヤバいと。

さらに何かヤベー気配に気づいたルクスは、ティルレインに大慌てで駆け寄った。

「でででで、殿下！　逆です！　普通、恋人になってからキスしてエッチなことをするんです！　貴族は基本、婚前交渉などナシ！　良家ほどナシです。いきなりベッドインは恋愛上級者か、やけっぱちか、仕出かしのパターンです」

他にも出てくるのではないかと思い、シンも続けて尋ねる。

「ティル殿下、他に糞ビッチから吹き込まれませんでしたか？　恋人はああしろこーしろとか」

まだ理解していないらしい被害者ティルレインは「えーと？」と頭をふらふらさせながら左右に揺れている。目は落ち着きなく、きょろきょろと動き回っている。

「じゃあ、『はい』か『いいえ』で答えてください。第一問！　恋人同士、とりわけ男性は女性にプレゼントを贈り、食事やドレスを必ず奢るなどして、私財家財を投じて尽くさなくてはならない！」

「知ってるぞ！　これは『はい』だ！」

「第二問。贈り物には家宝の宝石やドレスの類も含まれる」

「えーと……『はい』。持っている宝石は全て身につけさせてあげなきゃいけないんだぞ？」

「第三問。たとえどんな時であろうと、恋人を庇わなくてはいけない」

ティルレインは何か誤魔化そうとしているのか、指を組んだり揉んだりと忙しない。それは、身分が身分だけに普段は姿勢もお行儀も良いティルレインにしては違和感のある動作だった。顔は笑っているのだが、表情が辛そうに見える。色々とちぐはぐだ。

「うん、これも『はい』だな」

「第四問……恋人の『お願い』は絶対。もしくはそれに類似した制約がある」

「？　『はい』だろう？」

「第五問。恋人が……あー、もういいや。クロだ。もしかして例の婚約破棄は、糞ビッチと取り巻きが考えたんですか？」

「違うぞ？」

そう言いながら、ティルレインはぎいっと不自然に首を傾げた。口が歪な弧を描き、ニタァとした粘ついた笑みになる。目が完全に据わっていた。情けなさは他の追随を許さないお笑い担当の困ったボンボンの豹変《ひょうへん》に、ルクスは青ざめている。

深い色の瞳が茫洋《ぼうよう》としており、狂信的、あるいは猟奇的な雰囲気がする。

「え……」

シンが小さく呟くと、ティルレインは壊れたように語り出す。

「アイリがちゃんと台詞を作って、台本まで用意してくれたんだぞ！　これくらいのノートで、このタイミングでこう言うんだって！　なんでも、巷《ちまた》で流行《はや》っているって言ってたぞ！　こうやれば問題なく婚約が白紙になるって……みんな幸せデ、幸せな・ニなるんだぞ」

とうとう喋り方までおかしくなってきた。

ティルレインのとち狂った笑顔と炯炯《けいけい》とした眼光に軽く引きながらも、シンは会話を続ける。

「白紙にはなりましたけど、多分殿下の思っている円満白紙ではないですよ」

「でも？　ん？　何だろう……頭が？　靄《もや》がかってきたぞー？　アイリはタダシた、ただ、ただだだ??　アイ・ヴィクトボクはてぃるれいん・えヴぁヴぁじりん・ばざあがが？」

元々落ち着きがない人間だったが、今のティルレインは異常性を感じるほどだ。しかも言葉がバグっている。シンもさすがに不気味になってきた。

ぐりんとこちらを見たティルの藍紫《らんし》の瞳には、不気味な丸い文様が浮かんでいた。

シンはヒュッと息を呑み――

「必殺‼　昭和式テレビの直し方‼」

思わずこぶしを握り締め、ティルレインのほっぺたに叩き込む。

シンの鉄拳は、バチコーン‼　と、かなりイイ具合に入った。

内心ずっとしばきたいと思っていたので、シンはなんだかすっきりするシン。

「ふぐぅ‼　いったあああああああ‼」

悲鳴を上げつつも、ティルレインの目はまだ淀んでいる。シンは追撃の掌底を顎の下にお見舞いする。

「もういっちょついかあああ！」

アウルベアすら脳震盪《のうしんとう》を起こすシンの手が、容赦なくパァンと命中した。

叫び声が嘘のように消え失せ、ティルレインがソファの上に伸びる。すっかり静かになったのを確認し、シンは一息つく。

「今の何ですか。滅茶苦茶怖い。幼気《いたいけ》な庶民を脅すのも大概になさってください。ブチ転がしますよ」

シン以外は思った――幼気な庶民は躊躇《ちゅうちょ》なく王族の顔面をグーで殴らない。追撃で掌底なんて食らわさない。

だが、先ほどのティルレインの言動は明らかに普通ではなかった。誰よりも早く、目の前にいたシンが横っ面と顎を殴ったことによりティルレインは完全に伸びている。

ルクスは何故か明るい表情でシンを労《ねぎら》う。

「シン君ナイスショットです！　恐らく開示式の催眠魔術です！」

「何ですかソレ。露骨に怖い」

「特定のことを暴かれると綻びができるか、破綻して解呪されるんです。恐らく、今まで隠蔽《いんぺい》があって、ティルレイン殿下にかかっていた魔法が気づかれなかったんですね」

「目がぐるんぐるん回っていましたよ。目の中に魔法陣が浮いてましたし」

「すぐに王宮魔術師と医師と聖女様をお呼びいたします！」

念のため打撃の跡を消しておこうと、シンは真っ赤を通り越してどす黒くなりはじめたティルレインのほっぺと顎に傷薬を塗った。

ついでにだらしなく開いた口に、市販の下級ポーションを注いでやる。ちょっと急激に注ぎすぎたのか、ティルレインは「がふぅっ」と咽《む》せてのたうち回った。だが、これは喉を詰まらせたのではなく、苦さのせいだったらしく、ぐすぐすと泣き言が漏れてくる。

「苦いよぅ、苦いよぅ……おくすり臭いよぉ」

子供みたいに頬っぺたを押さえる王子を見て、周りが呆れていた。さすが十七歳児である。

このへたれっぷりはティルレインの通常運転だ。いつもの情けない王子殿下である。

◆

――こんな感じで、実は操られていたらしい王子殿下は、今度こそ徹底検査されることになった。今まで周囲の目を巧妙《こうみょう》に欺《あざむ》いていた魔法だ。非常に狡猾《こうかつ》かつ悪質な手段であるため、王室の威信をかけて改めて犯人捜査が始まった。

捜査が進むにつれて段々と、真実が解《と》き明《あ》かされていく。

アイリーンはお世辞にも魔法には精通していなかったが、異性を惑わすのには長《た》けていた。基本はその若い美貌と肉体と甘言を使ったもの。ティルレインのアイリーンに対する執心《しゅうしん》は、初恋によるやらかしではなく、『魅了』と『精神操作』をかなり重ねた結果だった。

もともと頭の作りがお馬鹿だったボンボンの暴走も多少はあったが、それは誰かによって意図的に誘導されたと考えられる。

ティルレインは確かにアイリーンを好意的に見ていた。しかしそれは、愛情というよりも友情寄りの感情である。その仄《ほの》かな恋心は、熟す前に悪意によっておかしな方へと転がった。

ティルレインはアイリーンと肉体関係を結んでしまったという誤認から、責任を取ろうとしたようだ。彼女はその同情をかなり強引に捻じ曲げていた。しかもアイリーンがやたら虐《いじ》められているのを見かねたティルレインが、「守らねば！」と、余計な正義感を持ったのがさらに悪かった。

おまけに、相談すべき側近がアイリーンに骨抜きにされたアレな連中ばかりだったのだから、完全にトドメになった……というわけだ。

――事の顛末《てんまつ》をまとめ上げた報告書を読んだ国王グラディウスが、ポンと手を打つ。

「うむ、まさに初恋だけに！」

初恋は叶わない。誰も失敗が多いものである。だが、この件は笑いごとにできる範疇は既に飛び越えている。これだけ強烈なら、あのティルレインでも一生忘れないトラウマになってもおかしくない。ある意味での一生に一度の恋になるかもしれない。

国王の笑えない冗談に、宰相と王妃がぶち切れる。

「うるせぇですよ、糞国王陛下。まだ第三王子だから良かったものの、王太子だったら相当危なかったんですよ！　簡単な検査とはいえ、王宮魔術師や医師の目を欺いたんですから」

「黙らっしゃい遊ばせ、ふざけすぎていますと鼻毛と眉毛を全て脱毛いたしましてよ！　宮中美容、最新脱毛ジェルの威力思い知りますか？」

「ぴえん」

「「腹立つ」」

宰相と王妃は悪くない。

◆

とある宮殿から情けない号泣が響き渡る。

「シンに会いたいよぉおおおお！　うわああああん！　一緒に王都観光するんだあああああ！」

監獄か隔離病棟ばりに監視が厳しい特設王室医院にぶち込まれたティルレインが、おいおいと身も世もなく泣き叫んでいた。

王宮魔術師の見立てでは、アイリーンから離れて新しい環境にいたことにより、掛けられていた魔法もしくはスキルに緩みが生じていた。

そこでシンが事情を看破したことにより、隠蔽に綻びができたのだ。

元気にのびのびした田舎生活をしていたティルレインは、ちょっと顔が陽に焼けて精悍《せいかん》になったし、運動をよくしていたのか体も締まっていた。そして何より生き生きしていた。

密偵の調査報告によれば、馬鹿丸出しでシンという少年に毎日のように付き纏っていたようだ。

そして、何かやらかすたびに辛辣なほどの正論殴打を受けて泣かされていたらしい。

その教育が行き届いているようで、たまに「これやったらシンに怒られる」と、思い留まる姿が見受けられた。護衛やルクスたちがこの少年に一目置くのも当然だ。

ともあれ、結構な量の魔術痕が発見されたティルレインは、完全解呪のために毎日魔法オタクに囲まれ、聖女様にどつかれ――暴力ではなく、解呪のための愛のある殴打だ――ている。


――一方。

いつまでも城で厄介にはなりたくなかったシンは、早々に城を出ようとしたが、チェスターにしつこく引き留められていた。

「シン君、君は王家の恩人ですから、王宮の賓客《ひんきゃく》や食客として、いくらでも滞在していいんですよ？」

「いえ、結構です。申し出は大変ありがたいのですが、遠慮させていただきます」

何度も引き留められるうちに、だんだんとシンが犯罪者を見るような眼差しになってきていた。

さすがのチェスターも、これ以上は無理と判断したらしく、大人しく引き下がった。国王の戯言《たわごと》をあしらったりフォローしたりするのは朝飯前でも、自分の息子より小さな子供からショタコンを疑われるのは辛いようだ。

城を後にするシンに、ルクスが庶民の懐にも優しいお薦《すす》めの宿屋を調べて教えてくれた。

王都までの道中で知り合った騎士たちも、シンを見かけると気に留めて声をかけてくれる。

いくらしっかりしていても年齢的にはまだまだ子供。しかも小さく華奢な部類に入るシンが一人でいるのは心配なのだろう。

彼がスキルの恩恵で隠れゴリラ筋力であることを知らない善良な人たちは、子供に対して親切だった。

(しっかし、異世界なんて放り出されてどうなるかと思ったら意外と何とかなるもんだな。最初はあんまり深く考えていなかったけれど。前の世界の生活より今の生活の方がずっと充実している)

泣き虫女神の次は胡散臭い国。身寄りもなく、なんとなく冒険者になり、テイラン王国を出た。

ティンパイン王国に流れた後、タニキ村で様々な人に出会った。

文明や生活レベルはかなり退化しているが、日々の糧を得るための緩やかな生活は性に合っている。社畜時代の時間と仕事に追われる日々には戻りたいとは思わない。

けったいな人間もいる。ティルレインとか、その関係者とか。まともなのもいたが、やたら強烈なのが多い。

異世界に来て多くの人と触れあい、改めて人の温かさを感じたシン。かつての死人のように淀んでいた彼の目は、希望の光に満ちていた。

見た目は子供、中身はアラサー。

ちょっと詐欺しているような気もして、後ろめたいシンだった。

書下ろし外伝エピソード　ささやかな野望

——これは、シンがタニキ村に来た当初の話。


シンは川に映った自分を見て、ふと思う。

（そんなに小さいか？　……前の世界では平均身長くらいだったけど、この世界基準だと、かなり小柄に見られるんだよな）

一応、十歳から十一歳くらいということで年齢を自己申告している。小学校四年生か五年生くらいの、ランドセルがお似合いの年齢だ。

だが、この世界では大抵それよりもっと年下に見られる。

（アジア人は欧米の人より若く見られやすい。ティンパインやテイランの人相を見る限り、文化圏はヨーロッパ系だし、人々もそれに近い……よな？）

西洋系の人が多いとはいえ、浅黒い肌も珍しくない。冒険者ギルドではケモミミ系の人を何度か見たかけた。

そもそも髪の毛も非常にカラフルなものが多い。黒髪、金髪、茶髪、白髪は前の世界でもいたが、この世界にはそれこそ絵の具ばりの赤髪や青髪、緑髪、オレンジや紫色の髪の持ち主も珍しくない。まさにファンタジーな色合いだ。

前の世界では生まれてからずっと平均値の背だったし、年齢を極端に若く、もしくは老《ふ》けて見られることはなかった。どちらかと言うと、周りの基準が変わったのかもしれない。

このまま成長したら、ここでは標準より少し小さいくらいだ。

（今の僕は成長期前だし、伸びしろはまだまだある！　もしかしたら前より伸びるかもしれない）

シンはそう自分に言い聞かせる。

文明的な理由で肉体労働が多いせいか、筋肉の厚みもこの世界の人々の方が多い気がする。

シンはかなり華奢で小柄な上に、童顔のコンボも決まり、相対的に見て年齢より三割引きの外見をしている。つまり、幼い。だから冒険者ギルドや商店の大人達には、決まって小動物的な印象を持たれる。

（適度な運動はちゃんとしているし、栄養は……野菜も肉もバランスよく食べている）

だが、人種的にどうにもならない要因や、一人一人の体質というものもある。

ハレッシュやガランテのようなガッツリした筋力を――とは言わずとも、細マッチョくらいにはなりたかった。将来的に。

弓を引く力は普通の子供と比較にならないが、筋力以外にスキルやギフトがどれくらい影響を与えているかわからないところもある。

（今から筋トレするべきか？　いや、筋力をつけすぎても身長は伸びにくくなるらしいし）

質の良い食事に適度な運動、そしてきちんと睡眠をとることが肝心《かんじん》だと聞く。

テイランにいた時は脱出で頭が埋め尽くされていたが、生活が安定してちょっと余裕ができると、ふとした時に自分は標準よりミニサイズなのでは、と思うことが増えた。

（最低でも日本にいたときくらいの身長は欲しい……。たとえ鍛えてマッチョになれたとしても、チビだけは嫌だ！）

平凡な自分の顔の下に、ゴリゴリマッチョで低身長な体がついていても滑稽《こっけい》なだけである。

かといって、八頭身クラスのスマートボディが搭載されていても、「これは合成ですか？」と言いたくなるだろう。

（いや、憧れるけれどどね！）

日本人の平均は大体六〜七頭身くらいらしい。モデルだと平均が八〜九頭身。

シンはスマホで体格や身長について調べる。

外国の人は日本人とは骨格や筋肉の質が若干違うので、頭身がさらに高くなるらしい。

そこまで見て、無言でスマホをしまう。悲しくなるだけだ。

人間、外見が全てではない。

◆

今日も今日とてスローライフだ。

森林を歩いて本日の獲物を探す。道すがら、山菜やキノコ、木の実などを収穫していく。

途中、何匹か現れたサーベルバニーを狩っていった。狂暴ではあるが、概《おおむ》ね大きな兎のようなものだ。討伐報酬の他に、牙と毛皮と肉が素材として売れる。

最近シンの弓の精度はますます上がり、村一番——むしろ、この近隣一番の名手ではないかと言われているほどだ。

若年でありながら、自分の才能に驕《おご》らず、冷静で欲張らない。着実と堅実を重視する。お喋りなわけではないが、閉鎖的《へいさてき》でもなく、ほどほどに人付き合いをする穏やかな少年。あと数年すれば、争奪戦になるのは間違いない有望株——それが、タニキ村でのシンの評価だ。

テイラン王国からの流れてきた冒険者で、故郷と家族は失ったと聞けば、歳の割に達観している大人びた性格も受け入れられた。戦争ばかりするテイラン王国に嫌気が差して逃げ出す流民や難民は珍しくない。

保護者に当たるのは気の良いハレッシュくらいだし、ガンガンに稼いでいる。シンは嗜好品や酒、博打《ばくち》で散在する気配はなく、森に入っていない時は保存食作りや掃除、家の修繕を黙々とやっていた。

本人、スローライフをお楽しみ中なので自覚は薄いが、これで結構モテる。

そんな割と何でも持っている男シンは、その日、珍しくアンニュイな表情を浮かべていた。

「どうしたんだ、シン？　悩み事でもあるのか？」

気にして話しかけてくるハレッシュに、曖昧に答える。

「ええ、まあ……」

「欲しいものでもあるのか？」

「まあ、その、欲しいと言えば欲しいんですが」

ちなみに隣のベッキー家のカロルとシベルは新しい釣り竿だの、シンが持っているような弓矢などをしょっちゅう欲しがる。やんちゃな彼らはすでに何回か遊んで壊してしまっているので、ジーナは安っぽいものしか与えなかった。

手先が器用なガランテであれば数日で作れるのだが、簡単に渡したら物を大事にしないからという理由で禁止されている。

対して、シンが何かを欲しがるなんて珍しい。ハレッシュはちょっと期待しながら聞いた。

「なんだ、言ってみろ」

「身長」

ズバッと言ったものは、この年頃ではよくあることで、お金では入手できないものであった。

シンが言い淀んだ理由を理解し、ハレッシュが思わず唸る。子供らしくて可愛い、ない物ねだりである。

「ハレッシュさん、背が高いですよね。ご両親に似たんですか？」

「あー、親父もおふくろも結構タッパがあったな」

「遺伝性か……」

シンが露骨にがっくりする。

こればっかりはハレッシュも何もしてやれない。

「シンの親は……っと、悪い」

「いえ、気にしないでください。うちの親は普通ですよ。デカくもなく小さくもなく……」

だが、年齢とともにお腹周りは成長していた気がする。

ぱっと見は目立たないのだが、ポッコリお腹だった。ビール腹や洋ナシ体型と呼ばれる類の脂肪の付き方をしていた。

シンは思わずお腹をさする。

まだぺったんこだが、油断すれば彼も父親のようになる可能性は高い。

（……高身長はダメでも、頑張ればシックスパックは目指せるかな）

弓を使い、山や森を歩き回っているから、足腰はしっかりしている。

腹周りを鍛えれば、体幹も安定するはずだ。そうすればもっと大きな弓を引けるようになるし、色々と安定する。

ちらりとハレッシュを見ると、ゴリッゴリの上腕二頭筋やシャツがぱっつぱつに伸びて窮屈になるような胸筋がある。

ガッチリしているとは思っていたが、ここまでとは。シンは思わず羨望《せんぼう》の眼差しを向けてしまう。

薪割りの休憩中だったハレッシュは、上着を脱いで薄着だった。

（あそこまでいかなくても！　せめて細マッチョ！）

前の世界のシンも十代の頃はそれなりにスポーツをして引き締まっていたのだが、長いこと社畜をしていたせいで、微妙に脂の乗った中肉中背だった。……仕事の進捗状況次第ではやせ型にもなっていたが。

「シン、どうしたんだ？　急に黙り込んで」

「いえ、身長がダメなら腹筋を鍛える路線でいこうかと」

「ハハハ！　そんなもん、そのうち勝手につくって！」

ハレッシュは笑いながらバシバシとシンの背中を叩く。

筋肉は裏切らない。言い換えれば、鍛えなければ衰《おとろ》えるだけなのである。

少なくとも、シンの知る人間の中で鍛えていないのに割れた腹筋を持っている者はいなかった。

ハレッシュだって日々肉体労働で鍛えている。とはいえ、遺伝性や人種補正説も十分あり得える。

真剣に悩むシンの横顔を、ハレッシュは微笑ましく眺めていた。

巻末特別付録
キャラクターデザインラフ集

シン（相良真一）

背中
矢筒は胸当ての下部分
に掛りている感じです。
旅先&狩り
短剣

ティルレイン

フォルミアルカ

貴族の三男坊の僕、クロウは優秀なスキルを手にした兄様たちと違って、錬金術というこの世界で不遇とされるスキルを授かることになった。それで周囲をひどく落胆させ、辺境に飛ばされることになったんだけど……現代日本で生きていたという前世の記憶を取り戻した僕は気づいていた。錬金術がとんでもない可能性を秘めていることに！　そんな秘密を胸の内に隠しつつ、僕は錬金術を駆使して、土壁を造ったり、魔物を手懐けたり、無敵のゴーレムを錬成したりして、数々の奇跡を起こしていく！

◉定価：本体1200円＋税　◉ISBN 978-4-434-28659-9

◉Illustration：ぐりーんたぬき

42歳・無職のおっさんトーイチは、王国を救う勇者として、若返った姿で異世界に召喚された。その際、可愛い＆チョロい女神様から、『鑑定』をはじめ多くのチートスキルをもらったことで、召喚主である王国こそ悪の元凶だと見抜いてしまう。チート能力を持っていることを誤魔化して、王国への協力を断り、転移スキルで国外に脱出したトーイチ。与えられた数々のスキルを駆使し、自由な冒険者としてスローライフを満喫する！

●ISBN 978-4-434-28658-2　●定価：本体1200円＋税　●Illustration：ふらすこ

万能ケミストの超錬成ファンタジー、堂々開幕!

超ブラックギルドで日夜働かされていた錬金術師《アルケミスト》の青年ハンス。彼はギルド長の横暴に耐えられなくなり、ある日ついにギルドを辞めて飛び出してしまう。その時、ハンスに突然前世の記憶が蘇る。彼の前世はなんと、日本のブラック企業で過労死した化学者《ケミスト》だったのだ。化学者《ケミスト》と錬金術師《アルケミスト》……異なる職業だが実は共通点が多い。前世の記憶を活用すれば、高品質のアイテムを錬成できるのではないか？　そう考えたハンスは自分でギルドを立ち上げ、ダンジョンの探索者を相手に商売を始める。ハンスの錬成品は瞬く間に人気となり、やがて彼は街一番のギルドマスターとまで評されるようになる——!

◉定価：本体1200円+税　◉ISBN 978-4-434-28657-5

◉Illustration：カラスロ

この作品に対する皆様のご意見・ご感想をお待ちしております。
おハガキ・お手紙は以下の宛先にお送りください。

【宛先】
〒150-6008 東京都渋谷区恵比寿 4-20-3 恵比寿ガーデンプレイスタワー 8F
（株）アルファポリス　書籍感想係

メールフォームでのご意見・ご感想は右のＱＲコードから、
あるいは以下のワードで検索をかけてください。

アルファポリス　書籍の感想　検索

ご感想はこちらから

本書はWebサイト「アルファポリス」（https://www.alphapolis.co.jp/）に投稿されたものを、改題、改稿、加筆のうえ、書籍化したものです。

余《あま》りモノ異世界人《いせかいじん》の自由生活《じゆうせいかつ》～勇者《ゆうしゃ》じゃないので勝手《かって》にやらせてもらいます～

藤森フクロウ（ふじもりふくろう）

2021年3月31日初版発行

編集－仙波邦彦・宮坂剛
編集長－太田鉄平
発行者－梶本雄介
発行所－株式会社アルファポリス
〒150-6008 東京都渋谷区恵比寿4-20-3 恵比寿ガーデンプレイスタワー8F
TEL 03-6277-1601（営業）　03-6277-1602（編集）
URL https://www.alphapolis.co.jp/
発売元－株式会社星雲社（共同出版社・流通責任出版社）
〒112-0005東京都文京区水道1-3-30
TEL 03-3868-3275
装丁・本文イラスト－万冬しま
装丁デザイン－AFTERGLOW
印刷－中央精版印刷株式会社

価格はカバーに表示されてあります。
落丁乱丁の場合はアルファポリスまでご連絡ください。
送料は小社負担でお取り替えします。

ISBN978-4-434-28668-1 C0093